朝ごとに死におくべし

葉隠物語

角川文庫
22880

目次

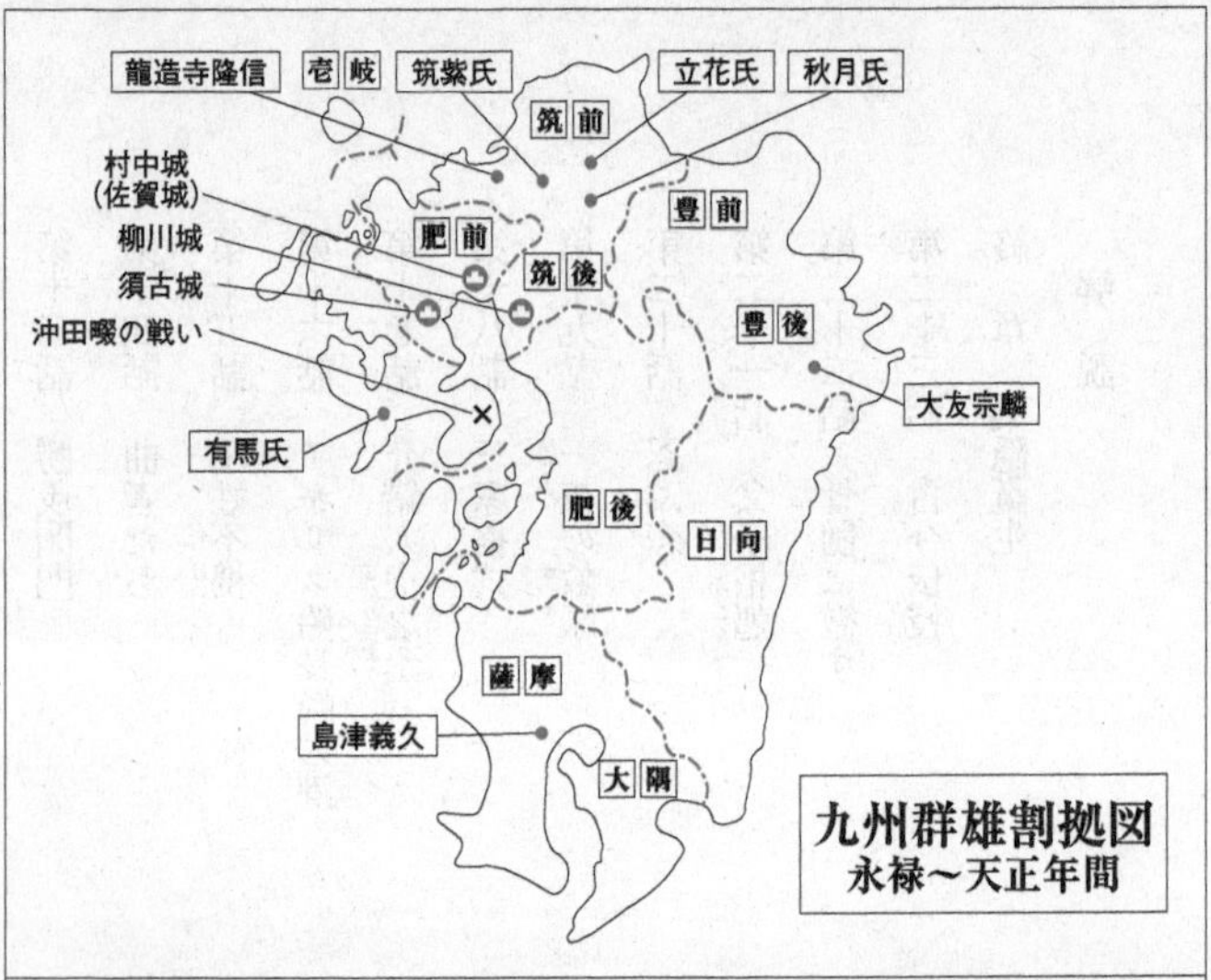

龍造寺隆信
壱岐
筑紫氏
立花氏
秋月氏
筑前
村中城
(佐賀城)
柳川城
須古城
沖田畷の戦い
肥前
筑後
豊前
豊後
大友宗麟
有馬氏
肥後
日向
薩摩
島津義久
大隅

九州群雄割拠図
永禄～天正年間

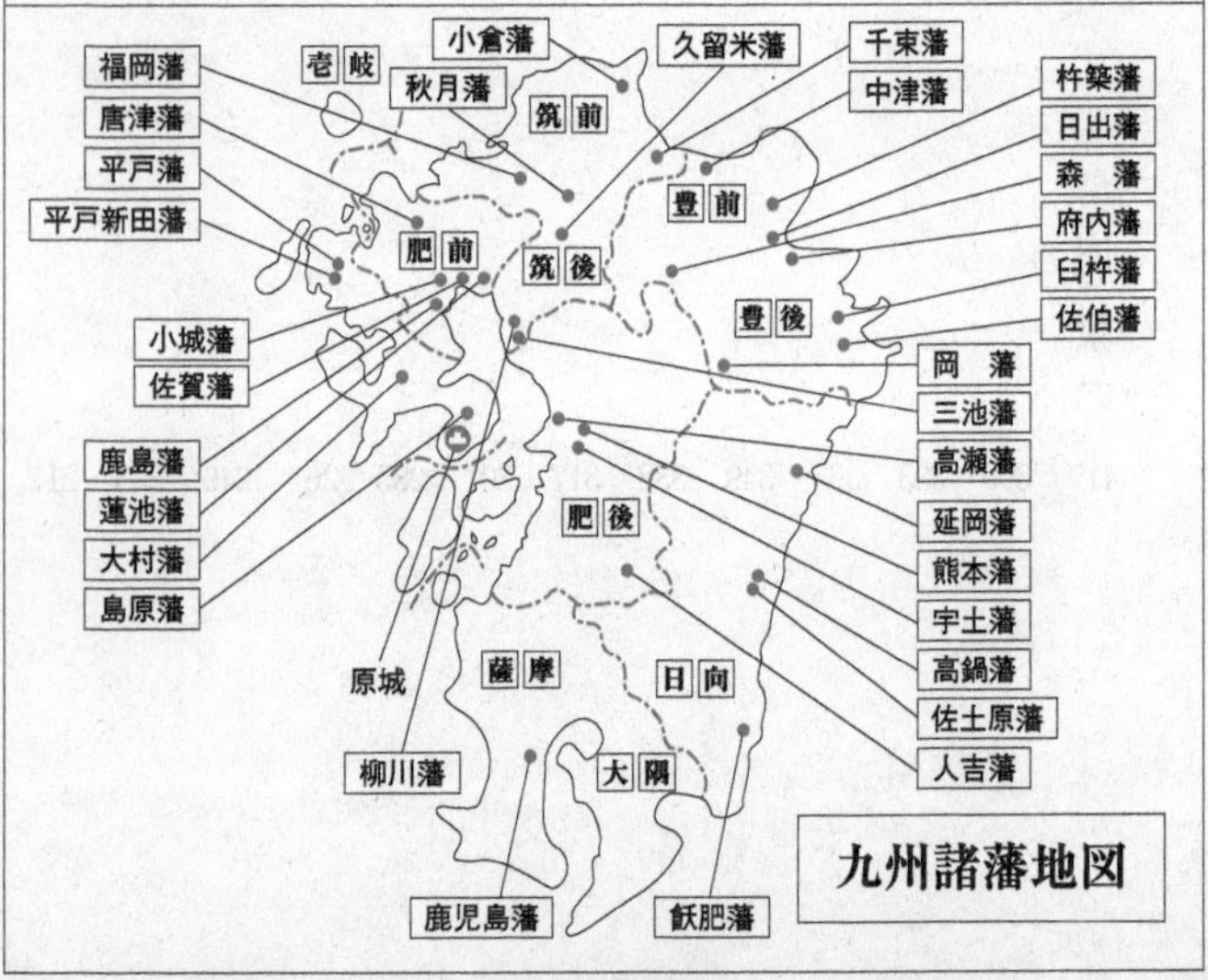

福岡藩
唐津藩
平戸藩
平戸新田藩
壱岐
小倉藩
秋月藩
筑前
久留米藩
千束藩
中津藩
杵築藩
日出藩
森　藩
府内藩
臼杵藩
佐伯藩
豊前
肥前
筑後
豊後
小城藩
佐賀藩
岡　藩
三池藩
高瀬藩
延岡藩
熊本藩
宇土藩
高鍋藩
佐土原藩
人吉藩
鹿島藩
蓮池藩
大村藩
島原藩
肥後
原城
薩摩
日向
柳川藩
大隅
鹿児島藩
飫肥藩

九州諸藩地図

登場人物関係図

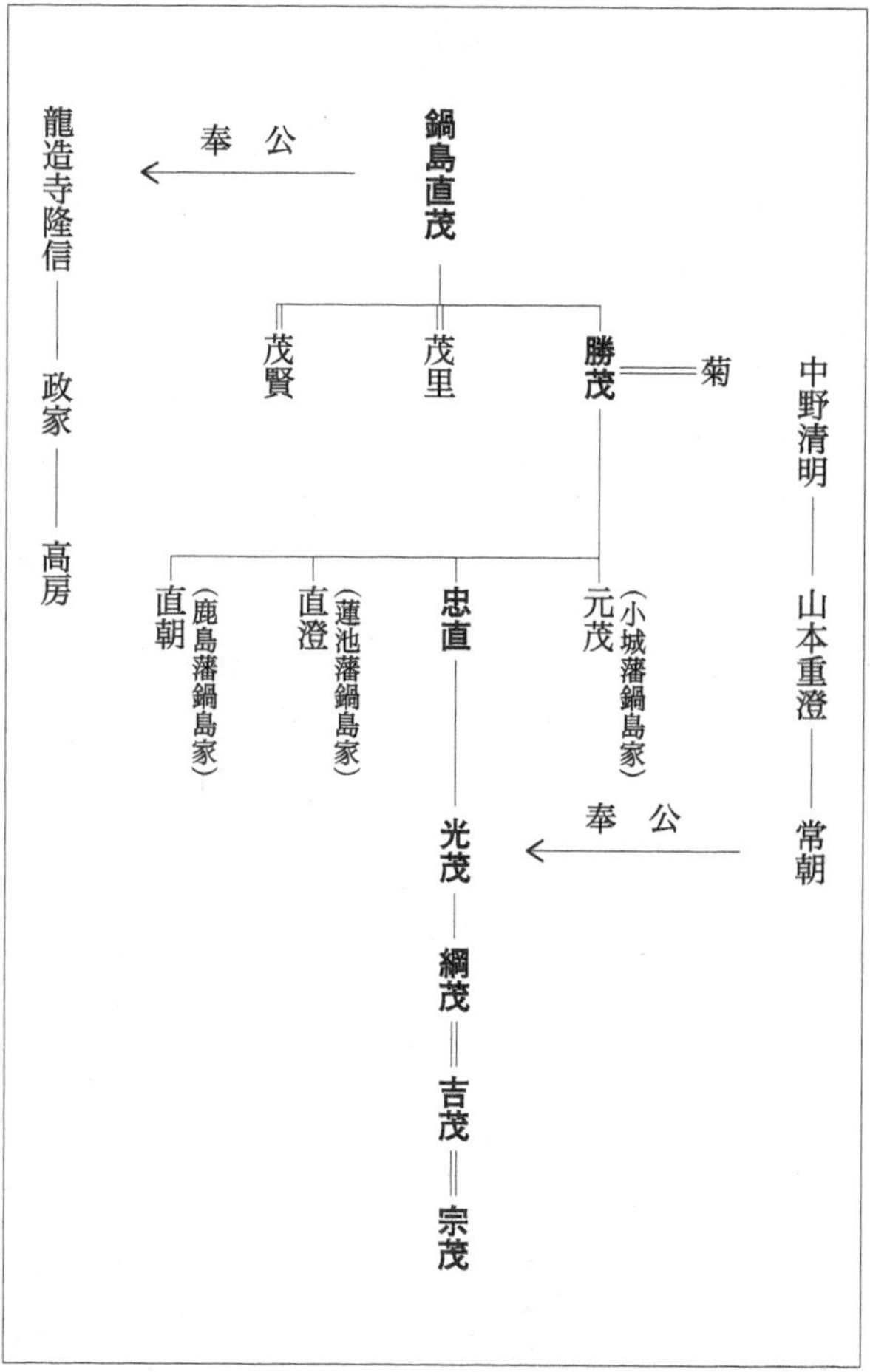

中野清明
山本重澄
常朝
奉公
鍋島直茂
勝茂
菊
茂里
茂賢
元茂（小城藩鍋島家）
忠直
直澄（蓮池藩鍋島家）
直朝（鹿島藩鍋島家）
光茂
綱茂
吉茂
宗茂
奉公
龍造寺隆信
政家
高房

序章　出会い

（死ぬしかない。死ぬしか……）

心のなかで呪文《じゅもん》のように唱えながら、田代陣基《たしろつらもと》は夜の道を駆けつづけた。

空にかかる弥生《やよい》の月が、西から迫る雲に少しずつおおわれてゆく。あたりは次第におぼろになり足元が見えにくくなっていくが、つまずこうが倒れようが構わぬとむきになって先を急いだ。

理不尽な理由で禄《ろく》を奪われ、牢人《ろうにん》を命じられた身である。これからは親類縁者に顔向けができないまま、米も買えない貧しい暮らしに耐えていかなければならないのだ。

（そんな屈辱をしのぶくらいなら、腹を切って武士の気概を示したほうがいい）

陣基はそう思い詰め、熱に浮かされたように家を飛び出してきたのだった。

事の始まりは同僚の江口清左衛門《えぐちせいざえもん》が酒場で人を斬ったことだった。

見知らぬ相手と些細《ささい》なことから口論になり、刀を抜き合うはめになったのだが、尋常の勝負をしたのだから死罪に処されるほどの落ち度ではない。

ところが相手が藩の重役の息子だったために裁定がきびしくなり、喧嘩両成敗《けんかりょうせいばい》の原則に従って切腹を命じられたのである。

これに対して家中から批判の声が上がった。あれは喧嘩ではないのだから両成敗にするのはおかしい、という意見が大勢を占めた。

こうした世論に後押しされて、清左衛門の同僚の祐筆《ゆうひつ》たちが助命嘆願書を出すことにした。その文書の起草を陣基が引き受けることになったのだった。

もともと陣基は前藩主鍋島綱茂《なべしまつなしげ》の祐筆で、現藩主の祐筆たちとは付き合いが浅い。清左衛門ともそれほど懇意にしていたわけではないので、あまり深入りしたくなかったが、

「名文家の誉《ほまれ》高い田代どのに起草していただきたいと、皆が申しております。何とぞよろしくお願いいたします」

ひと回りも年下の者たちに拝み倒され、応じざるを得なくなったのだった。

つぶさに事情を聞いてみれば、確かに清左衛門に切腹しなければならないほどの落ち度はない。にもかかわらず相手が重役の息子だから厳罰に処するようでは、藩主に対する信頼までゆらぐことになる。

陣基はそう考えて筆をとったが、書いているうちに感情が高ぶり、必要以上に主張の強い文章になった。そのために重職たちの怒りを買い、申し様が僭越《せんえつ》だという理由で牢人を命じられたのである。

これまた本末顚倒《てんとう》した不当な処分である。陣基は同僚たちが即座に抗議の声を上げるだろうと思っていたが、藩主吉茂《よししげ》が嘆願書に不快の意をもらしたと伝わると皆が急に黙

り込み、身の程をわきまえぬやり方に問題があると言い出した。

「確かに起草をお願いしたが、あそこまで高飛車になられては……」

事前に文書を読んで同意した者たちまでがそう言い出し、陣基一人に責任を押しつけたのである。

中には陣基が藩主の怒りを買ったせいで、清左衛門を助ける道が閉ざされたと言う者までいた。

陣基にとっては承服しがたいなりゆきだが、いったん下った命令はくつがえされないし、今さらあれこれ言っても負け犬の遠吠《とおぼ》えだと冷笑されるに決まっている。

(ならば腹を切って、武士の意地を示すまでだ)

陣基はそう決意して身辺の整理をはじめたが、死ぬ前に会っておきたい人物がいた。

先々代の光茂《みつしげ》に仕え、鍋島家に似合いの曲者《くせもの》と評された山本神右衛門《やまもとじんえもん》である。

「あの者のおかげで、父は三条西実教卿《さんじょうにしさねのりきょう》から古今伝授《こきんでんじゅ》を受けることができた。父の学識を疑っておられた実教卿の前で、神右衛門は古今和歌集の歌をすべて諳《そら》んじたそうじゃ」

綱茂がそう語るのを、陣基は何度も聞いている。あれこそまさに文武に通じた武士の鑑《かがみ》だと、佐賀《さが》ではもはや伝説にさえなっていた。

神右衛門は光茂が死去した後に出家し、常朝《じょうちょう》と名をかえて黒土原《くろつちばる》に庵《いおり》をむすんでいる。

そう聞いていた陣基は、前々から常朝に会って教えを受けたいと思っていたが、雑事に追われてはたせずにいた。

それゆえ今生の思い出に一目会ってから腹を切ろうと、夜の道を駆けつづけたのだった。

明け方に通り雨にたたられ、黒土原に着いた時にはずぶ濡《ぬ》れになっていた。

こんな姿で人に会うのは非礼きわまりないが、陣基は引き返そうとしなかった。命を捨てると決めた者が些細な礼儀にとらわれる必要はないと、柄にもなく強気になって大股《おおまた》で歩いた。

常朝の庵は山のふもとにあった。三間《げん》四方ばかりの茅《かや》ぶきの僧庵《そうあん》で、まわりに生け垣をめぐらしている。背後に迫った山には、桜の巨木が庵をおおうように枝を広げていた。花は今、満開である。しかも先ほどの雨に洗われ、みずみずしく輝いている。

庭の片隅には人の背丈ほどの椿があった。

もう散りかけているが、根本に敷きつめた白砂には落ちた花が一つもない。心を込めて掃き清めていることがひと目で分かる侘《わ》び住まいだった。

陣基は急に慎重になった。激情に突き動かされてここまで来たものの、こんな格好で対面を求めても門前払いされるに決まっている。
二、三度足を踏み出しかけてどうしたものかとためらっていると、庵の戸が開いて常朝が出てきた。小柄でやせた体を、墨染めの衣に包んでいる。少し猫背で、僧形にした頭が異様に大きかった。
常朝は陣基に気付くと、警戒の色をあらわにした。太い眉《まゆ》と鋭い目を吊《つ》り上げ、いかにもうさん臭そうに顔をしかめている。

禅の高僧のような風貌《ふうぼう》を想像していた陣基は、少なからず失望して軽く頭を下げた。

「何かご用かな」

五十二という歳にしては張りのある声だった。

「それがしは吉茂公に祐筆として仕えていた田代陣基と申します。ご高名は先代綱茂公からうかがっておりましたゆえ、一度お目にかかりたくて推参いたしました」

「さようか。それで用件は」

「と、特にございません。ただ……」

陣基は言いあぐねて口ごもった。

ただ話をしてこの無念を分かってもらいたい。そう願っていた自分に初めて気付いたが、初対面の相手に言えることではなかった。

常朝はもう一度うさん臭そうに顔をしかめ、庭のはずれにある廁《かわや》に入った。

長々と用を足して出てくると、

「祐筆として仕えていたとおおせられたな」

さして興味もなさそうにたずねた。

「事情があって、昨日牢人をおおせつかりました」

「歳はいくつかな」

「三十二になります」

「入られよ」

　常朝はそう勧めたが、陣基には聞き取れなかった。声はちゃんと聞こえているのに、こんな好意を示されるとは思っていなかったので、しばらく意味を理解することができなかった。

「ずぶ濡れのようではないか。着物が乾くまで、茶など飲んでいかれるがよい」

庵には八畳ばかりの板の間と土間があった。板の間の中央には囲炉裏が切ってあり、天井から吊るした自在鉤《かぎ》に鉄瓶がかけてある。

陣基は常朝が貸してくれた法衣に着替え、濡れた小袖《こそで》と袴《はかま》を囲炉裏の側に干した。洗いざらしの法衣は不思議なくらい肌になじみ、ほんのりとしたぬくもりがあった。

茶は抹茶ではなかった。庭に植えた茶を手もみしたもので、渋味がひどい。だがその味になれると、ほんのりと甘味が浮き上がってきた。

「お城づとめの頃のようにはいかぬ。まずい茶だが勘弁してくれ」

「いえ、おいしくいただいております」

走っている間は感じなかったが、汗が引くと山奥の庵はひどく寒い。火の側で温かいものをいただけるだけで有難かった。

「理由は何だ。なぜ祐筆を辞めさせられた」

常朝が切りつけるようにたずねた。

「同僚の命を救おうとしたことが、不届きだと断じられたのでございます」

陣基は残りの茶を飲み干し、江口清左衛門の喧嘩《けんか》と助命嘆願書のいきさつを語った。自分では冷静なつもりだったが、次第に感情が高ぶり、知らず識《し》らず身を乗り出していた。

「なるほど。それでここに死にに来たわけか」

常朝が苦笑いを浮かべ、囲炉裏に粗朶《そだ》を投げ入れた。

炎が急に大きくなり、陣基の眉間《みけん》をあぶった。

「それしか武士の一分《いちぶん》を立てる道はないものと存じます」

「そのように軽いか。近頃の侍の一分は」

「軽くはござらぬ。それゆえ腹を切って意地を貫くのでござる」

「それでは逃げているばかりで、一分を立てたことにはならぬ」

「では、どうすればいいのでございますか」

「まず、切腹を命じられた友の介錯《かいしゃく》をせよ。その位牌《いはい》を抱いて、仇《かたき》と目する重役の屋敷に斬り込むが良い。そうして斬り死にしてこそ、こたびの処分の非を鳴らすことができる」

それが鍋島武士の生き方だと言われ、陣基は横っ面を張り飛ばされたような衝撃を受けた。

まさにそのとおりなのに、一度もそんな風に考えることができなかったことに気付いたからである。

常朝はじっと陣基を見すえ、

「近頃の侍は体面を保つことばかりにとらわれ、大義を見失っておる。それゆえ大事の思案ができぬのだ」

一刀両断に切り捨てた。

「大義とは、何でございましょうか」

「武士ならば武士道に決まっておる。そなたにとって武士道とは何じゃ」

「ぶ、武士として世に恥じぬ生き方をすることでございます」

「その根本は、どこにある」

「それは……」

陣基は矢継ぎ早の質問にたじたじとなった。

「武士たる者が武士道を心がけるのは当たり前じゃ。だが武士道の根本は何かと問われて、ただちに答えられる者は少ない。それは日頃の心がけがなっていないからだ」

「どのように心がければ、その根本が分かるのでしょうか」

「そちも武士なら、自分で考えよ。幼ない頃に、父や母に何と教えられた」

「どんな時にも、命をなげうって殿にお仕え申し上げよと」

「それなら何ゆえそうせぬのじゃ。殿が牢人《ろうにん》をお命じになったのなら命がけで牢人し、手明槍《てあきやり》となってお呼びがかかるのを待つことこそ忠義ではないか」

佐賀では牢人した藩士を手明槍と呼び、他国に出ることを禁じている。手明槍となった者はわずかな捨《す》て扶持《ぶち》をもらいながら、出仕せよという声がかかるのを待つしかなかった。

「手明槍の制度は、家臣たちに修行の機会を与えようという殿の温情から生まれたものじゃ。そうしたいきさつも知らず、自分の都合ばかりで物を見るゆえ、牢人をおおせつかった腹いせに切腹しようなどと思うのじゃ」

「それでは……、殿の御意には何もかも従えとおおせですか」

「そうじゃ。殿の御前に出たつもりで、ここで一礼してみよ」

陣基は言われるままに深々と平伏した。

その首を、常朝が間髪いれずに柄杓《ひしゃく》の柄で叩《たた》いた。

「平伏する時には、いつ命を取られても構わぬという覚悟で首を差し伸べておる。その覚悟があって初めて、殿にはばかりなく諫言《かんげん》できるようになる。そちは常々、その覚悟をもって奉公してきたと言えるか」

陣基は再び強い衝撃を受け、目が覚める思いがした。

今まで自分はいったい何を考え、何をしてきたのだろう。その後悔に打ちのめされ、もう一度初めから学び直したいと痛切に思った。

「お、恐れながら、それがしを弟子にしていただけませぬか」

「あいにくだが、わしは弟子を取るほど仏道に通じておらぬ」

「仏道ではございませぬ。日々この庵《いおり》に通い、常朝さまに仕えさせていただきたいのでございます」

そうすれば、今まで見失っていた武士道の根本が見えてくる気がした。

「ほう、死ぬつもりではなかったか」

「己れの未熟に気付いたからには、うかうかと死んでなぞおれませぬ」

「良かろう。その覚悟なら、明日《あした》からここに通って庭の掃除でもするが良い」

後に『葉隠』を生む師弟の関係が、こうして始まった。

時に、宝永《ほうえい》七年（一七一〇）三月五日。

佐賀藩の藩祖鍋島直茂《なおしげ》が没して九十二年後のことだった――。

第一話　沖田畷《なわて》

我は殿の一人被官なり、御懇《ねんご》ろにあらうも、御情なくあらうも、御存じなさるまいも、それには會《あえ》て構はず、常住御恩の忝《かたじけ》なき事を骨髄に徹し、涙を流して大切に存じ奉るまでなり。

『葉隠』聞書第二―六十一節

筑後《ちくご》の柳川《やながわ》城を預かっていた鍋島直茂のもとに、須古《すこ》（杵島《きしま》郡白石《しろいし》町）の龍造寺安房《りゅうぞうじあわの》守信周《かみのぶちか》から急使が届いたのは、天正《てんしょう》十二年（一五八四）三月初めのことだった。

兄隆信《たかのぶ》が自ら軍勢をひきいて島原《しまばら》に出陣すると言い出したので困っている。健康も案じられるので、思い留《とど》まるように説得してほしいというのである。

「殿のお加減はどうじゃ」

直茂はまず容体を気遣った。

肥前《ひぜん》の熊と恐れられ、五カ国にまたがる大版図をきずき上げた龍造寺隆信も、すでに五十六歳になる。

三年前から持病の痛風が悪化し、発作も次第に激しくなっていた。

「癇癪《かんしゃく》を起こされることが多くなり申した。ご病気でお体がままならぬゆえと存じます」

使者が人目をはばかるようにして打ち明けた。

「おいたわしいことじゃ。明後日には訪ねるゆえ、御用をおおせつかったことにしてほしいと、安房守どのに伝えてくれ」

わざわざ諫言に行ったと思われては、隆信に申し訳がない。別の用事で行ったついでにふらりと立ち寄ったという形を取りたかった。

二日後、直茂は隆信が居城としている須古城を訪ねた。

隆信は八年前からこの城に入り、肥前西部の攻略に専念していたが、体調がすぐれなくなってからは弟の信周を呼んで政務をとらせていた。

須古城は、平野の中にこんもりと盛り上がった城山を本丸とした平山城《ひらやまじろ》である。東西三百十間(約五百六十メートル)、南北三百二十間(約五百八十メートル)もの広さがあり、まわりに土塁や堀をめぐらして厳重に守りを固めていた。

城山の下にきずいた本丸御殿を訪ねると、信周がすぐに迎えに出た。

「今は昼寝の最中じゃ。こちらに」

忍び足で対面所まで案内した。

「島原に島津《しまづ》勢が出てきたとうかがいましたが」

「島津家久《いえひさ》が三千の兵をひきいて有馬《ありま》の加勢をしておる。やがて森岳《もりたけ》城(島原城)や浜《はま》の城(島原市)に攻め寄せるであろう」

律義な信周は、島原半島の絵図を取り出して現況を説明した。

六年前の天正六年、隆信は島原に出陣して半島の全域を支配下に組み込んだ。ところが二年前に、半島南部の日野江《ひのえ》城を居城とする有馬晴信《はるのぶ》が、薩摩《さつま》の島津家とむすんで反旗をひるがえした。

島津家はたびたび援軍を出して龍造寺方の城をおびやかしていたが、今度は半島全域の奪回をめざして島津義弘《よしひろ》の弟家久を送り込んできたのだった。

「それなら雌雄を決してやろうと、兄上はいつになく張り切っておられるのだ」

それは良い兆候ではないと、信周は隆信の病状を案じていた。直茂とは年が近く従兄弟《いとこ》にもあたるので、何事も心安く話せるのである。

「茶の湯は、なされておりますか」

「近頃はあのように太っておられるゆえ、自分で点前《てまえ》をなされることはない。だが、濃《こい》茶《ちゃ》は好んで服しておられる」

「それなら良うございました」

直茂は都から取り寄せた茶を、手みやげに持参していたのだった。

昼寝から目覚めたばかりの隆信は、眠たげなぼんやりとした目をしていた。丸く太った顔をして、口ひげを蓄えている。昔は豊かだったひげも、近頃は真っ白になっていた。馬にも乗れぬと言われるほどに太ったのは、飲酒が過ぎるせいである。そのために痛風をわずらい、近頃では躁鬱《そううつ》の病状さえ呈していた。

「お目覚めと聞き、茶などいかがかと存じまして」

直茂は道具一式を持って御座の間に入った。

手早く薄茶を点《た》てると、昼酒の酔いが抜けない隆信は一気に飲み干して喉《のど》の渇きをうるおした。

二杯目は濃茶をじっくりと練った。隆信は両手で茶碗《ちゃわん》を包み込み、しばらく香りを楽しんでいたが、

「良い所へ来た。相変わらずの点前じゃ」

にっこりと笑って茶をすすった。

「このたびは島原へご出陣なさるとうかがいました」

「雲仙《うんぜん》の湯にでも入れば、気が晴れるかと思うてな」

「おそれ多いことではございますが、その楽しみをそれがしにおゆずり下されませぬか」

「どこか患《わずろ》うたか」

「殿のおかげで安穏な日々を過ごしておりますが、体が鈍《なま》ってなりませぬ。島津家久どのは無類の戦上手と聞きましたゆえ、ぜひとも槍《やり》を合わせてみたいのでございます」

「わしに行くなと言いたいのであろう」

隆信は急に険しい目をした。

「それがしが行きたいのでござる。島津と有馬の兵は六千と聞きましたゆえ、同じ数の兵を貸していただきとうございます」

「いやじゃ」

隆信は窮屈そうに脇息《きょうそく》にもたれかかり、そちは柳川に戻って肥後《ひご》に攻め入る仕度をしておけと言った。

「わしは三万の兵をひきいて島原を取り、八代《やつしろ》に渡って薩摩の国境《くにざかい》まで押し詰める。その時、そちが柳川から後詰めをすれば、肥後を攻め取ることはたやすかろう」

隆信はこともなげに言った。

ここ数年、北進を目論《もくろ》む島津家と厳しい競り合いがつづいている。その状況を打開できないことに苛立《いらだ》った隆信は、両面作戦をとって一気に決着をつけようとしていた。

それは、いかにも隆信らしい苛烈《かれつ》な決断である。だがこの決断の背後に、悪化の一途をたどる病状への嫌気と老い先短いという焦りがあることを、直茂は痛いほど感じ取っていた。

三月十九日、隆信は竜王《りゅうおう》の港から船を出し、島原半島北部にある神代港《こうじろ》に入った。従ったのは佐賀、小城《おぎ》、神埼《かんざき》の龍造寺一門と旗本衆五千ばかりである。すでに松浦《まつうら》、彼杵《そのぎ》、藤津《ふじつ》から動員された地侍《じざむらい》衆が集まっていて、総勢二万五千にのぼった。

直茂も譜代衆一千をひきいて加わっていた。

初陣以来三十数年間、直茂は常に隆信の側で戦ってきた。隆信の武将としての才質は抜きん出ていて、絶望的な状況を挽回《ばんかい》して勝利にみちびいたことが何度もある。

直茂が武将として独り立ちできたのも隆信から多くを学んだからだが、ここ数年は衰えが目立っている。側についていなければ、何を仕出かすか分からない危うさがあった。

神代から道は二つに分かれている。

一つは、半島の東を回って島原湾ぞいに南下する道。もう一つは、西回りの道をたどり、千々石《ちぢわ》や小浜《おばま》を抜けて日野江城に向かう道である。

まずは有馬、島津勢に攻められている浜の城を救わなければならないので、東に回らざるを得ないが、道が狭く大軍が通るには不向きである。

そこで直茂は、自分が一万の軍勢をひきいて浜の城に向かうので、隆信は残りを指揮して日野江城を攻めるように進言した。

ところが隆信はこの策を用いず、全軍をひきいて島原へ向かうことに固執した。その理由は分からない。だが隆信がそうと決めたからには、黙って従わざるを得なかった。

翌日、三会《みえ》城に着いた。ここから森岳城まではわずか半里で、間には田植えをひかえて水を張った田がつづいていた。

水田の中央には沖田畷《おきた》と呼ばれる細い道が通じている。森岳城を攻めるには、この道を行くか、水田を避けて山側か海側の道を進むしかなかった。

三会城での軍議で、隆信は軍勢を三隊に分けた。

隆信の本隊は山側を、隆信の次男江上家種《えがみいえたね》と三男後藤家信《ごとういえのぶ》がひきいる一隊は海側を、そして直茂を大将とする一隊は沖田畷を進撃することにした。

ところが、二十四日早朝になって、隆信は急に自分が本隊をひきいて沖田畷を行くと言い出した。

「殿、それはなりませぬ」

直茂は眦《まなじり》を決して止めようとした。

細い畷では進退がままならない。万一敵に押し込まれたなら、退却できずに窮地におちいるおそれがあった。

「構うな。敵は無勢じゃ」

隆信は一変して陽気になり、五ヵ国の太守たる者が山に隠れるように進軍するわけにはいかぬと言い張った。

隆信の言葉は絶対で、白を黒と言われても笑って従うのが佐賀の気風である。直茂はやむなく山側の道を行くことにしたが、この急な変更が取り返しのつかない事態を招く原因になったのだった。

辰《たつ》の刻（午前八時）、三隊に分かれた龍造寺勢は陣太鼓の合図も勇ましく進撃を開始した。先手《さきて》の鉄砲隊を先頭に、細い道を二列縦隊になって進んでいく。

敵も森岳城から出て迎え討つ構えを取ったが、その数は三千ばかりにすぎなかった。

「あれを見よ。可愛らしい敵どもじゃ」

隆信は輿《こし》の上から陣容をながめ、勝利は手の内にあると豪語した。

先手が五町（約五百五十メートル）ほど進んだ頃、島津の騎馬隊二百人ばかりが、沖田畷の道を駆けて本隊におそいかかった。手前で馬を下り、鉄砲を撃ちかけて混乱をさそい、槍を構えて突っ込んでくる。

だが龍造寺勢もすぐに態勢を立て直し、鉄砲で応戦した。本隊ばかりでなく山側と海側からも射撃を加え、百人ばかりを一瞬にして討ち取った。

生き残った島津勢は、馬に飛び乗って逃げ始めた。

これを見て本隊の先手が追走をはじめた。幅一間ばかりの道を、勝ちにのって我先にと追って行く。

そのために本隊ばかりが左右の隊より大きく突出した。

「いかん、釣《つ》り野伏《のぶせ》だ」

直茂が気付いた時には遅かった。

山際の林に待ち伏せしていた島津勢五百あまりが、直茂勢に向かって横から鉄砲を撃ちかけた。

同時に沖から有馬家の軍船が迫り、鉄砲三百挺《ちょう》と大砲二門で海側を進む江上、後藤勢を攻撃した。

この大砲はキリシタンである有馬晴信がポルトガルから買いつけたもので、すさまじい威力を発揮する。

海側も山側も退却を余儀なくされ、中央を進む本隊だけがむき出しになった形で取り残された。

そこを目がけて島津勢三千がいっせいに攻めかかると、本隊の先手は味方にさえぎられて引き返すこともできないまま、次々と討ち取られていった。

隆信はこの惨状を見ても遮二無二前に進もうとし、水田の中を駆けて来た川上左京亮《かわかみさきょうのすけ》らの精鋭部隊に取り囲まれた。

「下郎めが。推参なり」

隆信は輿に乗ったまま槍で応戦したが、左京亮に脇腹を突かれて泥田の中に組み落とされた。

「龍造寺の御大将、討ち取ったり」

左京亮は隆信の首を槍先にかかげて大音声《だいおんじょう》を上げた。

崩れた味方を立て直そうとしていた直茂の耳にも、その声は飛び込んできた。

槍につらぬかれた無残な首もはっきりと見えた。

その瞬間、直茂の思考は止まった。殿を討ち取られたからには生きてはいられない。この場で討ち死にするばかりだと覚悟を定めた。

直茂は馬を下り、従者の手から槍を引ったくると、敗走してくる先手をかき分けて前線に出ようとした。

「殿、待たれよ」

側近の中野清明《なかのきよあき》が後ろから組みついた。

「離せ、殿の弔い合戦じゃ」

「馬鹿を申されるな。肥前を見捨てるおつもりか」

剛力の清明は、直茂を肩にかつぎ上げて後ろに下がろうとした。

敵はすでに目前に迫っている。これでは逃げることもできかねると観念した時、間近で鉄砲のいっせい射撃があり、二十人ばかりの敵がなぎ倒された。

斎藤佐渡《さいとうさど》、用之助《ようのすけ》父子が、配下《はよ》をひきいて救援に駆けつけたのである。

「この場は引き受けた。殿を早《はや》う」

佐渡も用之助も鉄砲の早合《はやごう》を落とし込み、敵の新手を悠然と待ち受けている。

「頼んだぞ。戻れよ」

清明はそう叫ぶと、直茂をかついだまま猛然と走り出した。

この男こそ、後に『葉隠』を生んだ山本常朝の祖父だった。

龍造寺勢の死者二千余人、負傷者は三千人にのぼった。

島原から三会の間にびっしりと倒れ伏す味方を見ながら、直茂らは神代まで退去し、敗残の兵をまとめた。

かくなる上は生き残った者たちを無事に国許《くにもと》に帰し、肥前の国の立て直しと主君の仇《あだ》を報じる機会を待つしかない。

直茂は神代まで退去する間に頭を切り替え、自ら殿軍《しんがり》をつとめて味方を混乱なく引き揚げさせた。

大事の思案は軽くするべし、と日頃から心得ている。

何をなすべきかが決まったなら、ぐだぐだ迷わずに全力をつくすのみである。すでに一命をなげうった身であれば、これ以上失うものは何もなかった。

神代に二日も踏みとどまって全員の退却を見届け、二十六日に須古城に戻った。

隆信討ち死にの報に、城も城下も浮足立っている。今にも薩摩の大軍が攻めて来るのではないかと、家財をまとめて逃げ出す者たちもいた。

「よう戻った。よう生きていてくれた」

留守役の信周が飛びつくようにして出迎え、力を貸してくれと頼み込んだ。

　領内は混乱をきわめ、早くも島津と通じて離反しようとする者もいたが、どうやって取り鎮めていいか分からずにいたのである。

「殿とともに討ち死にすべきところを、生きながらえた身でござる。今さら指図がましきことをする立場ではございませぬ」

　直茂は辞退したが、信周はこの窮地を乗り切ることができる者は他にはおらぬと有無を言わせなかった。

「ならば領内に触れを回し、政家《まさいえ》さまが弔い合戦のために薩摩にご出陣なされるゆえ、四月一日までに兵をひきいて集まるように命じて下され」

　政家は隆信の嫡男で、すでに家督をゆずられている。彼が陣頭に立って薩摩を討つ気概を見せれば、諸城主たちの動揺も鎮まるし、出て来るかどうかで向背《こうはい》を見極めることもできると考えたのだった。

「しかし、負け戦の痛手は大きい。今すぐ兵を出すことはできぬ」

「それがしに考えがござる。案ずることなく、触れを出されるが良い」

　政家の名で発した令状に従い、四月一日に領内の大半の城主が兵をひきいて集まってきた。先行きに不安はあるものの、龍造寺家の威信はゆらいでいなかったのである。

　直茂は島原での労をねぎらい、犠牲者の供養をおこなった上で、これから島津家に宣戦の使者を送ると言った。

「島原での戦は、離反した有馬晴信を誅《ちゅう》するためのものでござった。されど今度は、主君の仇を報じるために出陣するのじゃ。その旨を島津に告げ、正々堂々の戦をしようと存ずる」

これから肥後八代の島津家久の陣所に、大隈安芸守《おおくまあきのかみ》を使者として遣わす。その返答を待って出陣するので、各々所領に戻って知らせを待つようにと申し渡した。

大隈安芸守は十人ばかりの供を連れ、その場から八代へ向かった。小早船《こばやぶね》を夜通しこいで有明海《ありあけかい》を下り、翌日には家久の陣所に着いた。

家久と対面した安芸守は、これから弔い合戦のために政家自ら兵をひきいて出陣すると告げ、今生の思い出に隆信の首を拝ませてもらいたいと申し出た。

家久は快く応じ、川上左京亮に首台に乗せた隆信の首を持参させた。

安芸守は作法どおり主君の首を拝して引き下がろうとしたが、供をしていた守棄次郎右衛門が一礼してするすると首の前に出た。

「殿、何という情けない有り様でござるか。あの折、鍋島加賀守《かがのかみ》の進言をさけられたゆえ、かような目にあわれたのじゃ。されど今さら申しても、為《せ》ん方《かた》なきこと。この上は我ら家来一同、死に物狂いの戦をして薩摩に屍《しかばね》をさらし、黄泉《よみ》の国のお供をつかまつる所存でござる。心安らかにその日をお待ちいただきたい」

そう叫ぶなり、家久と左京亮をくわっとにらみすえた。

「天晴《あっぱ》れなる覚悟じゃ。いつでも相手をいたすゆえ、兵をそろえて攻め寄せて来るが良い」

家久は勝者の余裕を見せて応じたが、心中おだやかではなかった。

戦は気迫の勝負である。次郎右衛門のように命を捨てて主君の仇を報じようとする侍たちが二千も三千も攻め寄せて来たなら、どれほどの損害をこうむるか分からない。

そのことを案じた家久は、数日後に河上助七郎を柳川城に遣わし、隆信の首を返すと申し入れた。情けあるはからいをして遺臣たちを懐柔し、報復の気をそごうとしたのである。

「それは受け取れぬ」

直茂は断腸の思いで、大隈安芸守に応対を命じた。

首を受け取って供養したいのは山々だが、そうすれば相手の思う壺《つぼ》である。報復の気をそがれた家臣たちは、やがて生活の苦しさに負けて我が身のことだけを考えるようになり、家中の結束はバラバラになっていく。

それだけは何としてでも喰《く》い止めなければならなかった。

「使者にこう伝えよ。今さら不運の首をいただいても、何の役にも立ち申さぬ。いずこへなりと捨てていただいて結構でござる」

直茂は申し訳なさに鳥肌立つ思いをしながら言い放った。

こうした決断によって家中は一つにまとまり、島津に付け入られることなく敗戦後の混乱を乗り切ることができた。

その働きを謝して、政家は六月十五日に次のような書付けを渡している。

〈態《わざ》と申候、仍《よ》って其方《そのほう》こと、我ら家を相歎《あいなげ》かれ候上は、如睦甲冑《じょぼくかっちゅう》共に、信生《のぶなり》（直茂）の下知《げじ》次第たるべく、もし相背《あいそむ》く人候はば一途に申付けらるべく候〉

今後は如睦（平時）も甲冑（戦時）も、直茂の下知に従うと誓ったものだ。もし背く者がいたなら、思いどおり処分して構わないというのだから、領国の支配権をゆだねたも同然だった。

この日から、佐賀三十五万石を立ち上げるための直茂の苦闘がはじまったのである。

第二話　仇敵島津

太閤様仰《おお》せに、「龍造寺隆信と云ひし者は、名将たるべしと思はれ候。仔細《しさい》は、鍋島飛騨守《ひだのかみ》に国家を打ち任せ候は、よく人を見知りたるものなり。今飛騨守を見て思ひ知られ候」と御申し候由。

『葉隠』聞書第三—三十六節

あたりが薄水色に明け初めた頃、鍋島直茂は筑後川の河口から船を出した。

左右に五人ずつのこぎ手を配した小早船が、川の流れに乗って有明海にすべり出していく。秋の澄みきった空に月が消えのこり、海はおだやかに凪《な》いでいた。

直茂は船が嫌いである。体質があわないのか、少しの波でも船酔いをする。酔えば胃が引きつるほど激しい嘔吐《おうと》をするが、だからこそ意地でも船を使うのである。

嫌いなもの苦手なものこそ自分を成長させてくれる。それに船ごときを恐れて陸路を行くようでは、亡き主君に申し開きができなかった。

「気付け薬はいかがでござる」

近習《きんじゅ》の藤島生益《ふじしまなります》が朱塗の瓢簞《ふくべ》を差し出した。

酒に酔っていると不思議と船酔いをしないのである。

「今日はよい」

直茂は酒を口にする気にもなれないほど、深い迷いにおちいっていた。

原因は島津である。昨年三月の沖田畷の戦いで龍造寺隆信が討ち取られる大敗をきっした直茂らは、島津の圧力に抗しきれず、降伏したなら従来どおり肥前の領有を認めるという申し出に応じて軍門に降《くだ》った。

主君の仇《かたき》に頭を下げ、肥後の北部や肥前の西部を手放して、何とか生き残ったのである。

そのことに対する批判は強い。鍋島どのは腑抜《ふぬ》けになられたかという声は家中からさえ聞こえてきたが、直茂はじっと耐えた。沖田畷で精鋭の多くを失ったのだから、耐えなければ主家を潰《つぶ》すことは目に見えている。

ところがその忍耐に追い打ちをかけるように、島津が人質を出せと求めてきたのである。

これに応じるかどうかをめぐって、重臣たちの意見は真っ二つに割れ、決定は直茂の裁量にゆだねられたのだった。

幸い波はおだやかである。屈強の水手《かこ》たちがこぐ小早船は、一刻半（三時間）ばかりで肥後の菊池《きくち》川の河口に着いた。ここから川をさかのぼって高瀬《たかせ》に入り、町はずれの願《がん》行寺《ぎょうじ》を訪ねた。

この寺には隆信の首がほうむってある。直茂から首の受け取りを拒否された島津の使者は、この寺の住職に首を渡して供養してもらうことにした。

そのことを知った直茂は、二十四日の月命日には一介の武士に姿を変えて欠かさずお参りしていたのだった。

顔見知りとなった住職に声をかけ、墓地の片隅にきずいた塚の前にひざまずいた。供をする生益と斎藤佐渡は、後ろに立って警固にあたった。

（殿、申し訳ございませぬ）

直茂は心の中で亡き隆信に語りかけた。

島原で冥土《めいど》の供をしなければならなかったのに、主君の仇討《あだう》ちをしてからと思って命をながらえた。ところが多くの勇者が島原で討ち死にし、生き残ったのは老人や若輩ばかりで、島津の軍門に降らざるを得なくなった。

そうして今度は、人質まで差し出せと迫られている。

これに応じてまで領国、領民を担いつづけるべきか、男は死に狂いこそ良かれと心得て一戦を交えるべきなのか。

（殿、それがしは未練者でござる。どうすべきかお教え下され）

直茂は塚の前に座り、一刻ちかくも隆信に語りかけた。

死ぬのはたやすい。だが佐賀の屋台骨を支えている身では、心のままに行動することは許されないのである。

直茂はわずかな香華《こうげ》料をたむけ、その日の夕方に村中《むらなか》城（佐賀城）に戻った。

この城が佐賀三十五万石の本城として威容をととのえるのは、慶長《けいちょう》七年（一六〇二）の改築以後のことである。この頃には広大な平野に沈み込みそうな頼りない姿をしていたが、直茂は昨年五月以来ここを居城として主家を支えつづけていた。

帰りは波が立ち、船酔いに苦しんだ。足取りもおぼつかなく本丸に戻ると、奥御殿から焼き魚のいい匂いがしてきた。

（秋刀魚《さんま》か、いや、鰯《いわし》かもしれぬ）

好物の匂いに空腹をおぼえて奥に入ると、正室の泰子（陽泰院《ようたいいん》）が七輪で鰯を焼いていた。

丸々と太った三匹の鰯が、脂の焼けるジジッという音を上げて、いい具合に焼き上がっている。

「そろそろお戻りだろうと思って、仕度をしておりました」

手回し良く酒の用意をしていた。

「欠けていく月を見ながら虫の音を聞くのも、良いものでございますよ」

鰯をお膳《ぜん》にすえ、いそいそと小太りの体を寄せて酌をした。

「うまい。そちのように脂がのっておるではないか」

直茂は鰯を頭からほおばり、泰子にも酒を勧めた。

二人のなれそめはこの魚である。

直茂が隆信の供をして泰子の実家の石井《いしい》家に立ち寄った時、侍女たちが昼飯のおかずに鰯を焼いてくれた。数匹ずつ七輪で焼いたが、四、五十人の供がいるのでとても間に合わない。

そこで泰子は七輪の火を土間にぶちまけ、炭をたして火勢を強めてから鰯を投げ入れた。すると百匹以上もの鰯があっという間に焼き上がったのである。

その機転の速さと度胸の良さに、直茂はしびれた。その翌日から、夫を戦で失ったばかりの泰子のもとに通いつめて口説き落としたのだった。

酒も強い。二人して酒を酌み交わしながら、虫の音に耳を傾けていると、

「人質には、わたくしが参ります」

泰子がぽつりとつぶやいた。

直茂が夜も眠れぬほどに苦しみ抜いていることを知っていたのである。

「いや、それはならぬ」

行かせるつもりはなかったが、その一言で迷いが晴れた。

直茂には胸に秘めた計略がある。それを成し遂げるためには、今は人質を出す屈辱も耐え忍ぶべきだった。

直茂は嫡男伊勢松《いせまつ》（勝茂《かつしげ》）を人質に出すことにした。

まだ六歳になったばかりの跡継ぎを命の危険にさらすのは、まさに断腸の思いである。だがその覚悟を見せるしか、龍造寺一門や重臣を説得する方法はなかった。

「直茂どの、よう分かり申した」

隆信の弟の安房守信周が真っ先に賛同し、龍造寺家からは自分の息子を出すと言った。

これで家中の大勢は定まったが、味方と頼んでいた勝尾《かつのお》城（佐賀県鳥栖《とす》市）の筑紫広門《ちくしひろかど》が、人質の要求には応じられぬと伝えてきた。

広門は豊後《ぶんご》の大友宗麟《おおともそうりん》と龍造寺隆信との間《はざま》にあって家の存続に心胆をくだいてきたが、五年前に大友家から離れて隆信の傘下に入った。

隆信敗死の後も古処山《こしょざん》城（福岡県朝倉《あさくら》市）の秋月種実《あきづきたねざね》とともに龍造寺家に忠誠を誓っ

ていたが、人質を出してまで島津に仕えるつもりはないと突っぱねたのだった。

これでは直茂がひそかにあたためてきた計略は成り立たなくなる。かくなる上は膝詰《ひざづ》めで説得するしかないと、秋の終わりに広門を訪ねた。

勝尾城は広大な山城だった。

標高五百一メートルの城山にきずいた勝尾城を詰めの城とし、ふもとの谷に武家屋敷と城下町が広がっている。

越前一乗谷《えちぜんいちじょうだに》とよく似た構造で、谷のまわりの山々に鬼ヶ城《おにがじょう》、高取城《たかとり》、葛籠城《つづら》などの支城を配して守りを固めていた。

知らせを受けた広門は、登城道の入り口で出迎えた。三十歳の武者盛りで、背がすらりと高く、おだやかでやさしげな顔立ちをしている。

だが内には苛烈《かれつ》なものを秘めていて、衰退の一途をたどっていた筑紫家を、筑前《ちくぜん》と肥前にまたがる十万石並みの大名に育て上げていた。

「わざわざお運びいただき、痛み入ります」

広門は城外の屋敷を対談の場所にした。

すでに島津との決戦にそなえて城内の整備を進めている。その様子を知られたくないようだった。

「今日は二人だけで話をさせていただきたい」

直茂は人払いを頼んだ上で、胸の内をさらけ出して説得にかかった。

「関白殿下が島津家に停戦命令を下されたことはご存じであろう。ところが島津はこれを無視し、豊後の大友家を攻めようとしておる。人質を取るのは、その戦にそなえてのことでござる」

だから今はおとなしく人質を出して豊後に出陣し、秀吉《ひでよし》が島津を討つために出陣してくるのを待って離脱する。

領国を守りながら島津家の支配から脱するには、その方法しかないと直茂は考えていたが、広門が人質を出さなければ、島津は豊後より先に勝尾城に兵を向けるおそれがあった。

「望むところでござる」

広門は覚悟の定まった涼やかな顔で答えた。

この勝尾城に立て籠《こも》り、岩屋《いわや》城や宝満《ほうまん》城（いずれも太宰府《だざいふ》市）の大友方と力を合わせて戦ったなら、島津勢の攻撃を半年は持ちこたえることができる。

その間に秀吉が、二十万ちかい大軍をひきいて救援に駆けつけるはずだというのである。

「二十万の大軍は半年では動かせぬ。それに関白殿下は東にも解決しなければならない問題を抱えておられる。ご出陣は一年先と見た方が良いと存ずる」

だから今は人質を出して時節を待てと言ったが、広門は応じなかった。

「もし島津に従っている間に関白殿下が兵を出されたなら、我らは何もかも失うことになりましょう。それよりは運を天に任せ、島津の大兵を引きつけて戦いたいのでござる」

島津勢を食い止めている間に秀吉が来たなら、莫大《ばくだい》な恩賞がもらえるはずである。壮気に満ちた広門は、その可能性にすべてを懸けていたのだった。

島津は来た。

翌天正十四年（一五八六）七月、伊集院忠棟《いじゅういんただむね》を大将とする二万の大軍を派遣し、佐賀の龍造寺や筑後の諸将にも出兵を命じた。

直茂は五千の兵をひきいてこの要請に応じ、島津勢を久留米《くるめ》まで迎えに行った。

「鍋島どの、よう来て下された」

忠棟は直茂を間近に呼び寄せ、高名のほどは聞きおよんでいると言った。

島津義久《よしひさ》の家老をつとめる五十がらみの男で、辣腕《らつわん》ぶりは九州中に知れ渡っている。

直茂とは年もちかく立場も似ているので、前々から好意を抱いていたという。

「沖田畷のことはお悔やみ申す。されどこれも武門の定め。今後は同志としてお力添えをたまわりたい」

「有難きお言葉をいただき、かたじけのうござる。肥前は我らの領分ゆえ、存分にお申し付けいただきたい」

直茂は勝尾城攻めの先陣をつとめたいと申し出た。

どうせ命じられることは分かっているので、先手を打って忠誠心を示したのである。

「そうしていただければ鬼に金棒でござる。我らの先陣は左京亮がつとめますゆえ、よろしくお引き回しいただきたい」

忠棟が川上左京亮忠堅《ただかた》と引き合わせた。

浅黒く精悍《せいかん》な面構えをしたこの男こそ、沖田畷で隆信を討ち取った張本人だった。

「隆信公の御首をいただいた者でございもす。えらく重いお方でござりもした」

大柄な左京亮は、威圧するように上から見下ろした。

「さようか。貴殿が……」

直茂は憤りをぐっとこらえ、お手並みのほどは戦場で拝見すると挨拶《あいさつ》した。


勝尾城は強固な要塞《ようさい》と化していた。

城下への入り口には総構《そうがまえ》の空堀《からぼり》をもうけ、第一次の防御線としている。堀の幅は五間半（約十メートル）、深さは三間もある巨大なものだった。

その後方には小高い山にきずかれた葛籠城があり、城の南に二重の空堀をめぐらして第二次の防御線にしていた。この堀も幅三間、深さ三間もある楔形《くさびがた》のもので、長さは五町にもおよんでいる。

しかも城下や周辺の村々の住民をすべて城に入れ、主従領民が一丸となって戦う態勢をとっていた。

七月六日、直茂らは葛籠城の南から攻撃にかかった。

広門の必死の構えを見れば胸が痛む。だが敵として戦うからには、寸毫《すんごう》も手加減することはできなかった。

直茂は総構の後方の平地に攻撃を集中した。ここには二重に柵《さく》をめぐらしているだけなので突破しやすいと見たが、筑紫勢も柵の内側に鉄砲隊を配して猛然と反撃する。

早くから博多《はかた》港を拠点として南蛮《なんばん》貿易に乗り出していた広門は、鉄砲を大量に装備し、火薬も弾も潤沢に貯えていた。

「ひるむな。竹束と槍《やり》を使え」

足軽たちが竹束を押し立てて柵に近付き、長槍隊がその間から槍を突いて敵をたおす。直茂得意の戦法だが、相手もそれを心得ていて柵の外側にいくつもおとし穴を掘っている。穴に足を取られて竹束の列が乱れるのを見すまし、猛烈な射撃をあびせてきた。

戦いは一進一退をくり返したが、直茂勢に呼応して川上左京亮がひきいる三千が総構の空堀を突破したために、筑紫勢は第二次の防御線の内側まで退却していった。

狭い谷の入り口にあたるこの防御線は強力で、直茂らは七日から十日まで攻めつづけたが突破することができなかった。

翌十一日の未明、斎藤佐渡が直茂の本陣を訪ねてきた。

「殿、敵は朝駆けをいたしまするぞ。お仕度をなされませ」

城内から火薬の匂いがするという。鉄砲名人の佐渡ならではの嗅覚《きゅうかく》だった。

半刻《はんとき》もしないうちに、その見込みは現実となった。広門の弟春門《はるかど》が一千ばかりの手勢をひきい、空堀の柵を開けて打って出たのである。

正面に布陣していた島津勢に、槍隊を先頭にして突っ込んでいく。寝込みをおそわれた島津勢は大混乱におちいったが、事前に陣形をととのえていた直茂勢は、敵の側面から攻めかかった。

相手はあわてて柵内に逃げ帰ろうとする。その乱れに付け入って第二次防御線を突破し、その奥の第三次防御線まで攻め入った。

城には戻れぬと覚悟した春門は、旗本衆三百人をひきいて左京亮の本陣に攻めかかった。

これを見た左京亮は春門との一騎打ちに応じ、相討ちになって二人とも命を落としたのだった。

第三次の防御線から先は、幅一町にも満たない狭い谷になっている。ここから広門の館《やかた》までは四半里もあるので、攻め込めばどれほどの犠牲が出るか分からない。

そこで直茂は忠棟に進言し、自ら交渉役となって広門を降伏させようとした。

「やがて関白殿下が九州征伐の軍勢をつかわされる。生きながらえてその時を待たれよ」

「それがしが未熟ゆえ、多くの家臣を死なせ申した。今さら降伏することなどできませんぬ」

広門は端正な顔に決死の覚悟をみなぎらせていた。

「死んだ者のためにこそ、生きねばならぬのでござる。彼らが何を願って戦ったか、ご存じのはずでござる」

主家と領地、そして家族を守るために命をなげうったのだ。その願いをはたすことこそ、上に立つ者のつとめではないか。

直茂はそう言って広門を説き伏せ、筑後の大善寺《だいぜんじ》に身柄を押し込めたのだった。

島津勢はそのまま北へ進撃し、高橋紹運《たかはしじょううん》の立て籠る岩屋城を七月二十七日に攻め落としたが、三千人以上の死傷者を出す大打撃を受けた。

この時こそと見た直茂は、大善寺の広門のもとに腹心の中野清明をつかわした。

「よいか。広門どのを助け出し、筑前側から山中に分け入って勝尾城を奪い返すのじゃ」

切れ者の清明は伝《つて》を頼って筑紫家の家臣を集め、八月二十七日に広門を大善寺から助け出した。その夜のうちに北に走り、翌二十八日にはわずかの留守役しかいない勝尾城の奪回に成功したのだった。

島津勢が再び城攻めに来たなら、直茂は広門に味方して痛撃を加えるつもりだったが、伊集院忠棟はさすがにその動きを察していた。

「もう一度筑紫を攻め落とすことは成りがたく存じます。先日攻め落とすことができたのは、思いがけない幸運によるものでした。そのうえ広門は肥前勢と通じているようなので、容易には攻められない状況です」

島津義久にそう書き送り、本国に撤退することにしたのである。

その後直茂は、広門や立花宗茂《たちばなむねしげ》（高橋紹運の実子）と協力し、筑前、筑後、肥前を掌握して秀吉の九州進攻を待った。

秀吉が十万余の軍勢をひきいて九州に入ったのは、翌天正十五年（一五八七）の三月である。すでに弟秀長《ひでなが》が十万の軍勢をひきいて豊後に入っていたので、総勢二十万にもおよぶ未曾有《みぞう》の大軍だった。

四月十日、秀吉は久留米の高良山《こうらさん》を本営とし、九州の諸大名の挨拶を受けた。

直茂も小早川隆景《こばやかわたかかげ》に取次を頼み、龍造寺政家や筑紫広門とともに御前にまかり出た。

「直茂、似合うか」

秀吉は黒いビロードの南蛮帽をかぶっていた。

以前に直茂が、好《よしみ》を通じるために贈ったものだった。

「お似合いでござる。ご配慮、かたじけのうございます」

「島原以来の苦労は聞きおよんでおる。危うい瀬戸際をよう乗り切ったものよな」

「すべて亡き殿のご遺徳によるものでございます」

直茂はひたすら謙遜《けんそん》し、本能寺《ほんのうじ》の変以後の秀吉の苦労にくらべれば物の数ではないと言った。

秀吉は大いに満足して、政家と広門にもねぎらいの言葉をかけた。

政家は恐縮して頭を下げるばかりだったが、広門は秀吉をしっかりと見返し、

「こうして生きながらえたのは、直茂どののおかげでござる。そのいきさつについてはここにしたためておりますゆえ、ご披見いただきたい」

用意の書状を隆景に渡し、薩摩攻めには直茂の先手《さきて》として働きたいと申し出た。

「島津は亡き殿の仇《かたき》でござる。何とぞ先陣をお申し付け下されませ」

直茂もこの機会をとらえて願い出た。

「分かった。島津を攻め崩すは案の内じゃが、その先はどうする」

秀吉は油断のない目をして、自分が明智《あけち》を討ったように島津義久、義弘を討ちたいかとたずねた。

「憎みてもあまりある仇でございまするが、それでは天下の静謐《せいひつ》を成し遂げようとなされる殿下の御意志に反することになりましょう。薩摩は難しき国ゆえ、島津家ならでは治まりがつかぬと存じます」

島津勢を退却させて領国を守り抜いたことで、隆信の仇は報じた。そう考えていると直茂は言った。

「よくぞ申した。早々に領国に帰り、出陣の下知《げじ》をいたすがよい」

秀吉はわざわざ直茂らを高良大社の表門まで見送りに出た。

その後で小早川隆景につぶやいたのが、冒頭にかかげた『葉隠』の一文である。

直茂の見事な働きと潔い応答によって、亡き隆信の盛名《せいめい》まで天下に知れわたったのだった。

第三話　恥

一座の者は生きて恥をかき、武士にあらず。その時が唯今《ただいま》と、かねて吟味工夫して、押し直して置かねばならぬ筈《はず》にて候。皆人油断にて大方にも一生過すは不思議の仕合せなりと申し候へば（候へども）、武道は毎朝毎朝死習《しにならい》ひ、彼につけ是《これ》につけ、死にては見、死にては見して、切れ切れて置く一つ（だけのこと）なり。

『葉隠』聞書第二―四十八節

鍋島直茂の伏見《ふしみ》屋敷は、名水がわき出ることで知られる御香宮《ごこうのみや》神社の南にあった。

ＪＲ桃山《ももやま》駅の西側で、今も鍋島町という町名が残っている。

直茂は龍造寺家の家臣だから、本来なら屋敷地を拝領する身分ではない。ところが秀吉は直茂にぞっこん惚《ほ》れ込み、龍造寺家をさしおいて大名並みのあつかいをしたのだった。

宇治《うじ》川ぞいの指月《しげつ》の丘では、伏見城の建設が進んでいた。

秀吉は朝鮮出兵の行き詰まりを打開するために和平交渉をおこなっている。伏見城をきずくことにしたのは、交渉のために来日する明《みん》使を迎えるためだった。

一万二千の軍勢をひきいて渡海していた直茂も、休息のために帰国することが許されたが、休む間もなく伏見に詰め、築城工事に従事しなければならなかった。

現場には十五歳になった勝茂が出て、家老の中野清明らに補佐されて指揮をとっている。直茂は屋敷にいて秀吉や諸大名との交渉にあたるだけだが、伏見の冬は厳しく、還暦間近の身にはひどくこたえるのだった。

文禄《ぶんろく》四年（一五九五）の年明け早々、直茂は悪性の風邪をひいて長らく寝込んだ。二月になっても外出することができず、屋敷に引き籠《こも》る日がつづいていた。

「やはりわしは、先代さまに殉ずるべきだったのだ」

火鉢にあたりながら、思わず愚痴が口をついた。

「何をおおせられまする。殿がおられたからこそ、肥前を保つことができたのではございませぬか」

藤島生益が肩をもみながら反論した。

「主家のため肥前のためと思えばこそ、なりふりかまわず戦ってきた。ところが聞こえてくるのは悪評ばかりではないか」

佐賀では直茂を死にぞこないの恥知らずと評する者がいる。

肥前の仕置きがついたところで、追腹切って龍造寺隆信に殉じるのが忠義の士の生き方だというのである。

ところが直茂は秀吉から見込まれ、今や肥前の領主のようなあつかいを受けている。

これを見た龍造寺家の主従は、直茂がお家の乗っ取りを企《たくら》んでいると警戒を強めていた。

「勝茂さまのご縁組のことで、国許《くにもと》から何か言ってきたのでございまするか」

察しのいい生益は、直茂の気鬱《きうつ》の原因をぴたりと言い当てた。

「そうよ。異心のないことを誓う起請文《きしょうもん》を出せと、安房守どのがおおせじゃ」

龍造寺信周からの書状を、直茂は文机《ふづくえ》から無造作に取り出した。

正月に年賀の挨拶《あいさつ》に行った時、秀吉は自分の養女を勝茂に妻合《めあ》わせ、従五位下《じゅごいげ》信濃守《しなののかみ》に任ずると言い出した。

これは大名の後継者に対するあつかいと同じなので、直茂は主家に対してさしさわりがあると辞退したが、秀吉はお構いなしに話を決めてしまったのである。

このことを知った龍造寺家の者たちは、これこそ直茂がお家乗っ取りを企んでいる証拠だと反発を強め、忠誠を誓う起請文を出せと求めてきたのだった。

「出せばよいではござらぬか。殿に異心のないことは、神仏もご存じでございまする」

「そのような問題ではない」

生益に軽くあしらわれて直茂はむっとした。

「そちは恥とは何か知っておるか」

「武道にもとる行いをして、面目を失うことでござる」

「わしは今日まで、そんな行いをしたことは一度もない。それなのにこの歳になって、心底《しんてい》を疑われ、面目を失おうとしておるのだ」

疑われた末に起請文を出すのは言い訳である。そんなことをすれば、保身をはかるために起請文を出したとあざけられる。それこそ面目を失うことではないかと、直茂は腹立ちまぎれにまくしたてた。

「しかも盟友と頼む安房守どのが、こんな文《ふみ》を送ってこられたのじゃ。これが平気でおられるか」

「これはしたり。殿も案外すくたれでございまするな」

生益が遠慮のないことを言った。

すくたれとは、意気地なしとか卑怯《ひきょう》者という意味である。

「無礼な。わしのどこがすくたれじゃ」

直茂は肩をもむ生益の手を荒々しく払いのけた。

「恥という字は耳に心と書き申す。これがどんな意味かご存じか」

「い、いや。知らぬ」

「耳とはやわらかいという意でござる。心がやわらかい、つまり練り上がらずにぐらついている心こそが恥なのでござる」

鍛錬ができ覚悟が定まっているのなら、そんな風にぐずぐずと思い悩んだりはしないはずだと喝破され、直茂はなるほどそうだと思い直した。

士道においてはゆらがなくとも、情にはもろいところがある。自分のそんな弱点を素直に反省したのだった。

直茂は文禄四年二月二十二日付で、龍造寺一門である信周、諫早家晴《いさはやいえはる》、後藤家信にあてて起請文を出し、主家に対して異心を持つことは絶対にないと誓った。

この書状の末尾に、このような神文《しんもん》を出しては面目を失うことになるが、出さなければ事がすまないので書くことにしたと記している。生益の説得に応じたものの、不本意だという気持ちはしっかりと伝えたのである。

この起請文が功を奏し、間もなく勝茂と秀吉の養女との婚礼がとどこおりなくおこなわれた。戸田勝豊《とだかつとよ》の娘を秀吉がもらい受けて嫁がせたものだが、これで名目上、勝茂は秀吉の義子ということになる。

このことによって、鍋島家ばかりか龍造寺家の立場もゆるぎのないものになったのだった。

翌年の六月、安房守信周の使者が伏見の屋敷を訪ねてきた。

「加賀守さまに直《じか》にお渡しするよう、主《あるじ》からおおせつかり申した」

使者は取次の者にそう言い張り、直茂との対面を求めた。

「はて、何事であろうか」

直茂は国許で面倒なことが起こったのではないかと案じながら、厳重に封をされた書状を開いた。

驚いたことに、熊野《くまの》の牛王宝印《ごおうほういん》にしたためた起請文である。直茂ばかりか勝茂の下知にも二心なく従うと誓ったもので、龍造寺一門と重臣十五名が連署していた。

「直茂のおかげで龍造寺家がつづいているのだから、勝茂の下知にも従うのは当然である。国許のことはお気遣いなく、太閤《たいこう》さまへのご奉公に励んでいただきたい」

と記されていた。

「そうか。安房守どのは……」

一門を説き伏せてこの起請文を出させるために、直茂に先に起請文を出すように求めたのだ。それをあのように曲解したのは不徳のいたすところだと、直茂は自分の狭量をいたく恥じた。

「生益、おらぬか。早《はよ》う来よ」

直茂は大声で呼びつけ、お前のお陰でこのような果報があったと起請文を見せた。

これは直茂、勝茂父子に肥前の知行を任せるに等しい内容だが、直茂にはそんなことより皆が自分の気持ちを分かってくれたことの方が何倍も嬉《うれ》しかった。

「ようございましたな。殿のご努力が報われたのでございます」

心が耳《やわ》らかいのが恥だと言った生益が、感きわまって涙声になっていた。

ここに至るまでの直茂の苦労は、並み大抵ではなかった。

龍造寺隆信が敗死した後、嫡男政家が後を継いだが、混乱をきわめる肥前をまとめ上げる力はなかった。そこで直茂が家の立て直しに奔走し、秀吉の九州出陣を待って島津家を撃退することに成功した。

ところが直茂ばかりに衆望が集まることに嫉妬《しっと》した政家は、天正十八年（一五九〇）春に突然隠居し、わずか五歳の藤八郎高房《とうはちろうたかふさ》に家督をゆずった。

直茂は高房の後見役として国政と軍政の両方にたずさわったが、政家が陰に回って龍造寺一門の不満をあおるので、家中をまとめるのは容易ではなかった。

陰湿な策謀家となった政家は、直茂の失策をさそって失脚させようとしたのである。

その状況に心を痛めた安房守信周は、隆信の三男後藤家信や一門の重鎮である諫早家晴の協力を得て、直茂、勝茂のもとでの家中の統一をはかったのだった。

直茂はさっそく礼状をしたため、「老後の安堵《あんど》、この上なく候」と記し、このようなはからいをしてくれたのは主君高房のためだと分かっているのでいっそう満足していると付け加えた。

翌慶長二年（一五九七）一月、秀吉は再び朝鮮への出兵を命じた。来日した明使との交渉が決裂し、得るものもなく矛をおさめるわけにはいかなくなったのである。

直茂も再び一万余の軍勢をひきいて海を渡ったが、三月には急きょ大坂《おおさか》に呼び戻された。

行き詰まった戦況を打開する道をさぐるためで、四月五日には大坂城で秀吉と対面し、朝鮮問題を蜂須賀家政《はちすかいえまさ》、安国寺恵瓊《あんこくじえけい》とはからうように命じられた。

この帰国に際し、直茂は龍造寺高房を秀吉に引き合わせておかなければならないと考えていた。

すでに還暦。老い先短い命である。それに朝鮮での戦でいつ命を落とすか分からない。その前に秀吉への目通りを実現しておかなければ、肥前国主としての高房の地位が保てなくなるおそれがあった。

機会は四月六日にやって来た。

秀吉が直茂の労をねぎらうために、山里丸《やまざとまる》の茶屋にまねいたのである。

「そちも茶を好むと聞いたのでな」

自ら点前《てまえ》をし濃茶《こいちゃ》を振る舞った。

直茂より二つ年上だが、芯《しん》のぶれない美しい点前をする。さすがに千利休《せんのりきゅう》から教えを受けただけのことはあった。

楽《らく》の黒茶碗《くろちゃわん》に点《た》てた茶は、味も香りも練り具合も申し分なかった。

「どうじゃ。わしの茶は」

「おいしく頂戴《ちょうだい》いたしました。心のうさまで晴れていくようでございます」

茶室で嘘は禁物である。直茂は思ったままを素直に口にした。

「ほう。うさを抱えておったか」

「申し上げてもよろしゅうございましょうか」

「そちは客じゃ。存分にいたせ」

「主君高房公のことでございます。御年十二歳になられますゆえ、ご拝顔の栄に浴させていただければ有難く存じます」

「わしの面《つら》など見ても面白くあるまい」

秀吉は渋面をつくり、龍造寺家は国主の器ではないと言った。

「どこぞに五万石ばかりの領地を与えて転封《てんぽう》させるゆえ、肥前はわしの倅《せがれ》に継がせよ」

倅とは勝茂のことだった。

「恐れながら、その儀ばかりはご容赦下さりませ」

龍造寺家を見限ったなら亡き殿に合わす顔がないので、自分は生きてはいないだろう。

直茂は肚《はら》をすえてそう言い張った。

「龍造寺とともに、わしに弓引くか」

「そのようなことにならぬように、何とぞお願い申し上げまする」

直茂は秀吉の許しが出るまで深々と頭を下げつづけた。

「けしからぬ奴じゃ。まずい茶など出しおったら承知せぬぞ」

直茂の屋敷を訪ね、茶会の後で目通りを許すという意味である。しかも退出する時には脇差《わきざし》、胴服《どうぶく》、銀子《ぎんす》五十枚を引出物として与える破格のもてなしぶりだった。

一月《ひとつき》後の五月九日、秀吉は鍋島家の大坂屋敷にやって来た。

直茂は数奇屋《すきや》の茶室でもてなした後、秀吉を書院に案内して藤八郎高房と引き合わせた。

〈直茂公御手前にて御茶の湯過ぎ候へば、書院へ御移り、藤八郎殿へ御目渡され候〉

当日の様子を『葉隠』はそう伝えている。

これで高房は龍造寺家の世継ぎとして肥前三十五万石を相続することを秀吉に認められたのだから、直茂も龍造寺一門もほっと安堵の息をついたのだった。

六月八日、直茂は朝鮮での指揮をとるために大坂から肥前に向けて船を出した。

初夏の空はからりと晴れ、朝の海は青く凪《な》いでいる。潮は上げ潮で、絶好の渡海日和だった。

「わしはもう思い残すことはない」

直茂は肩の荷をすべて下ろした清々《すがすが》しい気持ちだった。

「朝鮮での戦が待っております。もうひと働きもふた働きもしていただかねばなりませ直茂が隠居すると言い出さないように、生益は先回りして釘《くぎ》をさした。

ぬぞ」

「殿、気付け薬を飲んでおかれよ」

鉄砲頭《がしら》の斎藤佐渡が瓢箪《ふくべ》に入れた酒を持ってきた。

「嫌なことを言う。こんなに良い天気ではないか」

直茂は船酔いすることをからかわれたのだと思った。

「淡路《あわじ》島《しま》の向こうに入道雲が立ちはじめており申す。午後には嵐になりまするぞ」

佐渡はこれまで何度もそんなことがあったと言ったが、直茂は意地になって呑《の》もうとしなかった。

予言は的中した。

昼過ぎには一天にわかにかき曇り、午後三時頃には南西からの強風が吹き始めた。風は沿岸の山や島に当たって渦を巻くように向きを変える。

夜になると高波が真横から打ち寄せ、船尾からすさまじい音がした。

「な、何だあれは」

船に弱い直茂は、すでに生きた心地もなかった。

「梶《かじ》が折れたのでございます」

生益は船尾まで行って確かめてきた。

「予備の梶があろう。あれを付けかえよ」

「この嵐では無理でございます。波風がおさまるのを待つほかはございませぬ」

嵐はますます激しくなり、船は前後左右に激しく揺れた。まるで暴れ馬に乗っているようで、大波が船縁《ふなべり》をこえて打ち込んでくる。

これでは船酔いした直茂が波にさらわれるおそれがあった。

「佐渡、殿を船屋形の上に押し上げよ」

生益に命じられ、佐渡が直茂をひっ荷《かつ》いで屋形の屋根に登った。

広さ一畳ばかりの見張り台があり、頑丈な手すりがついている。佐渡は直茂を手すりにつかまらせると、近習を呼んで後ろから手すりごと抱きかかえさせた。

それだけでは安心できないと思ったのか、近習の両手を手すりにしっかりと結びつけた。船が沈んだなら近習は逃げられないが、直茂は腕からすり抜けることができるのだった。

これで波にさらわれるおそれはなくなったものの、高い位置なので揺れは何倍も激しくなる。

直茂は目もくらむ思いがしてたまらず吐いた。吐いて吐いて胃袋まで吐き出しそうになり、みぞおちのあたりが小刻みに痙攣《けいれん》した。

「殿、気付け薬はいかがかな」

佐渡は平然と立って腰につけた瓢簞を差し出した。

「いらぬ。誰が呑むものか」

直茂は腹立ちまぎれに怒鳴りつけ、その拍子に黄色い胃液を吐いた。

夜半になって波風がおさまり、雲の切れ間から月が顔を出した。

その間に生益らは船底から予備の梶を出して付けかえた。本梶よりひと回り小さいが、これで不充分ながら操船ができるようになった。

しばらくすると二隻の船が通りかかった。直茂の供船である。梶を失っていないので、船足もしっかりしていた。

「あれを止めよ。船をつないで引いて行かせよ」

地獄で仏にあったようにほっとして申し付けたが、救援を求める直茂らの声は二隻の供船には届かなかった。

聞こえてはいたが、波が高くて接近することができなかったのかもしれない。二隻は無情にも御座船を置き去りにして闇の中に消えていった。

それから間もなく、再び大風が吹いて海が荒れはじめた。さっきより高い横波におそわれ、付けかえた梶がもろくも折れた。

「梶がまた折れたようだな」

船尾からの音を聞いて、直茂にもそうと分かった。半ばあきらめの境地だった。

「ちがいまする。甲板の板を踏み折ったのでござる」

誰かが安心させようとして嘘をついた。

「わしをたぶらかそうとした奴は誰じゃ。今すぐ成敗せよ」

直茂は船中にひびく声で怒鳴ったが、そんな詮議《せんぎ》をしている場合ではない。水夫《かこ》たちは打ち込んだ水を懸命にかき出しているものの、船は徐々に水船《みずぶね》になって喫水線《きっすいせん》を下げていった。

「もはやこれまでじゃ。腰の物を持たせよ」

直茂は生益に刀を持ってくるように命じた。

「早まられてはなりませぬ。いよいよという時には、それがしが何とでもいたしまする」

「ならば脇差だけでも持たせよ。天下に名を知れたこの加賀守が、丸腰のままどことも知れぬ浦に流れついたと言われたなら、子々孫々まで恥をこうむるではないか」

直茂はそう言ったが、脇差を受け取ったなら喉《のど》を突いて自害するつもりだった。

水に溺《おぼ》れて死ぬくらいなら、自ら命を絶って主君に死に遅れた恥をすすぎたい。沖田畷で隆信を敗死させた心の呵責《かしゃく》は、十三年たった今も直茂をさいなみつづけていた。

生益はそのことをよく知っている。直茂が何と言っても、決して脇差を渡そうとしなかった。

その間に佐渡は水びたしになった船底にもぐり、米俵を二つ持ち出してきた。そうして綱でしっかりと結び合わせ、錨《いかり》のかわりにしようとしている。

嵐のさなかとは思えない落ち着きぶりだが、これが毎朝毎朝死に習って心を鍛錬した鍋島武士の真骨頂だった。

「殿、佐渡を見られよ」

生益はそう言って直茂をさとした。

「分かっておる。もう言うな」

直茂は老いの目に涙を浮かべ、こんな家臣たちに守られている果報に心の中で手を合わせた。

佐渡は米俵をかついで船尾まで行くと、梶穴から海中に吊《つ》り下げた。これで船の重心が安定し、揺れがかなりおさまった。

後は全員総出で水をかき出し、危うい瀬戸際をなんとか乗り切ったのである。

翌朝、夜が明けると山がほど近くに見えた。よほど遠くに流されたかと案じていたが、船は明石《あかし》港の五、六町ほど沖をただよっていたのである。

生益はさっそく艀《はしけ》を出し、直茂を上陸させた。

御座船も港に停泊していた船に引いてもらい、無事に港に入れることができた。

直茂はひと眠りして元気を回復すると、生益の働きを賞して印籠《いんろう》に入れた延齢丹《えんれいたん》という妙薬を与えた。

もう一人の功労者は斎藤佐渡である。こいつにも薬をと目をやった直茂は、憮然《ぶぜん》として印籠を仕舞い込んだ。

佐渡は船酔いも困憊《こんぱい》もしていない。海辺の岩に腰かけたまま、いかにもうまそうに瓢箪の酒を呑んでいた。

第四話　父と子

元茂《もとしげ》公へ直茂公御咄《おはなし》に「上下によらず、時節到来すれば家が崩《くず》る、ものなり。その時崩すまじきとすれば、きたな崩しをするなり。時節到来と思はば、いさぎよく崩したるがよきなり。その時は抱へ留《とど》むる事もあり」と仰せられ候由。

『葉隠』聞書第三—二十七節

慶長三年（一五九八）八月、豊臣《とよとみ》秀吉が死んだ。

一代で天下人にまで上りつめた英傑も、六十三を一期《いちご》として黄泉《よみ》の客になったのである。

天下は再び乱れはじめ、豊臣政権を守ろうとする石田《いしだ》三成《みつなり》らと、新たな天下をきずこうとする徳川家康《とくがわいえやす》の対立があらわになった。

慶長五年六月、家康は会津《あいづ》の上杉景勝《うえすぎかげかつ》を討つために大軍をひきいて大坂を発《た》つことにした。

これに参陣を命じられた大名たちが、伏見の屋敷に国許《くにもと》から続々と軍勢を呼び集めている。

表を行き交う足音や馬のいななきを聞きながら、鍋島信濃守勝茂は落ち着きなく部屋の中を歩き回っていた。

自分の考えを父直茂に打ち明けて指示をあおいだ方が良いのか、このまま独断で事を進めた方が良いのか、決心がつかなかった。

勝茂は今度の会津攻めに三千の兵をひきいて従い、直茂は肥前佐賀に戻って九州の争乱にそなえるように、家康から命じられている。

そこで勝茂は伏見で家康の到着を待ち、直茂は今日の午後に帰国することにした。ところが勝茂は内心、家康に従って出兵するべきではないと考えていた。

理由は二つある。

一つは、家康が会津に出兵している間に、石田三成を中心とした豊臣恩顧の大名たちが挙兵することが分かっていたことだ。

この極秘の情報を、勝茂は五大老の一人である宇喜多秀家《うきたひでいえ》から得ていた。

秀吉の養子である秀家と、秀吉の養女をめとった勝茂は、義理とはいえ兄弟にあたる。そのために秀家は前々から勝茂に目をかけていたが、半月ばかり前に三成らの計略を伝えて味方をするように要請したのだった。

もう一つは、家康に従って出兵している間に三成らが豊臣秀頼《ひでより》を奉じて挙兵したなら、大坂城下の屋敷にいる妻が危険にさらされることだ。

五年前にめとって以来、比翼のちぎりをむすんできた妻を見殺しにすることは、二十一歳の勝茂には耐えられなかったのである。

勝茂はこのことを誰にも明かさないままどうするべきか思い悩んできたが、その悩みは父の帰国と会津への出兵が近付くにつれて切迫し、背をこがすほどの焦りに変わりつつあった。

正午ちかくになって、直茂がそろそろ出発すると告げに来た。

「これが今生の別れになるやもしれぬ。一献かたむけようではないか」

直茂は酒と勝ち栗と目刺しをのせた膳《ぜん》をはこばせた。勝ちをめざすという出陣前の縁起かつぎだった。

　勝茂は直茂が四十三歳の時に生まれている。普通なら孫にあたる年回りである。だからといって甘やかすことは絶対にしない厳格な父親だった。

「鰯《いわし》を焼かせたら、お前の母上にかなう者はおらぬな」

　直茂は盃《さかずき》を干し、こげすぎた目刺しをまずそうに頭からかみくだいた。

　勝茂も酒を呑《の》んだが、迷いは深まるばかりで生きた心地もしなかった。

　すべてを打ち明けてどうするべきか教えてもらいたいし、独断で動いて失敗した時のことを思うと身がすくむ。だが話を聞いた直茂が家康に通報したなら、信頼してくれた宇喜多秀家を裏切ることになる。

　二つの思いの狭間《はざま》で頼りなく揺れながら、勝茂は緊張に体を強張《こわば》らせていた。

「遠慮せずともよい。言いたいことがあるなら、今のうちに言っておけ」

　直茂はいつになくおだやかな目を向けた。

「巷《ちまた》ではさまざまな雑説が飛び交っておりますが、父上はどのようにお考えでしょうか」

　勝茂は三成挙兵の噂にこと寄せて、直茂の胸の内をさぐろうとした。

「政治も戦も生き物じゃ。どう動くか予測することは難しい。ましてわしは領国に戻らねばならぬ身じゃ」

　遠くから指示をすることはできないので、お前が重臣と相談して決めるが良い。直茂は迷いなくそう言った。

「まことに、よろしゅうございますか」

「構わぬ。ただし、大将としての身の処し方だけはわきまえておけ」

直茂は二合ほど酒を呑み、これで大坂まで眠っていけると船の仕度を命じた。

家康は予定どおり六月十六日に大坂を発った。

その日と翌日は伏見城にとどまって軍勢を編制し、十八日の早朝に会津に向かって進軍を開始した。

勝茂は仕度がととのわないことを理由に出陣を引き延ばした。その間に三成らが挙兵したなら、大坂に戻って秀家らと合流するつもりだったが、十日ちかくたっても三成は動かなかった。

これ以上待つことができなくなった勝茂は、やむなく美濃《みの》の関ヶ原《せきがはら》まで出陣し、越前敦賀《つるが》から北陸勢をひきいてくる大谷吉継《おおたによしつぐ》と合流することにした。

三成の盟友である吉継が会津征伐に向かうのなら、三成は挙兵を断念したということだ。それを見極めてから、会津に向かうつもりだった。

大谷吉継は七月二日に関ヶ原に着き、十一日に三成とともに挙兵する意志を明らかにした。翌日には勝茂に使者を送り、大坂城に戻って待機せよと伝えてきた。

「秀頼さまの警固をせよとのおおせじゃ。急ぎ陣払いをせよ」

勝茂は思惑どおりに事が運んだことに胸をなでおろし、家臣たちには本当の理由を告げないまま大坂に引き返した。

その後の推移は目を見張るほど鮮やかだった。

七月十五日に毛利輝元《もうりてるもと》が西軍の総大将として大坂城に入り、十七日には家康の罪状を記した「内府《ないふ》ちがいの条々」を発して挙兵を呼びかけた。

西国大名の多くがこれに応じ、軍勢を引き連れて続々と大坂城に集まってきた。

勝茂も秀家とともに大坂城に入り、豊臣家の一門並みの厚遇を受けた。

秀吉の娘婿ということで大老や奉行たちの評定《ひょうじょう》にも出席を許され、諸大名を集めた場では秀家の隣に席を与えられた。

公の場に出て間がない勝茂にとって、それは目もくらむように晴れがましい日々だった。しかも豊臣秀頼を盟主として西国大名の大半が集まっているのだから、勝利は疑いないと思われた。

「実はこうなることは分かっていたのだ」

勝茂は側近の中野杢之助《なかのもくのすけ》を呼び、秀家から事前にさそいがあったことを打ち明けた。

「だが事が成るまでは、誰にも明かすことができなかった。それゆえいろいろと口実を構えて、会津への出陣を遅らせていたのだ」

「おおよそのことは察しておりました」

杢之助は勝茂と同世代で、子供の頃から小姓をつとめている。知恵も度胸も申し分のない補佐役だった。

「このことを父上に知らせねばならぬ。すぐに帰国してくれ」

勝茂は天にも昇る心地だった。戦に勝ったあかつきには筑前一国を加増するという確約を得ているので、百万石の太守になるのも夢ではなかった。

七月二十二日に伏見城攻めがはじまった。家康の家臣である鳥居元忠《とりいもとただ》、松平家忠《まつだいらいえただ》ら千五百人余が籠《こも》る城に、大坂方の五万の軍勢が攻め寄せた。

勝茂もこの戦に加わり、佐賀鍋島家の勇猛ぶりを天下に示した。この働きによって秀家の信頼は一段と厚くなり、鈴鹿《すずか》峠を越えて伊勢《いせ》に進撃する際には先陣の大将を命じられた。

佐賀に遣わした李之助が戻ってきたのは、勝茂が伊勢亀山《かめやま》城に入って秀家らの到着を待っていた時だった。

「大殿にお目にかかって参りました」

李之助は佐賀城で直茂に対面し、家にも立ち寄らないで引き返してきたという。

「国許の様子はどうだ」

「加藤清正《かとうきよまさ》どのや黒田如水《くろだじょすい》公と連絡を取り合い、天下の大乱にそなえておられます」

「家康公に味方されるおつもりか。父上は」

「そのようにおおせでございました」

「こちらの様子は伝えたであろう」

勝茂は豊臣家が勝つと確信している。大坂城でいかに重用されているかを伝えれば、直茂も喜んで自分の支援をしてくれるものと思っていた。

「今度の企ては奉行衆が独断で起こしたもので、秀頼さまはご出陣なさるまいとおおせでございました」

「馬鹿な。俺は秀頼さまの御前でおこなわれた評定に何度も加わった。御大将は秀頼さまじゃ」

今度の戦は豊臣家から天下を奪おうとする家康を討つためのものだと、勝茂ばかりか多くの西軍大名が信じている。その戦に秀頼が出陣しないはずがなかった。

「何ゆえそのように考えておられるか、大殿は明かされませんでした。殿にこれを渡すようにおおせられたばかりでございます」

杢之助が茶道用の小ぶりの扇子を差し出した。

惜しまるゝとき散りてこそ世の中の
　花も花なれ人も人なれ

直茂らしい飾り気のない字で記してある。

失敗したなら潔く腹を切れという意味だろうが、自分の判断は正しいと信じている勝茂には、見当ちがいの助言としか思えなかった。

「このようなものはいらぬ。そなたが持っておくが良い」

不吉な予感をふり払うように扇子をほうり投げた。

伊勢に進攻した大坂方の軍勢三万は、安濃津《あのつ》城や松阪《まつさか》城などを次々と攻略し、福島正則《ふくしままさのり》の居城である伊勢長島《ながしま》城を包囲した。

ところが八月二十三日に、徳川方の先陣五万が岐阜城を攻め落としたという知らせが届き、宇喜多秀家らの本隊は大垣《おおがき》城に急行することにした。

勝茂も同行するつもりだったが、長島城の押さえとして残るように命じられた。直茂が家康方についているので、寝返るおそれがあると見られたのだった。

「これで筑前一国を与える約束は反古《ほご》にされたも同じじゃ」

直茂のせいで百万石の夢がふいになったと李之助に当たったが、結果的には残ったことが幸いした。

九月十五日の関ヶ原の合戦で西軍は大敗し、八万もの大軍がわずか一日で壊滅したのである。

直茂が伝えてきたとおり秀頼は出陣せず、松尾《まつお》山の小早川秀秋《こばやかわひであき》は寝返り、南宮山《なんぐうさん》の毛利勢は合戦の直前に家康と和議をむすんだ。

結局、まともに戦ったのは石田三成、大谷吉継、宇喜多秀家らの軍勢四万ばかりだった。

知らせを受けた勝茂は、頭を断ち割られたような衝撃を受けた。自分はこれまでいったい何を信じたこととまったくちがう事態が起こったのである。

見てきたのかと、歯がみしながら己れの無能を笑った。

「俺はここで腹を切る」

切腹の座をしつらえよと杢之助に命じた。

「お待ち下され。命を捨てることなどいつでもできまする」

それより三千の将兵を無事に帰国させることが先だと、杢之助は取り乱した様子もなく退却を勧めた。

勝茂もそのとおりだと思い直し、軍勢をまとめて亀山城まで引き返し、伊賀《いが》を抜ける道をたどって大坂まで逃れたのだった。


家康は九月二十七日に大坂城に入り、秀頼に戦勝の報告をした。

今度の戦は、三成ら奉行派が起こした謀叛《むほん》と見なされ、これを討った家康と秀頼の主従関係は従来のままだった。

これは豊臣恩顧の大名を味方につけるために家康がもちいた名分だが、三成らの勝利はおぼつかないと見た淀殿《よどどの》らも、この名分に乗ることで豊臣家の安泰をはかったのである。

勝茂は大坂屋敷に謹慎し、秀頼の指示を待つことにした。

島津義弘や立花宗茂らとともに帰国するべきだと主張する重臣もいたが、どうせ戻っても腹を切るばかりである。

国許《くにもと》では家康方についた直茂が家を守っていくはずだから、最後まで自分の道を貫いてみようと思った。

「我らは秀頼さまのお申し付けに従って出兵した。この先どうすれば良いか、ご下知を願いたい」

杢之助を大坂城に遣わしてそう申し入れた。

数日後、家康から登城せよという命令が届いた。勝茂は白装束の上に小袖《こそで》と裃《かみしも》を着込み、杢之助だけを連れて出頭した。

取次は井伊直政《いいなおまさ》だった。

関ヶ原の戦いで右肩を負傷したために、白い布で腕を吊《つ》っている。そこで左手だけをついて出迎えた。

「よくお出《い》で下された。殿がお待ちかねでござる」

勝茂を客としてあつかい、先に立って案内した。

作法といい立ち居振る舞いといい、威儀があって猛《たけ》からず、堂々としていながら丁重である。さすがは徳川四天王とたたえられるだけのことはあった。

家康は常の居間でくつろいでいた。中背で太っているので、いかにも体が重そうだった。

「信濃守どの、よう参られた」

家康は勝茂が大坂屋敷に踏みとどまったことをほめ、秀頼の下知に従ったというのはまことかとたずねた。

「それがしは、そのように受け止めて出兵いたし申した」

「ところがあれは奉行らが謀ったことであった。秀頼さまがご出陣なされなかったことが何よりの証《あかし》じゃ」

「それがしには事の是非は分かりませぬ。されどこのことを申し上げておかねば武士の一分《いちぶん》が立たぬゆえ、大坂屋敷に残ったのでござる」

死はもとより覚悟の上である。李之助を連れてきたのは、切腹を命じられた時に介錯《かいしゃく》をさせるためだった。

「さすがは直茂どののお子じゃ。よい面構えをしておる」

家康は秀頼さまのためと信じていたのならやむを得まいと言い、急いで帰国して柳川城の立花宗茂を討つように命じた。

九死に一生を得た勝茂は、翌日には三千の軍勢をひきいて九州へ向かった。

西国大名の家中では、合戦に負けたと聞いて欠け落ちる将兵も多かったが、勝茂の軍勢は一人の脱落者を出すこともなく戦闘態勢を保っていた。

筑前名島《なじま》に船をつけて柳川城攻めに向かおうとしていると、直茂から使者が来た。

「立花どのは強敵ゆえ、いったん佐賀に戻って策を練れとおおせでございます」

勝茂からの知らせを受けた直茂は、勝ち気な息子が失策を取り返そうとはやり立って無理な戦をするのではないかと案じていたのだった。

勝茂は素直に指示に従った。こうなったらじたばたしても仕方がないと、面目なさもバツの悪さもかなぐり捨てて直茂の前に出た。

「戦に負けた気分はどうじゃ」

直茂は勝茂の目をじっとのぞき込んだ。

「戦には負けておりませぬが、状況の判断をあやまりました」

勝茂は真っ直ぐに直茂を見返した。

「仕方があるまい。わしも沖田畷で大敗し、殿を討ち死にさせてしもうた」

直茂は失策を責めようとはしなかったが、柳川攻めの先陣は勝茂ではなく養子の茂里《しげさと》に任せると言った。

「それがしには任せられぬとおおせですか」

「そちは平常心を失っておるゆえ、采配《さいはい》に狂いがあろうと案じているのだ」

「恥をすすぎたいとは思っておりますが、平常心を失っているわけではありません」

勝茂は喰《く》い下がった。自分の不始末は自分でけりをつけたかった。

「そちが大坂方についたのは、決して恥ではない。あれで良かったのだ」

勝茂が三成派の大名から誘われていると、直茂はかなり前から察していた。それゆえ自分が帰国したなら、大坂方に味方することは分かっていたという。

「では、どうして」

勝茂の判断に任せると言ったのか解せなかった。

「あの先どうなるか、わしにも分からなかった。それゆえ親子で両派に分かれ、どちらかが生き残れば家を保てると思ったのじゃ」

家康の鮮やかな戦略によって大坂方はわずか一日で敗れたが、幸いにも勝茂は関ヶ原の戦いに参加しなかった。

そこで直茂は伝《つて》を頼って家康と連絡をとり、勝茂を助けてくれるように訴えたのだった。

「そうですか。そういうことでしたか」

すべて直茂の掌《たなごころ》の上であやつられていたのかと、勝茂はひどく気落ちした。こんなみじめな思いをするくらいなら、関ヶ原で討ち死にしていたほうがましだった。

「そちが大坂屋敷に残って意地を貫いたからこそ、家康どのは助ける甲斐《かい》があると思われたのじゃ。それに比べれば、わしがしたことなどたかが知れておる」

そう言われても勝茂の心は晴れなかった。

自分の浅はかさが腹立たしい。それを利用して家の存続をはかろうとした父の非情がうらめしかった。

「若殿、お待ち下され」

長廊下を悄然《しょうぜん》と歩く勝茂を、中野神右衛門《じんえもん》清明が呼びとめた。

「殿はあのようにおおせですが、徳川方が若殿の行動をとがめて攻め寄せて来たなら、肥前一国をあげて迎え討つ覚悟を定めておられたのでござる」

直茂はその用意のために城の堀を深くして守りを固め、松明《たいまつ》二万本を作らせて奇襲を仕掛けようとしていたという。

「時節到来悔ゆるべきことにあらず。天下の軍勢を引き受け潔く腹を切って、人の目を驚かすべしとおおせられて、若返ったように意気さかんでござった」

それは勝茂の弔い合戦だと思えばこそで、何もかも直茂の思惑どおりに進んだわけではない。そのことだけは肚《はら》におさめておいてくれと、清明は渋く笑って父子《おやこ》の間を取り持とうとした。

勝茂は虚をつかれた思いで、しばらく長廊下に立ちつくした。

いつの間にか秋は深まり、庭の紅葉は散り落ちている。葉を落として寒々と立ちつくす老木に、血気さかんだが若くない父の姿が重なった。

(そうじゃ。失敗はこれから取り返せば良い)

鍋島という家に新芽をつけるのは自分の役回りだと、勝茂はぐずぐずと思い悩んでいる自分の弱さを叱りつけた。

第五話　柳川の槍

山縣三郎兵衛《やまがたさぶろべえ》が槍を安芸《あき》殿批判（批評）のこと。安芸殿申され候は、「柳川において初めて手痛き槍を突き候が、もはや二十間も先へ行くべしと思ひて見れば、元の所に居《お》り候。十間も進みたると思ひて見れば、二、三間もしざりて居たるなり。しかるに三郎兵衛、家康公と対の槍（対戦した時の槍）の、毎度五、六間先にて突きとめ候と云《い》ふ。無双のこと、今初めて思い当りし」由なり。

『葉隠』聞書第十一―二十五節

合戦の仕度は着々と進んでいた。

小城、多久《たく》、武雄《たけお》など、それぞれの所領を預かる重臣たちが、手勢をひきいて続々と佐賀城下に集まっている。その数は一万八千にものぼった。

相手は武勇をもって鳴る柳川の立花宗茂である。関ヶ原の合戦で西軍についてやぶれたとはいえ、合戦当日は大津《おおつ》城攻めにあたっていたので三千の兵は無傷のまま帰国している。

もし討伐に出て不覚をとるようなことがあれば、今度こそ鍋島家の生きる道は断たれると、直茂は朝鮮出兵の時以上の厳しい動員令をかけたのだった。

先陣の大将を命じられたのは鍋島主水《もんど》茂里。直茂の妻泰子の甥《おい》だが、その才覚を見込んで直茂が養子にした男である。

先手《さきて》をつとめるのは茂里の弟の七左衛門《しちざえもん》（安芸守茂賢《しげまさ》）だった。

こうしたあわただしさの中で、鍋島信濃守勝茂だけが取り残されていた。

徳川家康から柳川討伐を命じられたのは勝茂である。立花宗茂を討てば西軍に加担した罪は不問に付すと言われて、勇み立って帰国したものの、直茂は勝茂に軍勢の指揮をとることを許さなかった。

「平常心を失っておるゆえ、采配に狂いがあろうと案じている」

そう言って茂里に先陣を任せたのである。

勝茂はいったん納得したものの、出陣が近付くにつれて蚊帳《かや》の外におかれた不満は大きくなっていた。

茂里も七左衛門も、勝茂にとっては従兄《いとこ》である。父に見込まれて養子になった二人に負けてたまるかという競争心は、幼ない頃から持っていた。

それなのに自分の失敗の尻《しり》ぬぐいを二人にしてもらう形になったのである。このままでは人前に顔を出すこともできないと気は焦るが、今さら直茂の決定に異をとなえることはできなかった。

食事も喉《のど》を通らぬほどに思いわずらっているのを見かねたのか、

「殿、たまには城下に出てみませぬか」

中野杢之助が強引に連れ出した。

勝茂に深編笠《ふかあみがさ》をかぶらせ、警固もつけずに茶屋の門をくぐった。

(こんな所で酒でも呑《の》むつもりか)

いぶかりながら二階の部屋に上がると、中野神右衛門清明が待っていた。

「ふさぎの虫に取りつかれておられると聞きましたので、気散《きさん》じなどいかがかと思いましてな」

すでに酒肴《しゅこう》の仕度がととのえてある。思慮深い清明がこんなことをするからには何か考えがあるのだろうと、勝茂は黙って席についた。

久々に口にする酒は五臓六腑《ごぞうろっぷ》にしみわたる。くらりと目まいを覚え、勝茂は自分の体がこれほど弱っていることに初めて気付いた。

「若いうちは己れを手厳しく責めるのが良うござる」

そうしなければ先伸びがしない。清明はそう言って勝茂の心構えをほめた後で、さりながらまわりの状況を見失っては独りよがりに陥りやすいと釘《くぎ》をさした。

「状況が見えておらぬと申すか」

「さよう。殿が若殿に先陣をお許しにならぬのは、失策をとがめておられるからではござらぬ」

勝茂を傷つけまいとしているのだと清明は言った。

「わしでは立花に勝てぬと申すか」

「いやいや。柳川とは悪しき因縁があるからでござるよ」

しばらく酒を酌み交わしてから、清明は蒲池鎮並《かまちしげなみ》を謀殺した一件を語った。

天正九年（一五八一）のことだから、もう二十年も前である。柳川城には名門蒲池家がいて、筑後二十四家の筆頭として絶大な勢力を保っていた。

筑後への侵攻をはかった龍造寺隆信は柳川城を攻めたが、鎮並が三百日もの籠城戦《ろうじょうせん》に耐え抜いたために、和をむすんで兵をひかざるを得なくなった。

思わぬつまずきに激怒した隆信は、和議の祝いに須古城で能楽をもよおすといって鎮並をさそい出し、主従ともに討ち果たすことにした。

鎮並もはじめは警戒して応じようとしなかったが、母の弟である田尻鑑種《たじりあきたね》の説得によって重い腰を上げた。

天正九年五月二十五日、鎮並は一族郎党と能楽師ら三百人ばかりをひき連れて佐賀城を訪ねた。

その日は城下の本行寺《ほんぎょうじ》に宿泊し、翌々日の二十七日に須古城に向かって出発した。ところが城下のはずれにさしかかった時、隆信の軍勢に四方を取り巻かれ、ことごとく討ち取られた。

鎮並は最期まで奮戦したが、

「汚き龍造寺が仕業かな。たとえ七度《ななたび》生まれ変わろうとも恨みに思うぞ」

と言い捨てて腹を切った。

惨劇はこればかりではなかった。

柳川に残っていた鎮並の弟らが、一門の男女五百人ばかりをひきいて塩塚《しおづか》城に立て籠《こも》ったために、隆信は田尻鑑種と鍋島直茂に討伐を命じた。

柳川勢はもとより死ぬ覚悟である。決戦の日には老人や女子供を刺し殺し、残りは城外に斬って出て全員討ち死にした。

隆信はこの首を取らせ、三艘《そう》の船に乗せて須古城に送るように命じた。

この常軌を逸したやり方に、敵ばかりか味方からまで非難の声が上がった。

〈真の科《とが》なき女童《わらべ》まで三艘に乗せて、隆信公実検有し事、余りなる事哉《かな》と、其比《そのころ》近国あ

げて誹謗《ひぼう》しけり〉

鍋島家が編んだ『直茂公譜』にさえ、そのように記されている。

筑後や柳川の者たちの龍造寺家への怨《うら》みはそれ以上に深かったが、直茂は事件後に柳川城代を命じられ、彼らを支配する役目をはたさなければならなかった。

そのために柳川には今でも鍋島家に反感を持つ者が多く、佐賀人の通った跡にはぺんぺん草も生えぬと言い習わしているほどだった。

「立花家の軍勢の中には、蒲池家の旧臣だった者も数多くおり申す。また領民の中にも、旧主をしのぶ気風は強く残っておりまする」

そんな所に勝茂が大将として攻め込んだなら、敵の士気を高めるばかりである。それに父子《おやこ》で柳川に災いをなせば、将来に禍根を残すことにもなりかねない。

「殿はそれを案じておられるのでござる。決して若殿を軽んじておられるわけではござりませぬ」

清明はそう言って了解を求めた。

「よく聞かせてくれた。礼を言う」

勝茂も鎮並が謀殺されたことは聞いている。だが直茂が今でもそのことを悔やんでいるとは、想像すらしていなかった。

「あの頃は食うか食われるかでござった。似たような出来事は他にも山ほどござるが……」

直茂は心根のやさしい男だけに、今も己れを責めつづけているのだ。清明は仕方なげに言って盃《さかずき》を伏せ、後は二人で楽しんでくれと席を立った。

十月十日、佐賀城の大広間で柳川攻めの評定が開かれた。

直茂はすでに主水茂里を先陣にすると決めているが、家中には龍造寺家と鍋島家の微妙な対立がある。

龍造寺一門の中には、直茂・勝茂が失策をしたこの機会に、実権を取り戻すべきだと考えている者もいるので、直茂の一存で事をはこぶわけにはいかなかった。

評定では龍造寺政家が上座につき、直茂と勝茂、隆信の子の江上家種と後藤家信が左右にひかえている。重臣たち十数人が下座にならんでいた。

勝茂はすでに先陣を茂里に任せる腹を決めていたが、肝心の本人が評定の時刻になっても現れなかった。

「まだ来ておらぬ者もいるようだが」

龍造寺安房守信周が進行役になって評定を始めた。

「先陣の儀は、それがしが承りたい」

名乗りを上げたのは後藤茂綱《しげつな》だった。

武雄城を預かる家信の嫡男で、隆信の孫にあたる。まだ十九歳の若武者だが、龍造寺家の復権にかける意気込みは強かった。

「おそれながら、この戦いは当家が先陣をつとめるべきものと存じまする」

槍《やり》の遣い手として名をはせた鍋島七左衛門が、兄の茂里とともに先陣を命じてほしいと申し出た。

二人の申し出をめぐって両派の重臣たちが意見をのべ、議論が平行線をたどりはじめた時、茂里が息を荒くして大広間に駆け込んできた。

「遅れて申し訳ござらぬ。柳川に遣わしていた間者《かんじゃ》が急報をもたらしましたので」

この先の指示をして送り出し、大急ぎで駆けつけたという。筑後川に近い三根《みね》にある茂里の所領は、柳川に進攻する時には拠点となる所だった。

「急報とはどのような」

信周がたずねた。

「柳川勢は籠城策をとらず、野戦にて迎え討つと決めたそうでござる」

一同からどよめきの声が上がった。柳川城に立て籠らないのであれば、無勢の敵を打ち破るのはさほど難しいことではなかった。

「おそらく戦場は八院《はちいん》（大川《おおかわ》市・三潴《みずま》郡大木《おおき》町）あたりとなりましょう。すでに斥候《せっこう》を出して地形をさぐらせておりますので、先陣はそれがしが承りたい」

茂里は完全に機先を制したが、龍造寺派の中にはそれでも異をとなえる者がいた。

「しからば、方々《かたがた》にうかがいたい」

茂里が気迫のこもった目で一同を見渡した。

立花宗茂は朝鮮出兵の折、碧蹄館《へきていかん》での戦いで十万の明軍を撃退したほどの戦上手である。こちらに三倍の兵力があっても、負けるおそれがないとはいえない。

「勝負はまさに時の運でござる。万一不覚をとった時には、いかがなされるおつもりかな」

「言うまでもない。加賀守、信濃守どのとともに討ち死にするまででござる」

龍造寺派の重臣が答えた。

隆信が敗死して以来、軍勢の指揮は直茂がとることになっている。これには龍造寺家の者たちも逆らうことができなかった。

「ならばその旨を神文にしたためていただきたい。そうでなければ心を合わせた戦などでき申さぬ」

「主水の言い分はもっともである」

信周がすかさず後押しに回り、先陣を茂里にすることも一気に決まった。

(さすがに主水よ)

勝茂は茂里の手ぎわの良さに感服したが、戦場で恥をすすぐ企てを捨てたわけではない。野戦となったなら働く場面はいくつもあると、ひそかな決意を固めていた。

十月十五日、佐賀勢は二手に分かれて出陣した。

直茂がひきいる八千は背振《せふり》山地ぞいの道を長門石《ながといし》に向かい、筑後川を渡って久留米に布陣した。

勝茂がひきいる五千余は、佐賀平野の中央を東へ進み、三根の矢俣八幡《やまたはちまん》神社に戦勝を祈願し、天建寺《てんけんじ》の渡しを越えて大善寺にたっした。

両軍は十七日に合流し、柳川に向かって進撃するかまえを取った。

先陣は鍋島主水茂里で、弟の七左衛門が五百の兵とともに最前線を受け持った。

第二陣は龍造寺派の後藤茂綱、第三陣は龍造寺信周の嫡男信明《のぶあき》で、勝茂は信明勢の右翼に布陣することになった。その後ろが直茂の本陣である。

勝茂が第三陣の右翼をのぞんだのには訳がある。

先陣と第二陣が立花勢と正面からぶつかって難戦におちいったなら、五百の馬廻《うままわ》り衆をひきいて側面から敵に攻めかかろうと考えたのだった。

これなら先陣でなくても最前線で戦える。そうして敵を切り崩し、西軍に属した失策のつぐないをしようと、中野杢之助ら選《え》りすぐりの若武者をそろえていた。

直茂は十八日に柳川城に使者を遣わし、家康の命令で明日攻め寄せるが、釈明することがあれば加藤清正、黒田如水の両検使へ使いをするように申し入れた。

立花宗茂は挑戦に応じて兵を出すことにしたが、自身は恭順の意を示すために柳川城に引き籠った。

すでに水面下では、立花家の存続をかけて家康と必死の交渉をつづけている。だが敵に攻め込まれて防戦しないのは武士の恥なので、和戦両様の対応を取ることにしたのだった。

立花勢は一門の立花三太夫統次《さんだゆうむねつぐ》、家老の小野和泉守鎮幸《おのいずみのかみしげゆき》らが四千余の兵をひきいて出陣し、江上《えがみ》（久留米市）や八院で迎え討つかまえを取った。

決戦は二十日と取り決めている。

その日の早朝、杢之助が勝茂の側に寄って耳打ちをした。

「手柄を立てようなどとは、よもや考えておられますまいな」

覚悟のほどはどうかと尋ねた。

「むろん考えておらぬ。武士の面目を立てたいと望んでおるばかりじゃ」

「ならば生死や勝敗を気にせず、ただ今がその時と見られた刹那《せつな》に馬をお出し下され」

「言うにやおよぶ。そちこそ後《おく》れぬように心しておけ」

勝茂は鎧《よろい》の上から杢之助の肩を叩《たた》いた。

二人は一人前の鍋島武士となるべく、ともに心胆をくだいてきた仲である。生きるも死ぬも一緒だとかたく誓い合っていた。

「中野神右衛門どのが、戦は一日で終わると伝えて下されました」

面目の合戦をとげたなら加藤清正と黒田如水が仲介に入るので、早いうちに見切りをつけなければ突撃の機会を逃すという。

「かたじけない。神右衛門によろしく伝えてくれ」

じっとしていれば夕方までには終わる戦である。それでも勝茂は命を懸けて出撃しなければならないと決めている。

中野神右衛門清明もその心情を察し、直茂の周辺しか知らない情報を伝えてくれたのだった。

合戦は辰《たつ》の下刻（午前九時）に始まった。

立花勢の先陣である安東五郎右衛門《あんどうごろうえもん》、石松安兵衛《いしまつやすべえ》ら一千余が、鍋島茂里の先陣に鉄砲を撃ちかけ、槍隊を突撃させて攻めかかった。

鍋島勢も七左衛門が陣頭に立ち、朱柄《あかえ》の槍をふるって奮戦した。鍋島勢は敵の三倍の人数だが、宗茂にきたえられた立花勢はさすがに強い。

互いに死力をつくした白兵戦《はくへいせん》となり、戦況は一進一退をくり返した。

頃合いや良しと見た立花三太夫統次は、三百の騎兵を中心とした一千余で、茂里の先陣を真っ二つに切り割った。誰もが生きては帰らぬと決意し、敵の真っただ中に斬り込んでいく。

後藤茂綱の第二陣は、三百挺《ちょう》の鉄砲で統次隊に猛烈な銃撃をあびせた。その後ろから五百の弓隊が矢の雨を降らせたが、統次隊は猛烈な速さで突撃してくる。

「殿、そろそろ」

李之助がうながしたが、勝茂は動かなかった。

立花勢は本陣と後陣にまだ二千の兵を残している。ここぞという時が必ずやってくるはずだった。

統次は後藤勢を切りさき、茂綱の馬廻り衆にまで迫ったが、四方を取り巻かれてあえなく討ち死にした。二十五歳の若武者の華々しい戦ぶりだった。

統次隊の窮地を救おうと、小野和泉守が千五百の本隊を突撃させた。これを見抜いていた龍造寺信明は手勢を敵の左横に回り込ませ、側面から銃撃をあびせた。

和泉守らが進みかねて立ち往生するのを見た立花右衛門《うえもん》、善次郎《ぜんじろう》父子《おやこ》は、後陣の兵五百余をひきいて左に回り込み、七左衛門の手勢に側面から攻めかかった。

この迅速な攻撃に、七左衛門の先手ばかりか茂里の先陣本隊まで追い崩されそうになった。

「今だ。行くぞ」

勝茂は馬の鐙《あぶみ》をけり、右衛門隊に攻めかかった。

まだ二十一歳で実戦の経験もあさいが、武芸の鍛錬はおこたりなく積んでいる。敵の真っただ中に馬を乗り入れ、二間半の槍《やり》を縦横にふるった。

右衛門隊は勝茂が出てきたと知ると、目の色を変えて襲いかかった。その中には蒲池家の旧臣もいて、冥土《めいど》のみやげに道連れにしようと打ちかかってくる。

だが勝茂は一歩もひかずにこの挑戦を受け、十二人を次々に打ち倒した。馬廻り衆も強兵《つわもの》ぞろいで、数にものをいわせて敵を討ち取っていく。

右衛門、善次郎父子は相次いで討ち死にし、立花勢は総崩れになった。

時に午《うま》の下刻。開戦から二刻《ふたとき》の激闘で、八院の野原は敵味方の将兵の屍《しかばね》で埋めつくされた。

直茂はそれ以上追撃しようとせず、兵をまとめて大善寺の本営に引き揚げた。勝茂も死傷者を収容させて引き揚げたが、しばらくして茂里と七左衛門が陣所を訪ねてきた。

「信濃守どの、ご助勢かたじけのうござった」

あの時馬を入れてくれなければ持ちこたえられなかったと、二人ともいまだに血の気を失ったままだった。

「貴殿らが持ちこたえてくれたゆえ、我らが働くことができたのじゃ。礼にはおよびませぬ」

勝茂は大きな切所を切り抜け、武将としての自信を取り戻している。立ち居振る舞いにも風格がそなわっていた。

「七左衛門どのの槍は見事でござった。礼がしたいと申されるなら、今日の思い出にあの槍を所望したい」

「かたじけない。末代までの誉《ほまれ》にござる」

七左衛門は喜び勇んで陣所に槍を取りに行った。

後に安芸守となった七左衛門が、冒頭にあげたように手痛き槍を突いたと言ったのは、この時のことである。

勝茂はこの槍を居間の長押《なげし》にかけ、後々まで護身用として大切に用いた。

〈柳川一戦の槍は勝茂公へ進上、御居間にかけおかれ候由〉

『葉隠』は、そう伝えている。

第六話　おうらみ状

直茂公、寒夜に御火燵《こたつ》をなされ、陽泰院様へ御意《ぎょい》なされ候は、「さて〳〵寒き事にて候。火燵に居てさえ堪《こら》え難く候が、下々《しもじも》は何として夜を明かし申すべきや。その内に別《わ》けて難儀の者は誰にてあるべきや」と仰せられ候。

『葉隠』聞書第三―三節

関ヶ原の合戦から二年が過ぎた。

鍋島家は勝茂が西軍に属した失策からようやく立ち直り、領国の経営も安定しつつあった。

勝茂はおもに江戸《えど》に詰めて幕府との折衝にあたり、直茂は佐賀城にあって内政に目を光らせていた。

肥前の危機をいくどとなく切り抜けてきたこの勇将も、すでに六十五歳になる。多くのすぐれた家臣たちに支えられ、妻の泰子（陽泰院）とともに何不自由ない暮らしをしていたが、気がかりが一つだけあった。

主君である龍造寺家との関係をどうするか、ということである。

隆信が沖田畷で討ち死にした後、嫡男の政家が家を継いだが、病弱のために当主としてのつとめをはたすことができなかった。

そこで直茂が名代として指揮をとり、秀吉から肥前一国の大名になれと勧められるほどの働きをした。

ところが律儀な直茂は、主家を乗っ取るような真似はできないと断り、政家の嫡男藤八郎高房を取り立ててくれるように頼んだ。

そのために名目上の主君は高房、実質的な統治者は直茂・勝茂父子という関係がつづいてきた。

ところが高房も十七歳になり、佐賀に戻って国主としての地位を確立したいと望むようになっている。

だが直茂としては今さら実権を引き渡すわけにはいかないので、高房をどうあつかうかは頭の痛い問題となっていた。

「いったいどうすれば丸くおさまるものかのう」

側用人《そばようにん》の藤島生益に思わずぐちをこぼした。

「殿は二兎《にと》を追おうとなされるゆえ、そのようにお悩みになるのでござる」

すでに佐賀の大名は鍋島家だと、天下も領民も認めている。遠慮をせずに高房とは縁を切れば良いではないかと、生益ははっきりしたことを言った。

「そのように簡単にいくか。それなりの処遇をしなければ、龍造寺一門に対して申し訳が立つまい」

家中には須古の龍造寺信周や多久の龍造寺長信《ながのぶ》（二人とも隆信の弟）、武雄の後藤家信（隆信の子）や諫早の龍造寺家晴らが、それぞれ二万石ちかい所領を持って勢力を維持している。

彼らは隆信の死後直茂を支持してきたが、高房との縁を切ろうとすればどんな行動に出るか分からなかった。

「それに当家があるのは先代さまのお陰じゃ。恩を仇《あだ》で返すような真似はできぬ」

「ならば国主の座を、高房さまにおゆずりなされたらいかがでござる。いっそさっぱりといたしましょう」

生益はずけずけとものを言う。それが近習のつとめだと腹をすえていた。

「そのようなことができるか。当家でなくてはこの国は治まらぬ」

「それゆえ二兎を追っておられると申し上げたのでござる。殿は諦《あきら》めるという言葉のいわれをご存じか」

「また小賢《こざか》しいことを言いおって。知らぬわい」

「諦めるは明《あき》らめる、物事の道理を分別するということでござる。高房さまを国主として佐賀にお迎えすることができないのなら、早くその理《ことわり》を明らめて手を打たれるべきと存じます」

「もうよい。下がれ」

直茂はむかっ腹を立てて追い払った。

生益の言うことはよく分かる。だがうまく折り合いをつけて、高房の身が立つようにしてやりたいという気持ちも捨てきれなかった。

直茂が知恵を絞り抜いた上で見出《みいだ》したのは、高房を諸大夫《しょだいぶ》として将軍に仕えさせることだった。

諸大夫とは朝廷に仕える四位、五位の高家《こうけ》のことだ。

家康はこれを幕府の制度にも取り入れ、没落した名家を取り立てて朝廷との折衝や礼儀作法の伝承などにあたらせていた。

高房を諸大夫にすれば龍造寺家の家名も立派に残せるし、幕府や朝廷と鍋島家との取次役もはたすことができる。

これこそ一石三鳥の策だと思い立った直茂は、龍造寺家の重鎮である安房守信周を呼んで相談を持ちかけた。

「それは名案でござる」

直茂の盟友である信周はすぐに同意したが、一つだけ問題があると言った。

「と、おおせられると」

「ご当家と高房さまのつながりでござる。縁組でもして鍋島家が後ろ楯《うしだて》になっていただかなければ、高房さまのお立場は弱いものになりましょう。また幕府や朝廷への取次を頼む時にも、そのほうが話が早いものと存じます」

「なるほど。さすがは安房守どのでござるな」

直茂は信周の思慮深さに感服し、それでは誰の娘を嫁に出せば良いだろうかとたずねた。

「主水《もんど》どのの娘御《むすめご》は、今年十三になられると聞きました。高房さまは十七ゆえ、似合いの夫婦《めおと》かと存じます」

主水茂里は直茂の養子であり、娘の里子《さとこ》は孫にあたる。里子ならどこからも文句は出ないはずだと勧められ、直茂はすっかり乗り気になったのだった。

直茂はまず茂里を呼んで内意を伝えた。

茂里は柳川の合戦で立派に先陣をつとめた剛の者だが、娘の婚礼の話を聞くと複雑な表情をした。

「御意はかたじけのうござるが、里子はびんそぎもすませておりませぬゆえ」

びんそぎとはびんの毛をそいで成人のしるしとすることで、十六歳でおこなうのが普通だった。

「形だけの婚礼でも良い。わしの養女にして嫁がせるゆえ、高房さまもおろそかにはなさるまい」

直茂は年老いて性急になっている。有無を言わさず茂里に承諾させると、高房の側役に使者を送って縁談を進めるように申し付けた。

これを聞いて異をとなえたのは泰子だった。

「里子の縁組を進めておられると聞きましたが、まことでございますか」

怒りの形相もあらわに問い詰めた。

泰子もすでに六十二歳になり、しわは増えあごはたるんでいるが、勝ち気な気性は若い頃のままだった。

「誰からそのようなことを聞いた」

直茂は叱りつけるようにたずねた。

泰子が反対することは分かっていたので、話さないまま事を進めた。その後ろ暗さを隠そうと、語気がいっそう鋭くなった。

「大事な孫娘のことですもの。誰からだって話は伝わってまいります」

まだ十三になったばかりの娘にそんな重い役目を負わせて恥ずかしくないのかと、泰子はいつにない険しさで縁談の中止を求めた。

「これは御家《おいえ》の大事に関わることだ。嬶《かか》などが口をさしはさむ話ではない」

「婚礼は女子《おなご》の一大事です。それにこれは孫娘可愛さに言っているのではありませんよ」

高房には武人としての器量がない。茂里のように厳しい親に育てられた里子には、あの軟弱さが歯がゆくてたまらなくなるだろう。泰子はそう懸念していた。

「それは分からぬでもないが、もはや戦の世は過ぎた。我らのように血なまぐさい生き方をすることはあるまい」

「平和な世になっても、武人の心構えは必要です。夫を尊敬できなくて、どうして女子が幸せになれますか」

泰子は気丈な目に涙を浮かべ、女子は頼み甲斐《がい》のある夫に添ってこそ円満な家庭をきずけるのだと訴えた。

「江戸には勝茂もおる。それに家康公とて、千姫《せんひめ》さまを秀頼公に嫁がせることになされたのだぞ」

家康公の孫娘の千姫はまだ六歳だが、来年に大坂城に輿入《こしい》れすることが決まっている。

それに比べればまだ良い方ではないかと、直茂は強引に話を打ち切った。

半月後に里子を本丸の奥御殿に引き取り、その年の秋には養女として高房に嫁がせることにした。

「父上さま、母上さま、長い間お世話になりました」

どうぞお健《すこ》やかにと、里子はしっかりと嫁入りの挨拶《あいさつ》をした。

「そちも健やかでな。困ったことがあれば、遠慮なく勝茂に相談するがよい」

直茂はあわれさに涙ぐんでいた。

本当は嫁がせたくないが、鍋島家の将来を思えばやむを得ない。暮らしに苦労のないように千石の化粧料をつけたのが、せめてもの思いやりだった。

婚礼を終えると、直茂は家康に近侍している円光寺《えんこうじ》元佶《げんきつ》という僧を頼って諸大夫任官の交渉を進めた。

元佶は小城郡（佐賀県小城市）晴気《はるけ》の生まれで直茂とは古くから面識があり、鍋島家のために骨身をおしまず尽力してくれた。

その甲斐あって翌慶長八年（一六〇三）六月には高房は秀忠《ひでただ》付きの諸大夫になり、従五位下駿河守《するがのかみ》に任じられた。

直茂はこの機会に、龍造寺家の家督を高房が相続することを幕府に正式に認めてもらった。

主君の家を幕府の高家として残すための措置だが、年若い高房は直茂がやがては自分を肥前の国主にしてくれると思ったらしい。

交渉役の元佶に書を送って、直茂、勝茂のはからいに感謝し、

「かねて我ら覚悟の旨申し上げ候ところ、聞こしめしとどけらるるの由、その意を得申し候」と記している。

覚悟の旨とは肥前の国主に復帰することであり、高房は直茂父子《ふし》がそれを了解していると思い込んでいたのである。

ところが直茂にはそんなつもりはなかった。

高房を諸大夫にしたのは、国主へ復帰する道を完全に閉ざすためである。これに異議がないことを確かめるために、龍造寺一門に今後も鍋島家に忠誠を誓うという起請文を出させている。

たとえば諫早龍造寺家の右近大夫《うこんのだいぶ》直孝《なおのり》が差し出した起請文には、

「なかんずく、鍋島信濃守殿へ向後別心を存ぜず、二《ふた》つ無く身命の限り申し談ずべき儀、浅からず存じ部《はま》り候。かくのごとく存じ候上は、世上如何《いか》様《よう》の転変の儀候とも、右近大夫儀は信濃守殿一篇に覚悟いたすべく候」

そう記されている。

勝茂に身命の限り奉公し、世の中がどのように変わろうと忠誠を貫くと誓ったものだが、この精神と言葉遣いは山本常朝が語った『葉隠』にきわめてよく似ている。

「二無く」「部る」「一篇に覚悟」とは、『葉隠』に何度も出てくるなじみ深い言葉であ

る。

このことは葉隠武士道と呼ばれる主君一途《いちず》の苛烈《かれつ》な精神が、龍造寺家と鍋島家の複雑な対立の中で、直茂や勝茂に忠誠を誓うために生み出されたことをうかがわせる。

それは単に上からの強制ばかりではなく、身命をなげうって仕えたいと思わせる人間的な魅力が直茂や勝茂にあったからこそなし得たことだ。

その精神はこの年から五十六年後に生まれた常朝の時代にも受け継がれ、『葉隠』として結実したのである。

高房の諸大夫任官から二年後の慶長十年、直茂は家康の養女（岡部《おかべ》長盛《ながもり》の娘）と勝茂の縁組を成し遂げた。勝茂は秀吉の養女を妻にしていたが、離縁して家康の求めに応じたのである。

これで鍋島家は関ヶ原の合戦で西軍に味方した失策を挽回《ばんかい》し、徳川家の親戚《しんせき》大名として肥前に君臨する足場をしっかりと固めたが、この頃から鍋島家の財政は悪化の一途をたどっていた。

関ヶ原の戦いや柳川攻め、薩摩攻めなどへの従軍によって、貯えが底をついていた上に、勝茂の婚礼や佐賀城の普請などで出費がかさんでいる。

しかも幕府から江戸城普請の手伝いを命じられ、家臣領民が粥《かゆ》をすすって命をつなぐほど困窮していた。

そうした中で慶長十二年の正月を迎えた。

この年の冷え込みはことのほか厳しく、古稀《こき》を迎えた直茂にはひときわ骨身にこたえる。泰子と二人で火燵《こたつ》に入っていても耐えがたいほどだった。

「なあ、婥よ。さてもさても寒いことであるな」

火燵に入っていてもこれほど寒いのに、下々の者たちはどうやって夜を過ごしているだろうか。その中でも一番苦しんでいる者は誰だろうかと、直茂は民の苦難を思わずにはいられなかった。

「まことに寒うございますね。百姓たちは火燵など持っていないでしょうに」

泰子も太った体を丸めて寒さに耐えていた。

「百姓はわらを燃やすこともできるし、火箱であたたまることもできよう」

もっと苦しんでいる者がいるはずだと話し合っているうちに、牢屋《ろうや》にいる囚人たちが一番ではないかと思い至った。

「そうですねぇ。火を燃やすことは禁じられていますし、壁もなく着物もうすいものしか着ていないでしょうから」

「満足な食べ物もあるまい。さてさて哀れなことじゃ」

これも上に立つ者の不徳のゆえだと思うと、直茂はじっとしていられなくなった。

すぐに係の役人を呼び、罪人は何人いるか調べるように命じた。家臣たちはこんな夜中に何事だろうといぶかりながらも、入牢している者の数を調べ上げて報告した。

これを見た直茂は、泰子に人数分の粥を作るように頼んだ。泰子も心得たものである。すぐに台所に侍女たちを集め、大鍋《おおなべ》で手早く粥をたき上げた。

それを牢屋にくばると、罪人たちは有難さに涙を流していただいたという。

二人の人柄を伝える逸話の一つである。

寒さもようやく過ぎ去り、桜の花も美しく咲きそろった二月中旬、江戸から思いもよらぬ知らせが届いた。

高房が里子を刺し殺し、割腹自殺をはかったというのである。

「な、何ゆえの狼藉《ろうぜき》じゃ」

直茂は動転してへたり込みそうになった。

「詳しいことは分かりません。ここしばらく病に伏しておられたゆえ、気鬱《きうつ》が高じられたのではないかと」

医者がそう言っていると、勝茂の使者が告げた。

「高房さまのご容体は？」

「一命は取りとめられましたが、何も語ろうとなされませぬ」

何ということだと、直茂は頭を抱えた。

お健やかにと挨拶した里子の姿が目に焼きついている。あの子が無惨に殺されたと思うと、胸を突き刺されたような痛みをおぼえた。

「それゆえ……、あれほど反対したではありませんか」

知らせを聞いた泰子が、蒼白《そうはく》になって敷居際に立っていた。言葉にいつもの力がない。だからあれほどとくり返し、泣きながら柱にすがりついた。

直茂には返す言葉もない。高房に器量がないことは知っていたが、こんなことを仕出かすとは夢にも思っていなかった。

数日して勝茂の使者が事情を知らせてきた。

高房は直茂にだまされたと不信感をつのらせ、次第に里子に辛《つら》く当たるようになっていた。耐えかねた里子が高房の不覚悟をたしなめると、激怒して凶行におよんだ。

高房はすでに幕臣となっているので、本多正信《ほんだまさのぶ》と大久保忠隣《おおくぼただちか》が検使として事情を聞きにきたが、高房は黙り込んだまま何も答えなかったという。

直茂は方々に手を回して事を穏便にすませたが、家臣や領民の間には高房に同情する者もいて、こんなことになったのは直茂の処遇があまりに冷淡だったからだという噂が立った。

「そんな馬鹿な理屈があるか」

直茂は生益を呼び、噂の出所を調べて処罰せよと命じた。

「おやめになった方がよろしゅうございます」

生益は低い声でたしなめた。

「なぜじゃ。処罰ができぬのなら奉行所に引っ立てよ。いかに間違っているか、わしが直《じか》に言いきかせてやる」

「ならば須古のご隠居さまを、引っ立ててよろしいのでござるな」

生益がひと部《はま》りした目をして許可を求めた。

ご隠居さまとは、須古城にいる高房の父政家のことだ。噂の出所は政家と家臣たちだというのである。

「それゆえ二兎《にと》を追われますなと申し上げたのでござる。情は時に仇《あだ》となりまする」

「もうよい。分かった」

直茂は反論する気力も失っていた。

事件から四ヵ月後、直茂は今度の一件のいきさつを記した書状を政家に送り、自分のせいで高房が凶行におよんだという噂が事実無根であることを訴えた。

世に「おうらみ状」と呼ばれるものである。

この書状には直茂の思いがあますところなく記されているので、条を追って現代語に意訳してみたい。

一、隆信が戦死した後、直茂は一人で奮闘して龍造寺家を支え、領国を守り抜いてきた。
一、秀吉が九州征伐に来た時、政家では家を保てぬので龍造寺家を取り潰《つぶ》すと言った。その時直茂は、小早川隆景にたのみ込んで家がつづくようにはからった。また高房に家督を継がせる時も、秀吉は千石か五百石の扶持《ふち》を与えて家臣にせよと命じたが、直茂が主人のままでいられるように願い出て事なきを得た。その時の苦労は紙には書きつくせないほどである。

一、秀吉の九州出陣、小田原《おだわら》征伐、朝鮮出兵、そして関ヶ原合戦までの間、直茂は誰一人相談できる相手もないまま家と領国を支えてきた。そしてようやく高房の身が立つようにしたのに、何が気に入らなかったのか、罪もない里子を飼い鳥を殺すように手討ちにしたのは、上下の身分差があるといっても許しがたいことである。

一、毛利輝元に高房の後《うし》ろ楯《だて》となってもらおうと縁談を進めたが、関ヶ原合戦が起こったために中止にせざるを得なかった。そこで主水茂里の娘を直茂の養女とし、政家自筆の同意書を得た上で嫁がせたのである。

一、直茂は家康に願って高房を諸大夫に任じてもらい、やがては従四位にするという約束も取りつけていたが、今度の凶行によってそれもできなくなり、家名も絶やすことになるとは、冥加《みょうが》がつきたとしか思えない。

一、江戸詰めをしたいと言い出したのは高房で、直茂や勝茂が強制したものではない。このことについては、以前に誓詞を出して政家に誓っているので、今さら言うまでもないことだ。

一、江戸詰めの間高房が不便をしないように八千石を与え、そのうちの二千石は私用に使えるようにはからってきた。まだ年も若いので遊ぶ金に不自由するようでは気の毒だと思ってのことだ。また予備費として一万石を与えることとし、龍造寺家晴らを使者に遣わそうとしたが、円光寺元佶がその儀は無用だと言ったので中止にしたのである。
一、江戸詰めの者たちの扶持はすべて直茂、勝茂がまかない、新たに召し抱えた小姓の加増分として、二年の間に籾《もみ》千四百石を渡したところである。
一、今度高房が切腹しようとしたのは誰への当てつけだろうか。帰国して治療すると聞いたので、政家が直に会って存念を問いただしてもらいたい。我ら父子《おやこ》に落ち度があったというなら、いつでも申し開きをするつもりである。
右の条々では言いつくせないこともあるが、我らがこれほどまでに親身になってつくしてきたことを、政家が今後も忘れることがないように、このように申し上げたのである。


書状の日付は七月二十六日で、宛名は「政家様人々御中」となっている。

これから一ヵ月と十日がすぎた九月六日、高房は切腹の傷がもとで他界した。行年二十二歳である。

十月二日には政家が息子の後を追うように五十八歳でこの世を去った。

直茂に落ち度がなかったとはいえ、二人には領国を奪われた無念があったのだろう。

この無念が後に脚色され、佐賀鍋島の化け猫騒動の物語を生んだのである。

第七話　昼強盗

斎藤用之助内証《ないしょう》差し仕《つか》え、晩の飯料もこれなく候について、女房歎《なげ》き申し候。用之助これを承《うけたまわ》り、「女なりとも武士の家に居る者が、米などの無きとて草臥《くたび》れ候事腑甲斐《ふがい》なし。米は何程にてもあるなり。待って居り候へ」と申して、刀を取り外に出で候へば、馬十疋《ぴき》ばかり米を負うて通り申し候。

『葉隠』聞書第三—十六節

佐賀平野の夏は暑い。

風の通りが悪く湿気が多いので、むし暑さはたとえようもない。

鍋島直茂はこの暑さをさけ、三の丸の角櫓《すみやぐら》に上ってあたりの様子をながめていた。

城内では城の拡張工事が進んでいる。昨年秋に龍造寺高房と政家が相次いで他界し、鍋島家が名実ともに佐賀藩の藩主になると、鍋島勝茂はさっそく城の改修にとりかかった。

三十五万石の大藩にふさわしいものにしたいと、城郭を広げ外堀を広々とめぐらし、本丸には五層の天守閣をきずこうとしている。

そのために家臣、領民を動員して工事にあたらせているが、藩の財政が逼迫《ひっぱく》しているので満足な手当てもしてやれなかった。

直茂はこの工事には内心反対していた。一昨年は江戸城、昨年は駿府城《すんぷじょう》の普請の手伝いを命じられ、貯えは底をついている。

もはや戦乱の世は遠ざかり敵に攻められるおそれもないのだから、城普請より内政を充実させて家臣、領民の暮らしが立ち行くようにするべきだと思っていたが、隠居の身なので口出しをはばかったのだった。

外堀の幅は十七間（約三十メートル）近い。平城なのでこれくらいの幅がなければ万一の場合に防ぎきれないことは分かるが、排水の悪い泥田のような土地を掘る人足たちの苦労は並み大抵ではなかった。

貧しさと重労働は、家臣たちの覇気も萎《な》えさせている。表の通りを行く者たちはくたびれはて、肩を落とし目を伏せて歩いていた。

（この有り様では、いざという時役に立つまい）

城など造っても侍がこの体たらくでは何にもならぬと、直茂は誰かを怒鳴りつけたいような憤りをおぼえた。

「大殿、こちらにおられましたか」

安芸守茂賢が額に汗を浮かべて訪ねてきた。

「ここは涼しい。あたりの様子もよく見えるゆえ、国の風俗をうかがっておったのじゃ」

「何か気がかりなことでもございましょうか」

「まことになげかわしいことだが、肥前の槍先《やりさき》はすでに鈍《なま》ってしまったようだ。武士たる者があのように目を伏せて歩くようでは、物の役には立たぬ」

武士は勇むところがなければ槍は突けない。律儀に正直にと考えてばかりいるようでは、いざという時にすくみ上がって男の仕事はできないものだ。直茂はそう諭した。

「なるほど。さようでございますな」

茂賢は柳川合戦で手痛き槍を突いた剛の者である。直茂の懸念をすぐに汲《く》み取った。

「そちもよくよく覚悟せよ。武士たる者は、大ぼらを吹きまくるくらいの気張りと根性があってちょうどいいのだ」

「承知いたしました。今日《こんにち》ただ今より大ぼら吹きになりまする」

茂賢は大真面目にうけおい、たまには武芸の訓練でもいたさせましょうかとたずねた。

「そうよな。鉄砲が良い。若い者の射撃の腕が鈍っておらぬか、勝茂に見定めさせてやれ」

もう八年も戦がないのだから、鈍っているに決まっている。その現実を突きつけることで、勝茂の目をさまさせてやろうと思ったのだった。

直茂の内意を聞いた勝茂はすぐに鉄砲頭を呼び、二の丸の馬場に的山をこしらえて射撃訓練をおこなわせた。

角櫓にいても、鉄砲を撃つ音が聞こえてくる。しめりのない乾いた音で、火薬の保管や調合もおこたりなくやっていることが分かる。直茂は射撃音から多くのことを読み取りながら、心地良く耳を傾けていた。

ところが夕方になって、勝茂が血相を変えて訪ねてきた。

「父上、斎藤用之助をご存じでしょうか」

「むろん知っておる。佐渡の息子で鉄砲名人として知られた者じゃ」

「その者が無礼を働きましたゆえ、死罪にいたしとう存じます。ご了解いただきたい」

勝茂は怒りのさめやらぬ険しい表情でいきさつを語った。

先ほどの射撃訓練に用之助も出ていたが、的をねらわずに空に向けて鉄砲を放った。

的を改める係の者が「玉なし」と答えると、用之助は、

「どうして玉などあろうか。この年まで土など撃ったことはないのでな。しかし妙な癖があって、敵の胴中をはずしたことは一度もない。飛騨守（直茂）どのが生きておられるのがその証拠よ」

と高らかに言い放ったというのである。

「それがしばかりか父上まで愚弄《ぐろう》する振る舞い、断じて許すわけにはまいりませぬ。その場で手打ちにしようと存じましたが」

近臣たちが用之助は直茂が重用してきた者なので了解を得たほうが良いと言うので、思いとどまったという。

「それはけしからぬ話だ。さっそく鉄砲頭に腹を切らせよ」

直茂は即座に厳命した。

「鉄砲頭ではございませぬ。死罪にすべきは用之助にございます」

「勝茂、そちはわしの話を何と聞いた」

直茂から鋭い目を向けられ、勝茂は何とも返答ができなかった。

「日頃組頭どもに申し聞かせているのは、このように泰平の世がつづいては、若い侍たちは油断をいたし、武具の取り扱いさえできないようになる。そのようなことがあっては万一の時に役に立たぬゆえ、射撃の訓練をして腕前のほどを確かめよと申し付けたのじゃ。これは不鍛錬の若輩どもを戒めるためで、用之助のような熟練の者には無用のこ

とだ」

それなのに用之助を引き出し、若輩どもと一緒に的を撃たせるとは言語道断。この上ない落ち度である。

「それにな。用之助の申し分はもっともじゃ。あやつの働きのおかげで、このわしが生きておる。さっそく鉄砲頭に腹を切らせよ」

「いや、落ち度は父上の御意を汲みそこねたそれがしにございます。かの者の死罪ばかりは、何とぞご容赦いただきたい」

勝茂は思わぬなりゆきに仰天し、平謝りにあやまった。

用之助が再び事件を起こしたのは、その年の暮れだった。

来年で五十歳になる用之助は、父親の佐渡や妻子とともに侍長屋で暮らしていた。家中一の鉄砲撃ちと言われた二人も、泰平の世になって働き口をなくしている。

もともと金に頓着《とんちゃく》しない上に、城普請の人足は武士の仕事にあらずと言って出仕を拒んでいるので、家の内は困窮をきわめていた。

「お前さま、もう今夜炊く米もございません」

ある日、女房がそう訴えた。方々に借金もあるので、このままでは年を越せそうにないという。

すでに金目のものは売り払い、家の中は空き家同然になっていた。

「女子《おなご》とはいえ武士の妻ではないか。米がないくらいで泣きごとを言うな」

用之助は怒鳴りつけたが、腹がへって声にも力がなかった。

「このまま飢え死にしたとあっては、斎藤家の面目にかかわる。いっそ腹を切ろうではないか」

父親の佐渡も音《ね》を上げていた。

「気弱なことを申されるな。米などいくらもござる。ついて参られよ」

用之助は佐渡をともなってふらりと表に出た。

城に近い高尾《たかお》橋まで行くと、米をつんだ荷駄《にだ》が次々とやって来る。一頭、二頭には目もくれず、十頭ばかりつらねた一団が通りかかるのを待って立ちはだかった。

「待て。その米はどこへ運ぶのじゃ」

「年貢米でございます。お城の米蔵に運ぶところでございます」

二人の風体を見た馬方《うまかた》は、ぎょっとして後ずさった。

「されば我が家へ参れ。わしは斎藤用之助という者である。このほどお城から下げ渡される米がある。その方らもあちらこちらに運ぶのは面倒であろう。受け取りの証文を出してやるから、わしの家に置いていけ」

「とんでもないことでございます。お城に運ぶようにおおせ付かっておりますので」

馬方はかかわり合うことを恐れ、相棒と目くばせをしてそそくさと通りすぎようとした。

「待てと言うに、分からぬか」

用之助は橋の前で仁王立ちになり、刀をすっぱ抜いて馬方たちに突き付けた。

佐渡が素早く後ろに回り込んで退路を断った。

「従わぬと言うなら、生きては通さぬ。米を渡すか首を渡すか、二つに一つじゃ」

歴戦の強者《つわもの》だけに迫力がちがう。馬方たちは手を合わせて許しを請い、おとなしく侍長屋に米を運んだ。

「このとおり、米はいくらでもある。好きなだけ使え」

唖然《あぜん》としている女房に言いつけると、用之助は奥に入ってごろりと横になった。

老齢の佐渡は同じように困窮している者に米を分け与え、その夜は久々に長屋中のかまどが煙を上げた。

このことはすぐに奉行所の知るところとなり、用之助と佐渡はお白洲《しらす》に引き出されて取り調べを受けた。

「おおせのとおり、我らがしたことでござる」

父子《おやこ》ともに何の弁明もせずに罪を認めた。

「強盗は死罪と決まっておる。何ゆえかような狼藉《ろうぜき》におよんだのじゃ」

奉行が高飛車に問い詰めた。

「腹がへっては戦ができぬと、心得ているからでござる」

用之助は一言、そう答えたばかりだった。

奉行は事の顚末《てんまつ》を家老座に伝えて裁許を求めた。

家老たちは法度《はっと》どおりに死罪にするべきだと決定し、このことを勝茂に伝えた。

「致し方あるまい。されどお父上の耳に入れてから事を進めよ」

鉄砲の一件があるだけに、勝茂は慎重になっていた。

直茂が斎藤父子を命の恩人だと思っていることを、家老たちは知っている。いくら法度とはいえ死罪にするとは伝えにくいので、どうしたら良かろうと額を寄せて話し合った。

「やはり藤島どのに行っていただくしかあるまい」

長い論議の末に、直茂に直言できるのは藤島生益しかいないということになった。

生益とて本意ではないが、誰かがはたさなければならない役目なのである。心を鬼にして三の丸の隠居所を訪ねた。

直茂は泰子と火燵《こたつ》に入り、茶飲み話をしている最中だった。

「殿、近頃角櫓《すみやぐら》には上られませぬか」

話のきっかけをつかもうとしてそうたずねた。

「行かぬ。領民の困窮ぶりを見るのが忍びないのでな」

その方らが城の修築を急ぐからこんなことになるのだと、直茂は言外に勝茂と家老たちのやり方を責めた。

「実はその困窮のはてに、斎藤父子が許しがたき狼藉におよび申した」

生益は昼強盗の一件を語り、家老座の話し合いによって切腹を申し付けることに決まったと告げた。

直茂はじろりと生益をにらむと、しばらく物も言わずに火燵に入れた手をすり合わせていた。

生益が早々に引き下がろうとすると、

「嬶《かか》、聞かれ候や」

直茂が泰子に向かって声をかけた。

「佐渡と用之助が殺されることになったそうじゃ。さても不憫《ふびん》千万のことではないか。日本国に大唐《とう》をそえてもかえることのできない命を、我らのために何度も投げ出して役に立ち、血みどろになって肥前の国が立ち行くようにしてくれた。こうして我ら夫婦が殿と言われて安穏な暮らしができるのも、あの二人の働きがあったればこそなのじゃ。のう生益、そちも沖田畷のことは忘れておるまい」

直茂が強引に生益を思い出話にさそい込んだ。

天正十二年（一五八四）のことだから、もう二十四年も前である。

有馬晴信を討つために島原半島に出陣した龍造寺隆信は、有馬家を救援するために駆けつけた島津家久軍に大敗して討ち死にした。

これを知った直茂はその場で討ち死にして隆信の供をしようとしたが、側近の中野清明に抱きとめられて退却することになった。

ところが勝ちに乗った島津勢の追撃ははげしく、もはや逃れられないところまで追い詰められた。

その時、鉄砲隊をひきいて敵の前に立ちはだかったのが斎藤佐渡、用之助父子だった。二人は目前に迫った敵を次々と撃ち倒し、直茂らが脱出する時間をかせいだのである。

「あの時の二人の働きは、今でも語り種《ぐさ》になるほど見事なものであった。その後も数々の戦で手柄を立て高名を上げた。それほどの恩人が米もなく飢えていたというのに、何も知らずに放置していた我らこそ大罪人じゃ。なあ嫃、そうは思わぬか」

「まことにお気の毒でございます。わたくしどもはどうやって償ったらよろしいのでございましょうか」

「用之助らに咎《とが》はないのじゃ。あの者たちが殺されたなら、わしらも生きてはおられまい」

直茂は泰子と顔を見合わせて悲嘆にくれるばかりだった。

生益は困りはて、このことをありのままに大切にしておられたか」

「父上も母上も、それほどあの者らを大切にしておられたか」

年若い勝茂には、そのあたりの機微が分からない。戦よりも治政が重要な時代になりつつあるので、法度に背いた者を依怙《えこ》ひいきするわけにはいかないという思いのほうが強かった。

「申し上げにくいことではございますが、斎藤父子ばかりか、今や家臣の多くが困窮しております。それゆえ二人の狼藉に快哉《かいさい》を叫ぶ者も少なくないのでござる」

もし二人を死罪にしたなら、その不満はいっそう大きくなるだろう。ここは直茂に孝行するという名目で処罰を軽くしてはどうかと、生益は世なれた進言をした。

「軽い処罰とは何じゃ」

「禄《ろく》を奪い牢人《ろうにん》になされてはいかがでございましょうか」

「それでは当家をはなれて他国へ行こう。父上がそれほど見込んでおられる剛の者らを、他の大名に渡すわけにはいかぬ」

徳川の世に定まったとはいえ、大坂には豊臣家が健在で、天下を二分した戦いがいつ起こるか分からない。

剛勇の士を手放しては、万一の時に後れをとるおそれがあった。

「ならば牢人となっても他国に出ることを禁じられればよろしゅうござる。そのかわり、貧しくとも暮らしていけるだけの扶持《ふち》はいたさねばなりますまい」

「そうじゃ。その件を家老座で計ってみよ」

生益はさっそく他の家老たちと相談し、考えたとおりの条件で斎藤父子を牢人にすることにした。

これが後に牢人になっても国を出てはならぬという独特の慣習と、無役でも食いつないでいけるだけの扶持を与える手明槍の制度を生むきっかけとなったのだった。

これで殿にも満足していただけるだろうと、生益は急ぎ足で三の丸を訪ねた。

「殿のおなげきをお聞きになり、若殿は斎藤父子を許してやれとおおせになりました。されど法度をないがしろにすることもできませぬので、このように計らうことにしたのでござる」

「さようか。よう計ろうてくれた」

直茂は手放しで喜び、これで嬶にも顔が立つと胸をなで下ろした。

「かの者たちの昼強盗は、わしがさせたも同然じゃ。平時の奉公は苦手な者たちゆえ、満足な扶持も与えないできた。そのことを嬶にもさんざん責められて弱っておったが、勝茂の孝行によって命を助けられた。これほど嬉《うれ》しいことはない」

勝茂は斎藤父子の命ばかりか、我らの夫婦仲も救ってくれた。厚く感謝していると伝えてくれと、直茂は近習や侍女たちにまで聞こえるように声高に言った。

「牢人にも捨て扶持を与え、国を出ることを禁じることといたしましたが」

これでよろしいでしょうかと、生益はかなりの自負を持ちながらたずねた。

「ようやった。実はわしもそのような制度が必要だと思っていたが、佐渡や用之助があのような悪事をしでかした時にそうしてくれとは言えぬゆえ、嬶に言うふりをするしかなかったのだ」

そう言われて生益ははっとした。

直茂はこんな措置を取らせるために、斎藤父子の武勇をあれほどほめ上げたのである。そのことに気付き、自分の発案だとばかり思っていた愚かしさに恥じ入った。

「参り申した。殿は相変わらずお人が悪い」

生益は兜《かぶと》をぬいで渋く笑った。

「このような年寄りをつかまえて、成仏のさわりになるようなことを言うものではない」

直茂はあくまで知らぬふりを決め込み、勝茂にくれぐれもよろしくと念を押した。

また斎藤父子《ふし》には、生益を使いとして米十石を届けさせた。

このはからいが骨身にしみて嬉しかったのだろう。直茂が他界した時に、斎藤父子は追腹を切って恩に報いた。

〈直茂公御他界の時、佐渡追腹の御願い申し上げ候を勝茂公聞《きこ》し召され、「その心入れを以《もつ》て我に奉公仕り候へ」と御留《おと》めなされ候へども、しきりに御暇《おいとま》申し上げ切腹仕《つかまつ》り候。

倅《せがれ》用之助も同然追腹仕り候〉

『葉隠』はそう伝えている。

第八話　駆け落ち

然《しか》る處《ところ》、家来共十八人罷《まか》り出で、「御供仕《つかまつ》るべし」と申し候。検使、「如何《いかが》」と申され候へども、子息織部《おりべ》殿庭に下り、「思い切ったる者共に候間、某《それがし》介錯《かいしゃく》仕るべし」と、十八人共に首打ち落し、父子切腹なり。

『葉隠』聞書第六―七十節

法蓮寺《ほうれんじ》の山門をくぐると、正面に五間四方もある大きな本堂がそびえていた。

夕方から円月《えんげつ》和尚の法話があるとあって、境内には数百人の老若男女が集まっていた。

法話のあとには粥《かゆ》をいただき、一夜の参籠《さんろう》をする。俗世のわずらわしさから離れて御《み》仏《ほとけ》とともにすごすための行事で、庶民には月に一度の楽しみになっていた。

「姫さま、こちらにお進み下されませ」

中島源之介《なかじまげんのすけ》は玉姫《たまひめ》と侍女の八重《やえ》を本堂の前方に案内した。

ここなら和尚の話がよく聞こえるし、参籠する時にも人の出入りにわずらわされることがないと、あらかじめ場所を確保していたのだった。

「まあ、よく気がつくこと。八重や、ここに毛氈《もうせん》をお敷きなさい」

玉姫は小袖《こそで》に馬乗り袴《ばかま》という出《い》で立ちである。参籠するときに裾《すそ》が乱れることがないように、稽古《けいこ》用の袴をつけてきたのだった。

源之介の主《あるじ》である鍋島助《すけ》右衛《え》門茂治《もんしげはる》の娘で、十六歳になる。他家との縁談も進んでいるので、後ろ指をさされるようなことがないようにひときわ気をつかっていた。

やがて和尚の法話がはじまった。

この日は阿弥陀《あみだ》さまが衆生《しゅじょう》をあまねく救済するために誓願を立てられたという話だった。

「人は皆、御仏からさずかった救いの種をやどしてこの世に生まれておる。それゆえ弥陀の誓願におすがりし、念仏をとなえさえすれば、誰でも極楽浄土に生まれかわることができるのじゃ」

ひとしきり法話があった後で、十人の僧たちが声明《しょうみょう》をとなえ、集まった者たちがそれに和して声を上げた。

その間、源之介は何度か玉姫に目をやった。

近頃急に大人びて、ますます美しくなっている。真剣な目をしてひたすら念仏をとなえる姿には、はっと胸をつかれるような色気さえただよっていた。

(あるいは意にそまぬ縁談を強いられて、悩んでおられるのかもしれぬ)

源之介はそう感じたが、次の瞬間、身分もわきまえずに立ち入ったことを考えている自分を厳しく戒めた。

やがて粥が振る舞われた。若い僧たちが境内に大鍋《おおなべ》をすえ、門徒が持参した椀《わん》に粥をつぐ。それをいただいてから本堂でごろ寝し、御仏とともに一夜をすごすのである。

この参籠は時に男女の野合の場ともなる。初めて供を命じられた源之介は、玉姫に万一のことがあってはならぬと、一晩中気を張り詰めてあたりの気配をうかがっていた。

翌朝の卯《う》の刻(午前六時)、起床を告げる鐘が鳴った。明け方ついうたた寝をしていた源之介は、不意に気付いて飛び起きた。

侍女の八重はまだ眠っている。だが、その向こうに寝ているはずの玉姫の姿がなかった。

「八重どの、八重どの」

源之介は鳥肌立つ思いをしながら、侍女をゆり起こした。

「姫さまは、どちらに参られましたか」

「あら、お手水《ちょうず》でも使いに行かれたのでしょうかね」

物慣れた八重は驚く風もなかったが、しばらくしても玉姫は戻ってこなかった。八重が厠《かわや》にさがしに行ったが、どこにもいないという。

「まさか、そんな……」

誰かに連れ去られたのではないかと、源之介は蒼白《そうはく》になって僧たちに行方をさがすように頼んだ。

しばらくして理由が分かった。

夜明け前に二人の若侍が手に手を取って出て行くのを、門番の老人が見ていたのである。こんな時間にどこへ行くかと聞きとがめたが、二人は勝手にくぐり戸を開けて走り去ったという。

門番が若侍と見たのは、引っつめ髪にして馬乗り袴をはいた玉姫にちがいなかった。

「ど、どういたしましょう」

八重は事の重大さに動転していた。

「殿にお知らせし、ご指示をあおぐしかありますまい」

源之介は切腹を命じられても仕方がないと覚悟し、八重を引っ立てるようにして屋敷に戻った。

助右衛門は朝粥を食べている最中だった。

鍋島直茂の兄信房《のぶふさ》の次男で、神代鍋島家の家老をつとめている。冷静沈着で武勇にもすぐれ、助右衛門が本陣に座っているだけで配下の将兵が落ちつきを取り戻すと言われたほどだった。

「相手は誰だ」

話を聞いた助右衛門はそうたずねた。

「存じませぬ」

源之介は幼ない頃から玉姫を知っているが、そんな相手がいると聞いたことはなかった。

「八重はどうじゃ。思いあたることはないか」

「いいえ。そのような方がおられるとは、今の今まで」

想像さえしていなかったと、八重が太ってくびれた首をかしげた。

「参籠している間に、誰かとそうなったということはあるまいな」

「滅相もないことでございます」

自分が添い寝していたのだからそんなはずは絶対にない。八重はそう言いきった。

「では、なぜ駆け落ちしたのじゃ」

「分かりませぬが、あるいは縁談を苦にしておられたのかもしれませぬ」

助右衛門は弟の子と玉姫の縁談を進めていたが、玉姫は従兄《いとこ》との結婚は気が進まないと嘆いていたという。

「さようか。わしにはそのようなことは言わなかったが」

さすがの助右衛門も、愛娘《まなむすめ》の突然の出奔に当惑をかくせなかった。

「この上は、どのようなご処罰も覚悟いたしております」

責任を痛感している源之介は、腹を切らなくてもいいかとうかがいを立てた。

「あれをさがすのが先決じゃ。何年かかっても構わぬ。さがし出してここに連れ戻せ」

助右衛門は充分の路銀をわたし、今すぐ探索に出るように二人に命じた。

玉姫の行方が知れたのは二年後のことだった。

肥後熊本藩の家老、加藤美作守《みまさかのかみ》の側室になっていたのである。

鍋島直茂の近習が所用で熊本城を訪ねた折、能楽の会に招かれた。その時美作守と連れ立ってやって来た玉姫に気付き、助右衛門どのの娘御ではないかとたずねた。

すると玉姫は悪びれることなくそうだと認めた。そこで近習はさっそく助右衛門に事情を知らせたのだった。

「すぐに熊本に行き、連れ戻して参れ」

助右衛門は源之介にそう命じた。

「おそれながら、玉姫さまは何ゆえ加藤家に」

「それを確かめるのもそちの役目じゃ。男ばかりでは話が通じぬこともあるゆえ、八重を連れて行くがよい」

源之介は十人の捕手と八重を連れて熊本に行き、加藤美作守の屋敷を訪ねた。助右衛門の書状を示して対面を求めると、すぐに奥の対面所に通された。

美作守は肥後五十四万石の筆頭家老で、加藤清正の右腕といわれた勇猛な武将である。気合負けをしてはならぬと気を張り詰めて待っていると、玉姫が五人の侍女にかしずかれてやって来た。

「殿さまは外出中ゆえ、わたくしが用件をうかがいます」

真っ直ぐに源之介を見すえて言った。

鮮やかな緋色《ひいろ》の打ち掛けをまとった玉姫は、二年前よりはるかに美しくなっていた。

「許しなく国を出るのは、法度に背く大罪でございます。早々にご帰国下されませ」

「わたくしはもう加藤家の人間です。肥前の掟《おきて》には従いませぬ」

「そのようなことがないように、殿は美作守さまに引き渡しを求める書状をしたためておられます」

「その書状をこれに」

見せてみろと玉姫は迫った。

「じかにお渡しするように仰せつかっておりますゆえ」

源之介は拒んだ。渡したなら引き裂いてしまいかねない鋭さを、玉姫はきらきら輝く挑発的な瞳《ひとみ》にただよわせていた。

「さようか。ならばそうするがよい」

玉姫はあっさりと引き下がり、八重に元気そうで何よりだと声をかけた。

「元気なものですか。姫さまがこのようなことをなされるゆえ、皆が生きた心地もない日々を過ごしてまいりました」

いったい何があったか聞かせてほしいと、八重は涙ながらに訴えた。

「今さら言っても詮《せん》ないことです。わたくしは帰らぬと、お父上に伝えなさい」

玉姫は決然と言い放った。

翌日、美作守と対面して助右衛門の書状を示したが、引き渡しには応じられぬとけんもほろろに拒否された。

「いかなる事情か存ぜぬが、いったん情を交わした者を引き渡しては武士の一分《いちぶん》が立ち申さぬ。鍋島どのにさよう伝えるがよい」

ご不満とあらばいつでもお相手いたすと、美作守は合戦になっても玉姫を守り抜く覚悟を示した。

源之介はやむなく引き下がり、佐賀に戻って助右衛門にいきさつを報告した。

「あのじゃじゃ馬が。そのようなことを」

助右衛門は怒りに顔を赤くしたが、しばらくして血は争えぬかと仕方なげにつぶやいた。

肥前には命知らずの豪胆な者を、曲者《くせもの》と呼んで重んじる伝統がある。その血は男ばかりでなく、女にも脈々と受け継がれていた。

「父上、それがしにお申し付け下され」

嫡男の織部が、美作守の屋敷に打ち入って玉姫を討ち果たしてくると言った。

そうしなければ佐賀藩の面目が立たないほど事は大きくなっていた。

「これ以上、事を荒立ててはならぬ。わしに考えがあるゆえ、しばらく待て」

助右衛門は成富兵庫《なるとみひょうご》を頼ることにした。

肥前一の曲者と評判の兵庫は、朝鮮に出兵していた折、加藤清正の窮地を救ったことがある。その貸しにかえて、玉姫を引き渡してもらうことにしたのだった。

秋も深まり野山が紅葉とすすきにおおわれた頃、源之介は兵庫に従って熊本に向かった。

兵庫は三千石の大身なので、百人以上の供を連れている。しかも鍋島家の家紋を大きく描いたうこん色の羽織を着込ませ、人目に立つように派手な行列を仕立てて熊本城下に乗り込んだ。

先触れを出して用件は伝えてあったが、清正は病気と称して会おうとしなかった。兵庫には借りがあるので、会えば玉姫を引き渡さざるを得なくなると察していた。

「さようか。それは気遣わしいことでござる」

兵庫は佐賀からの手みやげを見舞いに渡し、ご本復《ほんぷく》がなるまで待たせてもらうと城下の旅籠《はたご》に入った。

だが五日たっても十日たっても、清正から治ったという知らせはない。このまま国へ帰れと言っていることは明らかだが、兵庫は城下に居座ったままだった。

派手な羽織を着込んだ家臣たちを引き連れ、築城なったばかりの城を見物したり、阿《あ》蘇《そ》の温泉を訪ねたり、鷹《たか》狩りに出かけたりした。

この行動が家臣や領民の注意を引き、佐賀の曲者が玉姫を取り返しに来たという噂が広まった。しかも清正が仮病を使って対面を拒んでいることまで取り沙汰《とざた》され、清正は次第に放置できない状況に追い込まれていった。

その間に源之介らは、探索方を使って玉姫の行状を調べ上げた。

法蓮寺から駆け落ちした玉姫は、相手の若侍と熊本まで逃れた。親戚《しんせき》が薩摩にいるのでそこに身を寄せるつもりだったが、若侍は玉姫を置き去りにして逃げたのである。

罪の重さにおそれをなしたか、玉姫に愛想をつかしたのか、理由は分からない。だが、若侍が熊本の旅籠に玉姫だけを残して姿を消したことは、旅籠の女中の証言によって明らかだった。

銭まで持ち逃げされて途方にくれた玉姫は、旅籠の主人に頼んで城下でも指折りの料理屋に奉公するようになった。そこで加藤美作守に見初められ、側室として仕えるようになったという。

滞在が一月以上になった頃、清正がついに音《ね》を上げた。このまま仮病を使うのは卑怯《ひきょう》だという世論に押しきられ、兵庫との対面に応じたのである。

源之介もこの場に同席することになった。

「兵庫どのには負けた。このとおり、降参いたす」

清正が仕方なげに頭を下げた。

身の丈六尺の巨漢で、馬もたじろぐほど長い顔をしていた。

「それでは玉どのを、お引き渡し下さるのでございまするな」

「当家を頼ってきた者をむざむざ引き渡しては、肥後の面目が立たぬ。何とか穏便にすます手立てはないか」

「お引き渡しいただかねば、肥前の法度が立ちませぬ」

「うむ、しかしな」

清正は面目にこだわった。頼られたら犯罪人でもかくまい通すのが、この頃の武士の意気地《いきじ》だった。

「おそれながら朝鮮御陣の時の約定《やくじょう》を、よもやお忘れではございますまい」

兵庫は切り札を突きつけた。

清正らが敵に退路を断たれて窮地におちいった時、兵庫は一千の兵をひきいて救援に駆けつけ、囲みを打ち破って活路を開いた。

清正は感謝のあまり、この返礼にどんな頼みでも承知すると約束したのである。

「それを言われては一言《いちごん》もない。潔く引き渡すゆえ、あの娘の命ばかりは助けてやってくれ」

「御意は承り申したが、約束はできかねまする」

肥前には肥前の法度があると、兵庫は一歩も引こうとしなかった。


玉姫は助右衛門の屋敷に連れ戻され、源之介と八重が世話をすることになった。

六畳の離れに押し込められた玉姫は、覚悟の定まった物静かな目をしている。二十歳前の娘とは思えない落ちつきぶりだった。

十日ほどして藩の検使がやって来た。駆け落ちは死罪と決まっているが、清正の頼みも無下にはできない。

そこで家老座で対応を協議し、一緒に駆け落ちした若侍の名を明かしたなら罪を減じることにしたという。

だが玉姫はこれに応じなかった。

「もう忘れました」

さらりと言って口を閉ざしつづけたのである。

「これは詮議《せんぎ》でござる。拒まれるとあらば死罪に処するほかはござらぬ」

一日の猶予を与えるのでとくと考えられよと、二人の検使は袴《はかま》の裾《すそ》を蹴《け》って席を立った。

源之介は八重とともに玉姫を説得しようとした。

若侍は途中で怖気《おじけ》づいて玉姫を置き去りにした卑怯者である。今頃は佐賀に逃げ帰ってのうのうと暮らしているかもしれない。そんな男を庇《かば》う必要はないではないかと迫ったが、玉姫は応じようとしなかった。

「もう忘れました」

笑みを浮かべてくり返すばかりである。

「しかし、このままでは」

「良いのです。もう思い残すことはありません」

手に負えぬと見た源之介は、助右衛門に説得してくれるように頼んだ。

「そうか。言わぬか」

助右衛門は老臣と碁を打っている最中だった。

玉姫出奔の責任をとって織部に家督をゆずったので、隠居暮らしの徒然《つれづれ》に碁を覚えたのだった。

「期限は明日でございます。どうか相手の名をお明かしになるように」

「それは、できぬな」

玉姫がなぜ口を閉ざしているか分かるかと、助右衛門は碁盤を見つめたままたずねた。

「相手を庇っておられるのでございましょうか」

「そうではあるまい。若侍が訊問《じんもん》されれば、知られたくないことまで明らかになる。そのような辱しめを受けるより、命を捨てたほうがいいと思っておるのだ」

娘がそこまで覚悟しているのなら、たとえ何があろうとその思いをまっとうしてやるのが親のつとめだ。助右衛門は落ちつき払ってそう言った。

翌日、検使が来る直前に、玉姫は喉《のど》を突いて自害した。供を願った八重を刺し殺し、身仕度をととのえて急所を突いた見事な最後だった。

二人の検使が遺体を改めるのを待ち、白い布でおおって不浄門から運び出した。

源之介はその指図をしながら、なぜ玉姫は死を選んだのかと残念でならなかった。恥を忍んで相手の名を明かしたなら、若い身空《みそら》で死ぬことも八重を道連れにすることもなかった。生きてさえいれば、ちがう境地にいたることもあったろうにと思わずにはいられなかった。

三日後、例の検使が再び訪ねてきた。

玉姫の監督不行き届きの科《とが》により、助右衛門と織部に切腹の命が下されたのである。

助右衛門はこの日も朝から碁を打っていたが、検使の言葉を聞くと、

「承知いたしした。今は勝負のさかりゆえ、しばらくお待ちいただきたい」

動じる様子もなく碁を打ちつづけた。

玉姫が自害した時に、こうなることを予想していたのである。累が自分におよぶことを知りながら、玉姫に相手の名を明かせとは迫らなかったのだった。

織部もさっそく白無地の小袖《こそで》に身を改めて切腹の座を作らせたが、これを聞いた十七名の家臣たちが血相を変えて庭先に走り込んできた。

お二人が罪に問われるのなら、我らも供をしたいと口々に言う。十七人もが同時に腹を切るとなれば、藩の重職たちも詮議をやり直すだろう。そう考えて主君を救おうとしたのだった。

「それは、いかがなものか」

検使は許可していいかどうか判断をつけかね、城に戻って指示をあおいでくると言った。

家臣たちの思惑どおりになるかと思われた時、

「待たれよ」

織部が白装束で縁側に立ち、殉死の覚悟に相違はないかとたずねた。

「むろん、ございませぬ」

十七人が声をそろえて応じた。

「ならば私が介錯《かいしゃく》してやる。一人ずつ順番に腹を切れ」

「承知」

家臣たちは戦場で突撃を命じられた時のように、何のためらいもなく腹を切り始めた。

織部は見事な太刀さばきで十七人の首を打ち落とし、

「そちは、どうする」

助右衛門の側に控えていた源之介にたずねた。

行くか行かぬか、とでも尋ねるようなあっさりした問い方である。断っても何の不都

合もないはずだが、

「参ります」

源之介は無意識にそう答えて庭に飛び下りた。

あまりに鮮やかで壮絶な死に様《ざま》を見せられ、冷静な判断力を失っていたのだろう。あるいは戦国の世を生き抜いてきた先祖の血が、年若い源之介に武人として身を処すことを強いたのかもしれない。

『葉隠』が十八人と伝える最後の一人は、この源之介だったのである。

翌日報告を受けた直茂は、家老座の者たちを呼びつけて烈火のごとく叱りつけた。

「その方らは、人の命と法度のどちらが大事と思っておるのじゃ。我が身にかえて助けようと思えば、やり方はいくらでもあったはずではないか」

それなのにそこまで部《はま》って解決しようとする者がいなかったとは情けないと、涙を流して家老たちの非をなじった。

また、織部のやり方も不届きだと、神代鍋島家を厳罰に処した。

「侍が命を捨てるのは、他を生かすためである。死にさえすれば面目が立つと思うのは、心得ちがいもはなはだしい」

そう言って家臣たちの軽挙を戒めたのだった。

第九話　死ぬことと見つけたり

中野神右衛門教訓の事　御主人より御懇《ねんご》ろに召し使はる時する奉公は、奉公にてはなし。御情《なさ》けなく御無理千萬なる時する奉公が、奉公にて候。この旨《むね》よく合点仕《つかまつ》り候様に、と常々申し候由。

『葉隠』聞書第九―二十四節

東海道《とうかいどう》の磐田宿《いわたしゅく》をすぎて天竜川《てんりゅうがわ》を渡ると、徳川家康ゆかりの浜松《はままつ》にいたる。

このあたりは海からの風がもろに吹きつける所で、海ぞいには松を植えて防風林としていた。

その松林の東のはずれで、中野神右衛門清明は小川右馬允《おがわうまのじょう》の一行が通りかかるのを待っていた。

主君直茂とともに戦国の世を駆け抜けてきた神右衛門も、すでに五十二歳になる。隠居して孫の相手でもしているのが似合いの年頃だが、直茂の信任厚い神右衛門には休んでいる暇がない。

この年も春から駿府城の手伝い普請の指揮を命じられ、半年間の役目を終えて肥前佐賀に帰る途中だった。

「殿、小川どのが天竜川を渡られました。もうじきここに参られますぞ」

物見に出ていた郎党が息せき切って戻ってきた。

「さようか。ご苦労」

神右衛門は心静かにたすきをかけて袴《はかま》の股立《ももだ》ちをとった。すでに刀の目釘《めくぎ》は充分に湿らせてあった。

やがて右馬允の一行十二人が、そろいの陣笠《じんがさ》をかぶって急ぎ足でやって来た。

右馬允は筆頭家老多久長門守の縁者で、駿府城の手伝い普請の目付を命じられている。まだ三十ばかりだが、権門を鼻にかけた横柄な振る舞いが多かった。

「目ざすは右馬允だけじゃ。他の者には傷を負わせるな」

神右衛門は五人の郎党を従え、道に走り出て一行の前に立ちふさがった。

「右馬允、遺恨の筋あって討ち果たす。尋常に立ち合え」

「血迷われたか。何ゆえの言いがかりでござる」

「普請場で、うぬが吐いた一言を忘れたか」

神右衛門は有無を言わさず刀を抜き、右馬允が抜き合うのを待って斬りかかった。供の者たちが色めき立って右馬允を守ろうとする。郎党五人がそれを防いでいる間に、神右衛門は右馬允に真っ向から打ち込んだ。

陣笠ごと頭を断ち割る、すさまじい一撃だった。

神右衛門は右馬允の遺体を丁寧に葬ると、伏見城下の佐賀藩邸に急いだ。屋敷には先に引き揚げた多久長門守がいる。彼に右馬允を斬ったいきさつを告げ、切腹して責任を取るつもりだった。

ところが大津の宿で、急を聞いた鍋島安芸守茂賢が待ち受けていた。柳川での戦で名をはせた槍《やり》の名手で、神右衛門を戦陣の師と慕っていた。

「神右衛門どの。何があったか存じませぬが、腹を召されてはなりませぬ。ここはそれがしにお任せ下され」

直茂の養子でもあった安芸守は、伏見城代をつとめている岡部内膳正とも親しい。そこでひとまず神右衛門の身柄を内膳正にあずけ、切腹させずにすむ手立てを講じようとした。

「あの者は直茂公ご秘蔵の侍でござる。何とぞ、お力を貸していただきたい」

安芸守は何かあったら自分が責任を取ると言って内膳正に頼み込み、佐賀に急使を送って直茂の判断をあおぐことにした。

ところが神右衛門には今さら生き延びるつもりはない。隙を見て伏見城から逃げ出して大坂で早船を仕立て、先に国許《くにもと》に向かった多久長門守の後を追った。

追いついたのは肥前の伊万里《いまり》に近い大里《おおざと》の浜である。神右衛門は船から飛び下りて陣所に駆け込み、長門守に面会を求めた。

長門守安順《やすしげ》は龍造寺隆信の甥《おい》で四十五歳になる。才智にたけた腹のすわった男で、直茂が筆頭家老に任じたほどの逸材だった。

「何があったかなど、聞きとうはない」

対面した長門守は重い口調でつぶやいた。

そんなことをしても右馬允が生き返るわけではない。大事なのは喧嘩両成敗《けんかりょうせいばい》の原則を貫き、神右衛門が腹を切ることだ。そうすれば右馬允の面目も保たれるというのである。

「そのつもりで後を追って参った。不躾《ぶしつけ》ながら、お庭先を拝借したい」

神右衛門は長門守の近臣に介錯《かいしゃく》を頼み、砂地を選んで切腹の座をしつらえた。

「さすがは中野どのよ。皆も後の手本とせよ」

長門守は近臣たちに切腹を検分するように命じた。

神右衛門が着物の前をくつろげて脇差《わきざし》を手にした時、

「待たれよ。その儀はあいならぬ」

安芸守が大声を上げて飛び込んできた。

「長門守どのに申し上げる。すでにこの儀は、直茂さま勝茂さまのご裁許をあおいでおりまする。ご両所の裁断が下らぬ前に、私《わたくし》の都合で腹を切らせることはできませぬ」

「わしが切らせておるのではない。中野どのがお望みなのだ」

長門守の言葉に、神右衛門も大きくうなずいた。

「それではご両所にうかがいを立てた拙者の面目が立ちませぬ。どうあっても切腹なされるとあらば、拙者もお供つかまつりまする」

安芸守は神右衛門の正面に座って膝《ひざ》を詰めた。

険しく吊《つ》り上がった目には、死なせたくないという必死の思いがある。その真心に打たれた神右衛門は、脇差をおさめて直茂らの裁断に身を委《まか》せることにした。

安芸守はその日のうちに直茂のもとを訪ね、神右衛門が佐賀に帰っていることを告げた。

「長門守が、さようなことを……」

直茂は事態の急変に驚き、何としてでも神右衛門を助けよと命じた。

「沖田畷の戦に敗れた時、わしはあの者のお陰で生き延びた。あの働きがなければ、今頃鍋島家は潰《つぶ》れておる。龍造寺とて同じじゃ」

そんな功臣を死なせていいと思っているのかと、直茂は長門守の配慮のなさをののしった。

「されど喧嘩両成敗は武家の掟《おきて》でございます」

いかに功臣とはいえ、その掟を破るわけにはいかない。長門守がそう主張するのも無理からぬことだった。

「しかし、神右衛門ほどの男が、何ゆえ右馬允ごときに腹を立てたのじゃ」

「拙者もたずね申したが、語ろうとなされませぬ」

「切腹を覚悟で切り捨てたのじゃ。よほど腹に据えかねることがあったのであろう」

それゆえ余計に不憫《ふびん》だと、直茂は老いの目に涙を浮かべた。

「恐れながら、兄でなければこの件は治められぬものと存じます」

安芸守は実の兄である主水茂里に仲裁を頼むように進言し、その足で江北佐留志《こうほくさるし》に隠棲《いんせい》している茂里を訪ねた。

茂里は一年ほど前から病をわずらい、家を嫡男にゆずって藩政から身を引いていた。

「兄上、最後のご奉公でござる。大殿のために中野どのを助けて下され」

安芸守は病床の茂里に窮状を訴え、無理を承知で頼みにきたと言った。

「それは理屈に合わぬ話じゃ。長門守どののおおせられることがもっともである」

茂里はいったん頼みを断ったが、しばらく考えをめぐらしてから、

「されど大殿のためとあらば、是非もあるまい」

何事も自分の指示に従うと誓約するなら、この世の置きみやげにひと仕事していくと言った。

安芸守はすぐに佐賀にとって返し、直茂、勝茂父子《ふし》にこの意向を伝えた。

「分かった。神右衛門さえ助けてくれるなら、我らに異存はない」

直茂は指示に従うという誓紙を書き、佐留志に届けさせた。

茂里が病をおして登城したのは、秋も深まった十月中旬のことである。三の丸の隠居所には、直茂父子と重臣たちが集まっていた。

茂里は気力をふりしぼって御前に進み出ると、

「しばらくお目にかからぬうちに、大殿もずいぶんと老いぼれられたものでござるな」

いきなり声高に怒鳴りつけた。

「主水どの、無礼であろう」

重臣の一人がとがめたが、主水は引き下がろうとしなかった。

「御家の大事をわきまえておられぬゆえ、老いぼれたと申し上げたのじゃ。いかに股肱《ここう》の臣とはいえ、こたびのことは神右衛門に腹を切らせねばすまぬことでござる」

本人も切腹するために長門守のもとに駆けつけたのだから、かえってありがたく思う

はずだ。直茂と勝茂が切腹に処すと決断すれば、後のことは自分が抜かりなくはからうので、早々にご下知をいただきたい。茂里は一気にそうまくしたてた。

「それでは申し様《よう》がちがうではないか」

直茂は苦々しげに吐き捨てたが、指示に従うと誓約しているのでしぶしぶ承知した。

その返答を得た茂里は、駕籠《かご》に乗って長門守の屋敷を訪ねた。上使が駕籠を用いた例はないが、馬にも乗れないほど病が重かったのだった。

茂里は長門守に対面すると、直茂と勝茂が今晩のうちに切腹するように神右衛門に命じたと告げた。

「それを承り、安堵《あんど》いたし申した」

長門守はほっと表情をゆるめ、寵臣《ちょうしん》だからと依怙《えこ》の沙汰《さた》をなされたなら、佐賀の水は二度と飲むまいと決意していたと打ち明けた。

「おおせはもっともでござる。私情に流されて両成敗の掟を曲げられては、ご政道は成り立ちませぬ」

それが分からぬご主君ではないと念を押し、茂里は早々に屋敷を辞した。

このまま帰ると言って駕籠を佐留志に向けさせたが、城下の西のはずれにさしかかった時、もう一度長門守の屋敷に引き返すように命じた。

用心深い長門守は、茂里が帰った後に城に使者を遣わし、本当に切腹の命令が下されたかどうか確かめている。

それが事実だったばかりか、茂里が直茂を老いぼれとののしってまで説得したと聞いていただけに、引き返してきた茂里に対する態度は丁重だった。

「実は落とし物をしたようでござってな」

茂里がそう言うのですぐに座敷を改めたが、落とし物や忘れ物はなかった。

「大殿は断腸の思いで神右衛門に切腹をお命じなさった。このご配慮に対して、長門守どのはどのようにお礼をなされるつもりでござろうか。このことをたずね落としておりましたゆえ、戻ってまいったのでござる」

「それは言うまでもない。何事かあったなら人後に落ちぬ働きをして、肥前の安泰をはかるばかりでござる」

「さようなことは家臣として当然の心得と存ずる。こたびの返礼をどうなされるかと、それがしはたずねており申す」

さっきとは打って変わった厳しい問いかけに、長門守はすぐには返答ができなかった。

「貴殿は、どうするべきだとお考えでござろうか」

しばらく考えてからそうたずねた。

「大殿は当家の安泰のために、秘蔵の侍である神右衛門を犠牲になされました。そのお心に報いるには、もう一人の神右衛門を仕立てて差し上げるよりほかに方法はないものと存じまする」

謎をかけるような言い方だが、長門守はすぐに茂里の意図を察した。

「なるほど、さようでござるな。神右衛門をお助け下さるように、それがしから頼み申す。さっそくお取りなし下され」

「それは願ってもないことでござる。されど取りなしは、他の方にお頼みになられたが良かろうと存ずる」

茂里は心あたりの重臣の名を挙げ、駕籠に乗って佐留志の屋敷に帰って行った。

神右衛門は切腹をまぬかれ、牢人《ろうにん》となった。

鍋島家では牢人となっても他国へ出ることは許されていない。殿のお叱りを受けて牢人にされたのだから、ひたすら身をつつしんでもう一度呼び戻される日を待つのが忠義だとされている。

神右衛門も神埼渡瀬《わたぜ》村でひっそりと無給の日々を送っていたが、直茂は彼の身を案じてひそかに支援をつづけた。

〈牢人中、直茂様御夫婦様より三日あけずに密々御使・御音物《いんもつ》拝領させられ候〉

神右衛門の孫である山本常朝はそう記している。

沖田畷で命を助けてくれた神右衛門の苦難を、直茂は見るに忍びなかったのだろう。

二年後の秋、神右衛門は勝茂に帰参を許された。許すように進言したのは、意外にも多久長門守である。

神右衛門はさっそく長門守の屋敷にお礼の挨拶《あいさつ》に行った。

「このたびは格別のご配慮をたまわり、かたじけのうござる」

神右衛門は神妙に頭を下げた。

「主水どのが、ご他界なされた」

長門守は冷ややかな声でそう告げ、茂里に代わって家中の重しとなれるのはそちしかおらぬと言った。

「それがしには、主水どののような器量はありませぬ」

「そのようなことは分かっておる。わしがそちを推挙したのは、死番《しにばん》をつとめてもらうためだ」

家中で重大事が起こった時、藩を代表して事にあたる者が必要になる。だが成功は期しがたく、主君にまで迷惑がおよぶ場合も少なくない。

そうなったなら、交渉にあたった者が責任を取って切腹する以外にないが、その役を神右衛門につとめよというのである。

日々死ぬために生きる、死番とも死役《しにやく》とも呼ばれる過酷な役目だった。

「そちは切腹覚悟で右馬允を斬り捨てた。のうのうと牢人などされては困る」

長門守の本心はここにあった。筆頭家老とはいえ、牢人には手出しができない。だが帰参して家臣となったなら、どんな無理難題でも押しつけることができる。

これからじっくりと責め立ててやるから覚悟しておけ。そう言いたげな口ぶりだった。

「主君のために身を捨てるは、武士の本分でござる。かさねがさねのご配慮、いたみ入り申す」

神右衛門は久々に戦場に出ていた頃の気概を取り戻し、敢然と受けて立った。

それから九年、刃《やいば》の上を渡るような役目を大過なくつとめた。日々死身《しにみ》になりきっている神右衛門には、怖いものも欲もない。それゆえ冷静に物事を見て、誰もが納得せざるを得ない公平な処置をとりつづけた。

死身になってこそ、より良く生きる道も開けてくる。神右衛門のこの境地こそ、常朝が「死ぬことと見付けたり」と呼んだものだ。

神右衛門も過酷な役目を与えられて初めてここまで達することができ、冒頭にかかげた教訓を残すことができたのだった。

そんな彼に、最後の試練が待ち受けていた。元和《げんな》四年（一六一八）、直茂が重体におちいったのである。

伊万里の代官として桃川《もものかわ》にいた神右衛門は、一刻も早く直茂のもとに駆けつけたいと思ったが、長門守に（そして勝茂に）死番を命じられた身では勝手はできない。

心を押し殺してじっとつとめをはたしていると、直茂から佐賀に来いという呼び出しがあった。

直茂は八十二歳の老体を病床に横たえている。そのやせ衰えた姿を見ると、神右衛門は哀しみのあまり何も言えなくなった。

「よう来てくれた」

直茂の声は弱々しく、もはや体を起こすこともできなかった。

「そちに一つ聞きたいことがある」

「……」

「小川右馬允のことじゃ」

なぜ斬ったか、理由を知りたいという。神右衛門が黙して語らないので、長い間気にかけていたのだった。

「もはや、昔のことでござる」

「わしのためであろう。わしを侮るようなことを言われて……」

枕辺には妻の泰子も勝茂もいる。直茂は理由を言わせて、神右衛門の名誉を回復しようとしたのである。

「お気遣い下さるな。殿に奉公させていただくことが、それがしの生き甲斐《がい》でござる」

神右衛門は直茂の手を取って押しいただいた。

理由を言えば右馬允を責めることになり、長門守の立場を悪くする。その悪評が、長門守を重用する勝茂への批判につながりかねなかった。

「さようか。そちも……、曲者《くせもの》よな」

直茂は小さなため息をついて目をつぶった。

六月三日、直茂は黄泉《よみ》の客となった。供は不要と遺言していたが、斎藤佐渡、用之助父子《ふし》ら十三人が追腹を切った。

神右衛門も供をしたいと願ったが、勝茂は許さなかった。もし命令に背いたなら、その子供たちを厳罰に処するとおどしをかけて引き留めた。

〈加州（直茂）悦《よろこ》びに思《おぼ》し召さざる儀を仕《つかまつ》り、其《そ》の方しそんも相たやし候儀、よくよく後慮《こうりよ》尤《もつとも》に候〉

子孫を絶やすぞという悲鳴のような言葉に、神右衛門を失いたくない勝茂の切実な気持ちがあらわれている。そう思わせるほどの存在に、神右衛門はいつの間にかなっていた。

それから二年後、神右衛門は六十六歳で他界した。常朝は頓死《とんし》と記しているので、一般的には脳溢血《のういっけつ》だと考えられているが、形を変えた殉死だったのだろう。

神右衛門は子供たちに、安芸守のためならいつでも命を捨てよと遺言している。命がけで切腹をさし止め、新しい境地を開くきっかけを与えてくれた安芸守に、終生恩義を感じていたのである。

第十話　去年《こぞ》うせし人

忠直《ただなお》公御十五歳の時分、御台所手男（下男）無礼を働き候について足軽の打擲《ちょうちゃく》いたし候末にて、足軽を手男切り殺し申し候。最初上下の礼儀をあい違《たが》へ、相手刃傷いたし候へば、死罪に仰せ付けらるべきむね年寄中より申し上げられ候。忠直公聞《きこ》し召され、「上下の礼儀を背き候と、武道を迦《はづ》し申し候とは、いずれ落度《おちど》なるべきや」と仰せ出され候。

『葉隠』聞書第四―十四節

右の一節からもうかがえるように、鍋島忠直の英邁《えいまい》ぶりはつとに知られている。初代勝茂と徳川家康の養女菊（高源院）とのあいだに生まれた嫡男で、すでに世継ぎとしての手つづきも終え、肥前守の官位も与えられていた。

幕府のおぼえも目でたく家臣からの信頼も厚い。鍋島家の期待を一身になった逸材だった。

ところが寛永《かんえい》十二年（一六三五）の一月中頃、急に疱瘡《ほうそう》（天然痘）をわずらった。にわかに高熱を発し、体中に小豆《あずき》大の発疹《ほっしん》が起こり、重体におちいったのである。

二十三歳になるし体も丈夫なので乗り切れるだろうと奥医師は言ったが、熱は高くなるばかりで時には意識を失うほどだった。

江戸屋敷の奥御殿に横たわる忠直の側で、侍女頭の小倉《おぐら》はじっと容体を見守っていた。

疱瘡は感染力のつよい伝染病である。それゆえ寝所《しんじょ》には医師以外に立ち入ることを禁じられていたが、忠直の側にいて家族や家臣たちに様子を知らせる者が必要である。

そこで六十一歳になる老女の小倉が、自ら志願して付き添いをつとめたのだった。

四、五日するとようやく高熱が下がったものの、忠直の顔は土気色で、水ぶくれが赤黒いかさぶたになっていた。

「熱は下がり申したが、まだ油断はできませぬ」

奥医師はほっとした顔でそう告げた。

小倉は寝所を出て病衣をぬぐと、仏間の外から忠直の正室の於利《おとし》に容体をつたえた。感染するおそれがあるので、ふすまは閉ざしたままだった。

「そうですか。何かお口になされましたか」

「お水を召し上がられたばかりでございます。重湯が喉《のど》を通るようになれば大丈夫だと、お医者さまがおおせでございます」

小倉が引き下がろうとした時、突然ふすまが開いて翁助《おうすけ》(後の光茂《みつしげ》)があらわれた。

「婆や、抱っこ」

小さな両手を差し出して駆け寄ろうとする。四歳になる忠直の嫡男だった。

「いけませぬ。お下がりなされ」

小倉は感染をおそれ、自分でも驚くほどの鋭い声で制した。

翁助は拒まれた理由《わけ》が分からず、立ちすくんでべそをかくばかりだった。

重湯を食べるほどに回復した忠直の容体は、一月下旬になって再び悪化した。高い熱と悪寒に苦しむようになり、昏睡《こんすい》状態におちいった。

小倉も於利も一睡もせずに回復を祈ったが、薬石《やくせき》の効はあらわれない。一月二十七日になると、側役の木下長右衛門《ちょうえもん》が身替わりになろうと寝所の庭先で腹を切った。

「このこと、殿にご披露願います」

近習の綾部弥左衛門《あやべやざえもん》は、目を真っ赤にして長右衛門の髻《もとどり》を持参した。

小倉は紙に包んで懐におさめ、忠直の意識が戻るのを待った。するとほどなく忠直が目を開け、水を飲みたいと言った。

小倉は医師の了解を得て、水をそそぎで口をうるおした。

「長右衛門と戦場に出ている夢を見た。ここは切所《せっしょ》ゆえ引き返せというのじゃ」

「それはまことのお声でございましょう」

小倉は髷を差し出し、長右衛門が身替わりをつとめたと話した。

「さようか。ありがたいことじゃ」

まだ妻もめとっておらぬのにと、忠直は涙を浮かべて近習の死をいたんだ。

「そちにも世話になった。翁助のことをよろしく頼む」

「何をおおせられますか。お心を強く持ってご本復下されませ」

「後のことは紀伊守《きいのかみ》どのに頼んでおいた。翁助の身に万一のことがあれば、あのお方に相談するが良い」

紀伊守とは忠直の異母兄にあたる元茂《もとしげ》である。勝茂の長男だが母親の出自が低いので、支藩である小城藩の藩主となっていた。

普通なら忠直に複雑な競争心を持ちそうなところだが、元茂にはそうしたかげりがまったくない。忠直を主君とうやまい、何事も相談にのっていた。

忠直は翌二十八日に息をひきとった。将来を嘱望された若君の、惜しみてもあまりある他界である。

殉死は無用と遺言していたが、江戸屋敷では綾部弥左衛門と江副《えぞえ》金兵衛が、国許《くにもと》の佐賀でも側役の二人が追腹を切った。

弥左衛門は十年以上も前から忠直に仕えていた。忠直がまだ前髪立の少年の頃、他家にまねかれて能見物に出かけた。その後もてなしを受け、食事のあとにまんじゅうが出された。

すると忠直は懐に入れて立ち上がり、供をしていた弥左衛門を呼んで、

「時間がかかるので腹がへっただろう。これを食べよ」

そう言ってまんじゅうを手渡した。

温かい心遣いに感激した弥左衛門は、何があってもこの殿に忠誠を貫こうと決意し、周囲の反対を押し切って黄泉《よみ》の供をしたのだった。


その頃、勝茂は参勤交代で帰国の途中だった。石薬師《いしやくし》宿に泊まっていたところ、江戸からの早飛脚がついて忠直の急逝をつたえた。

だが二千人からの供を連れての旅なので、急に引き返すことはできない。勝茂は悲しみにくれたまま佐賀に向かったが、以後は二度と石薬師宿に足を留めようとしなかった。

忠直を失った痛手は、それほど大きかったのである。

その悲しみが癒《い》える間もなく、世継ぎの問題を解決しなければならなかった。幕府は長子相続を原則としているので、翁助を跡継ぎにするのがもっとも順当なやり方である。

だがまだ四歳になったばかりであり、藩主としての器量があるかどうかも分からない。

そこで勝茂は忠直の弟の直澄《なおずみ》を立てることにした。

直澄は二十一歳になるし、兄におとらぬ器量をそなえていたからである。

「しかし、それでは翁助はどうなりますか」

妻のお菊が異をとなえた。

直澄が藩主になったなら彼の子供たちに相続権が移り、翁助は傍系に押しやられる。

それでは翁助や於利が気の毒だというのである。

「何とかする。そちが案ぜずともよい」

すでに五十六歳になった勝茂は、早く信頼できる者に跡を継がせたいと焦っている。

直澄を立てるためなら、少々の無理は押し通すつもりだった。

翌年の正月、勝茂は江戸に参勤して忠直の一周忌をおこなった。法要を無事に終えると、於利と侍女頭の小倉を呼んで直澄を跡継ぎにすると告げた。

年若い於利は衝撃に身をすくめたが、眼光鋭い勝茂に反論するほどの強さを持ちあわせていなかった。

「おそれながら申し上げます」

小倉は於利にかわって口を開いた。

「わたくしはこれまで翁助さまの守り役をつとめてまいりましたが、ご聖主になられる器量をそなえておられると拝察いたしております」

「まだ四つになったばかりじゃ。そんなことが分かるか」

「梅檀《せんだん》は双葉より芳しと申します。それを見落としては、大きな損失ではないでしょうか」

「亡き忠直のためにも言うべきことは言わねばならぬと、小倉は腹をすえていた。

「わしとて見落としてなどおらぬ。だが今は幼ない子に藩政を委《まか》せられる状況ではないのだ」

それゆえ直澄を世継ぎとし、翁助が成人した後に藩主とすればよい。勝茂はそう考えていたが、これでは直澄の子供たちと相続争いを起こすおそれがある。

「そこで今のうちに、争いの芽をつんでおかねばならぬ。そのためには於利どのに直澄の嫁になっていただくのが一番じゃ」

幸い直澄はまだ正室をめとっていない。そこで二人が縁組をし、翁助が直澄の子になれば、相続争いが起こる心配はないというのである。

於利は突然の申し出にいっそう体を硬くしたが、恥ずかしげにうつむくばかりである。

小倉は心情的に抵抗を感じたが、将来のことを思えば決して悪い話ではないので、口をさしはさむことを控えていた。

勝茂はこの縁組を強引に承知させ、直澄を世継ぎにすると家中に触れたが、事は簡単には進まなかった。

国許で直澄の襲封《しゅうほう》に反対する声がまき起こり、長子相続の原則を貫くべきだという意見が大勢を占めたのである。

桜の花が咲きはじめた三月の初旬、佐賀から多久美作守茂辰《しげとき》が勝茂のもとに駆けつけた。長門守安順の子で、二十八歳にして家老職を任されるほどの逸材だった。

「殿、国許の衆からこれを預かってまいりました」

旅装もとかずに対面するると、翁助を世継ぎにするように求める連判状をさし出した。

「重職八十二名、家臣千八百余が署名しております」

「なぜじゃ。直澄の人となりを知らぬわけではあるまい」

勝茂は憮然として連判状を見ようともしなかった。

「甲斐守（直澄）さまのせいではございませぬ。殿のご覚悟のなさに皆が腹を立てているのでございます」

殿に直言するのが真の忠義だという教えは、美作守もしっかりと受け継いでいる。勝茂に対しても遠慮のないことを言った。

「何ゆえ腹を立てておる」

「幼ない世継ぎを立てれば家が危ういと考えるのは、家臣を信頼しておられぬからだと申しております」

「そうではない。考えちがいじゃ」

「危うい切所であろうとも、全員一丸となって血路を開くのが佐賀の士道でございます。それをよけて通るのは卑怯者《すくたれ》と申す者もおります」

「わしが、すくたれじゃと」

「亡き肥前守さまが哀れだと、泣いて訴える者もおりました」

厳しい言葉をたてつづけに並べられ、勝茂は黙り込まざるを得なくなった。

直澄を世継ぎにしたのは、藩の財政難や幕府との折衝を考えてのことである。

一番理にかなっているはずだが、家臣たちは情において忍びないと異をとなえている。それが

「その情を否定したなら、鍋島家の美徳は失われ結束も崩れかねないだけに、勝茂も慎重にならざるを得なかった。

「分かった。書状に目を通しておくゆえ、風呂《ふろ》に入って旅のあかを落としてこい」

「目を通していただくとは、承知して下されるという意味でございましょうか」

美作守は押し強く迫った。

「読んでみなければ、くわしいことは分かるまい。承知したわけではない」

「書状はこのとおり」

美作守が手ぎわよくひろげた連判状には、家臣たちの名前と血判しかなかった。

「反対の口上は、それがしが一任されております。承知したというお言葉をいただけなければ、お庭先を拝借して皆にわびるしかございません」

「わしを脅す気か、そちは」

「殿のため当家のために良かれと思い、一途《いちず》にお仕えしているばかりでございます」

美作守は覚悟の定まったゆるぎのない表情をしている。無理を通せば即座に腹を切る

ことが分かっているだけに、勝茂は譲歩するしかなくなった。

「強情な奴じゃ。この件は白紙に戻す。皆にそう伝えるが良い」

鍋島家の伝統という目に見えぬ手にねじ伏せられる思いをしながら、勝茂は腹立ちまぎれに美作守を追い払った。

白紙に戻すと言ったものの、勝茂は直澄を世継ぎにする考えを捨てたわけではなかった。

しかも於利を直澄に嫁がせ、翁助が成人した後に家を継がせるという案には妻のお菊が大賛成で、

「そうなれば何の心配もございません。お前さまのお力で、早くはからって下されませ」

そう言って実行を迫った。

江戸屋敷にいるお菊には佐賀の事情がよく分からないので、勝茂が家臣に遠慮して自分の考えを押し通せないことが歯がゆかったのである。

この後押しに力を得て、勝茂はまず直澄と於利の婚礼をおこなった。

そしてこの年の九月九日、重陽《ちょうよう》の節句の酒宴に老中の土井《どい》大炊頭《おおいのかみ》と酒井《さかい》讃岐守《さぬきのかみ》をまねき、直澄と引き合わせることにした。直澄が跡継ぎにふさわしいと老中二人に言わせることで、家中の反対を封じ込めようとしたのである。

これを聞いた小倉は、於利に会って真意を問いただした。

「奥方さまが甲斐守さまとご再婚なされたのは、結構なことと存じます。しかしお世継ぎのことは合点がまいりません。奥方さまは本当にこれでいいとお考えですか」

小倉は侍女頭からはずされ、翁助の守り役となっている。それだけに是が非でも翁助を世継ぎにしたいと考えるようになっていた。

「わたくしにはよく分かりません。でもお義父上《ちちうえ》もお義母上《ははうえ》もそれを望んでおられるのですから、従うのが嫁のつとめだと思っております」

(それでは肥前守さまの……)

忠直の遺志はどうなるのだと思ったが、直澄の妻となった於利にその憤懣《ふんまん》をぶつけるわけにはいかなかった。

小倉は思いあまって鍋島紀伊守元茂を訪ね、どうしたらいいかと相談をもちかけた。

「亡き若殿さまは、万一の時には紀伊守さまを頼るようにご遺言なされました。今がその時と存じます」

「その対面はいつのことじゃ」

元茂も忠直から頼まれ、翁助のためにいつでも尽力するつもりでいた。

「重陽の節句の日でございます」

「酒宴とあらば何とかなろうが、そちの命を申し受けることになるやもしれぬぞ」

「若君さまのためなら、老い先短い命などいつでも捨てまする」

「命を捨てるだけでは足りぬ。翁助が世継ぎと認められたなら、立派な藩主となるように命をささげて養育してもらわねばならぬのだ」

その覚悟があるかと元茂は迫った。

「承知いたしました。ご元服の時まで命ながらえ、立派に養育申し上げます」

「よう言った。ならば策をさずけよう」

元茂は祖父直茂に似たいたずらっぽい笑みを浮かべ、節句の酒宴に翁助を連れてくるように命じた。

酒宴の当日、小倉は正装した翁助とともに別室にひかえていた。

となりでは老中二人を迎えて酒宴が開かれている。部屋には菊の花を所狭しと生けているので、はなやかな香りが風に運ばれて御殿中にただよっていた。

機嫌良く話に興じる勝茂の声も聞こえてくる。思うとおりに事をはこび、老中と直澄を対面させる段取りをととのえたためか、いつになく口数が多かった。

「婆や、これは何の遊びじゃ」

翁助はじっと待つことに辛抱できなくなっていた。

「かくれんぼでございます。ふすまが開いたなら、殿様のように立派な挨拶《あいさつ》をして、皆様をびっくりさせるのでございますよ」

「びっくりさせたら、勝つのか」

「さようでございます。お父上が生き返られたように立派に振る舞って下されませ」

「そうか。面白そうじゃな」

翁助が目を輝かせてくっくっと忍び笑いをした。

元茂が何を企《たくら》んでいるのか小倉も知らない。声をかけたら出てくるように言われているだけである。万一事が破れて勝茂の逆鱗《げきりん》にふれたなら、自分がすべての責任をとって翁助を守るつもりだった。

酒宴もたけなわになった頃、勝茂が、

「良い機会でござる。我が子甲斐守にお引き合わせしたい」

そう言って老中二人の了解を求めた。

「父上、その前に」

同席していた元茂が、もう一人お引き合わせしたい者がいると言い、ふすまを開けよと声をかけた。

「若君、今です。びっくりさせて下さりませ」

小倉は翁助を平伏させ、侍女と二人で左右からふすまを引き開けた。

「皆々さま、お初にお目にかかり申す。肥前守忠直が嫡男翁助でござる。以後、お見知りおき願わしゅう存じまする」

ぱっと明かりがさし込んだ部屋で、翁助は余裕たっぷりの挨拶をした。

笑いをこらえた幼ない顔には、賢さと愛敬《あいきょう》と気品がある。土井と酒井はあまりの可愛らしさに相好をくずし、

「これはご丁重なるご口上、痛み入り申す」

大人に対するように姿勢を正して頭を下げた。

「翁助どの、お二方より盃《さかずき》をちょうだいなされ」

元茂が間髪いれずに声をかけると、翁助はこれも遊びのつづきだと思ったらしい。大人よりも大仰なしぐさで御前に進み、両手をさし上げて盃をもらう形をとった。

「このような立派なお世継ぎがおられるとは存じませんでした。ご当家も安泰で、めでたいことでございまするな」

土井大炊頭が勝茂に祝いをのべ、翁助に盃を渡した。

勝茂ははかられたと気付いて顔を強《こわ》ばらせたが、今さら知らぬことだとは言えない。老中二人によろしく頼むと頭を下げ、翁助が跡継ぎと認められたのだった。

それ以後小倉は正式に翁助の養育係となり、心血をそそいで育て上げた。心身を壮健に、文武両道に通じた人格者にと念じながら、時には心を鬼にして叱りつけた。

翁助が馳走《ちそう》の席にまねかれた時にも側に付き添い、花鰹《はなかつお》（かつおぶし）しか食べさせないという徹底ぶりだった。

〈小倉殿心気をくだき御意見申し上げられ候について、翁助様御成人ののちも、何様の儀を仰せられ候ても、「小倉殿呵《しか》り申され候」と申し上げ候へば、御留《とど》まり遊ばされ候〉

小倉どのに叱られますよと言うと翁助の素行が改まったと、『葉隠』は伝えている。

小倉は翁助が元服して光茂となったのを見届け、七十五歳で他界した。

彼女の一周忌に光茂が詠んだ次の歌が残されている。

おもひつや袖《そで》もひたふる涙にて
くらぶかたなき去年《こぞ》うせし人

第十一話　島原の乱——前編

出し抜きに首打ち落されても、一《ひと》働きはしかと成る筈《はず》に候《そうろう》。義貞《よしさだ》の最期証拠なり。心かひなく候て、そのまま打ち倒ると相見え候。大野道賢《おおのどうけん》が働きなどは近き事なり。これは何かする事と思ふぞ只《ただ》一念なり。武勇のため、怨霊悪鬼《おんりようあつき》にならんと大悪念を起したらば、首の落ちたるとて、死ぬ筈にてはなし。

『葉隠』聞書第二—五十二節

島原の口《くち》ノ津《つ》や深江《ふかえ》で一揆《いっき》が起きている。

これを先導しているのはキリシタンらしいという報は、鍋島家の家老である多久美作守茂辰のもとにいち早く入ってきた。

島原半島北部の神代には藩の所領があり、隣端である島原松倉《まつくら》領の動向には常に目を光らせていたからである。

「近年松倉長門守どのは領民からの収奪を強化しておられます。苛斂誅求《かれんちゅうきゅう》に耐えかねた領民が、キリシタンにそそのかされて一揆に加わったそうでございます」

神代からの使者はそう告げたが、他領のことなので口出しはできない。百姓一揆ならたいした騒動になるまいと軽く見ていたが、一揆勢はまたたく間に五千余にふくれ上がり、島原城を包囲するほどの勢いを示した。

松倉家の家老が鍋島家に救援を求める使者を送ってきたのは、寛永十四年（一六三七）十月二十六日のことである。

一揆勢は城下を焼き払い、明日にも城に攻め寄せる様子である。だが城主の松倉勝家《かついえ》は江戸に参勤中で、城内には八百ばかりの兵しかいないという。

「あい分かった。家老座にて対応を協議いたすゆえ、しばらく待たれよ」

茂辰はすぐに他の家老たちの参集を求めたが、評定を開く前に養父である多久長門守安順に考えを問うた。

「そちならどうする」

老いてなお眼光鋭い長門守は、茂辰の覚悟のほどを聞きたがった。

「まずは江戸の殿に急を告げ、どうするべきか指示をあおぎます」

「うむ。それから」

「幕府の許可なく他領に出兵することは禁じられております。豊後府内《ふない》におられるお目付のご意向をうかがうべきと存じます」

天領である府内には幕府の目付が二人いて、九州の大名の統制にあたっていた。

「次はどうする」

「神代、諫早、深堀《ふかほり》に軍勢を送り、境目の警固を厳重にいたします」

「その次は」

「この旨を伝える使者を島原城に送り、現地の様子を探らせます」

茂辰はこれだけの手を打てば充分だろうと思ったが、長門守はそれだけではまだまだ甘いと手厳しかった。

「長崎奉行に状況を伝えよ。肥後の細川《ほそかわ》、柳川の立花にも足並みをそろえて動くように申し入れねばならぬ」

今なおかくしゃくとした養父からそれだけの教えを受け、茂辰は家老座の会議にのぞんだ。

事は一刻を争う。茂辰は鍋島安芸守茂賢を大将とする五千の兵を神代に送り、島原城救援の態勢をととのえた。

ところが、豊後府内の幕府目付は出陣を許そうとしなかった。

他領に出兵する時は幕府の許可が必要なので、江戸に使者を送ってうかがいを立てている。その返答があるまで待てというのである。

このため鍋島や細川、立花ら周辺の大名は、出陣の構えを取ったまま待機せざるを得なくなったが、その間にも一揆の勢いは燎原《りょうげん》の火のように激しくなっていった。

首謀者はキリシタン大名だった小西行長《こにしゆきなが》の旧臣、大矢野松右衛門《おおやのまつえもん》、千束善右衛門《ちづかぜんえもん》、大《おお》江源右衛門《えげんえもん》ら五人で、宇土《うと》の益田甚兵衛《ますだじんべえ》の子四郎《しろう》を天草《あまくさ》四郎時貞《ときさだ》と名乗らせて旗頭にしていた。

大矢野らは十五歳になる四郎時貞に数々の奇跡を演じさせ、これこそまさに神《デウス》が民の苦しみを救うために遣わされた若者だと宣伝した。

これには松倉家の苛政《かせい》に苦しむ島原領民ばかりでなく、隠れキリシタンとなって村々にひそんでいた者たちまでが賛同し、天草四郎の旗のもとに続々と集まった。

その数は三万五千におよぶ。

大矢野らは一万余をひきいて島原から天草にわたり、唐津《からつ》の寺沢《てらさわ》家の飛び地である富《とみ》岡《おか》城に攻め寄せた。

ここは外洋にひらけた良港である。マニラやマカオのキリシタン勢力の支援をあてにしていた一揆の首謀者たちは、この港を確保して幕府との決戦にのぞもうとしていた。寺沢家では急遽《きゅうきょ》千五百の兵を送り、富岡城に籠城《ろうじょう》して十倍近い一揆勢を迎え討つことにした。

一方、急報を受けた幕府は松倉勝家を帰国させて一揆の鎮圧にあたらせるとともに、諸大名を監督する上使として板倉内膳正重昌《いたくらないぜんのかみしげまさ》と石谷十蔵貞清《いしがやじゅうぞうさだきよ》を派遣することにした。鍋島勝茂も帰国を願い出たが、「それにはおよぶまい」という理由で却下された。そのかわり甲斐守直澄と紀伊守元茂（ともに勝茂の子）が名代として帰国し、現場の指揮をとることになった。

この戦にかける勝茂の意気込みはすさまじかった。関ヶ原の合戦で西軍についた負い目を持ちつづけているので、華々しい働きをして自身の面目と幕府の信用を取り戻そうとしたのである。

佐賀に遣わした書状にも、必ず当家が城攻めの一番手に任じられるようにせよと厳命している。

「当家一手にて一揆勢を攻め滅ぼす覚悟で仕度せよ。事がならずば全員島原に屍《しかばね》をさらせ、とのお申し付けでございます」

勝茂の使者はそう告げた。

これを受けて茂辰らは、出陣計画の大幅な見直しを迫られた。細川家や立花家などと合流しての鎮圧戦なので、一万五千ほどの出兵でいいだろうと考えていたが、当家一手だけで一揆勢を攻め滅ぼすとなれば、とてもそれでは足りなかった。

「美作守どの。いかがなされる」

相役《あいやく》の若狭守茂綱《わかさのかみしげつな》が困惑した表情を浮かべた。

「殿のご命令でござる。三万四千ばかりの兵を送らねばなりますまい」

「それでは肥前が空になりましょう」

百石あたり三人か四人が軍役の常識である。三十五万石の大名が三万以上もの兵を動かすのは前代未聞のことだった。

「一揆勢は原《はら》城に立て籠《こも》ったそうでござる。これでも足りないほどでござる」

茂辰はただちに支藩や重臣たちに使いを走らせ、百石あたり十人の軍役を命じた。


十二月一日、佐賀鍋島勢三万四千は神代で勢揃いした。

その二日後、幕府の上使である板倉重昌と石谷貞清の一行八百人が神代に到着した。

多久美作守茂辰らは上使を出迎え、彼らの下知に従って軍勢を原城に進撃させた。

大手の島原口は一万六千。搦手《からめて》の千々石口は一万四千。残りの四千は神代にとどめ、上使の警固にあたらせた。

十二月七日、江戸から甲斐守直澄が島原に到着し、大手の指揮をとることにした。同じ頃、紀伊守元茂が千々石口に到着して搦手の指揮をとった。

大手の軍勢が原城から四半里ほど離れた日江山に陣を張ったのは、十二月九日のことである。

「明朝、城に向けて軍勢を進めることになった」

直澄が上使の命を伝えた。

勝茂の名代として指揮を任されているので責任は重大だが、さして気負い立った様子はない。勝茂からの伝言を淡々と伝えると、茂辰に状況を説明するように命じた。

「これが原城の縄張りでございます」

茂辰は偵察部隊に作らせた絵図を広げた。

原城は島原半島の東南部に鉤形《かぎがた》に突き出した岬を城地としている。東と南北が海に面し、切り立った崖《がけ》が屏風《びょうぶ》のようにそびえている。西だけが陸つづきだが通路は狭く、その下は深田や塩浜になっていた。

もとは有馬氏の居城だったが、元和二年（一六一六）に入部した松倉氏が島原城をきずいて居城としたので原城は廃城となった。

それ以後二十年も放置されていた城に一揆勢は立て籠り、船板や雑木をもちいて板塀や柵《さく》をめぐらし、切り岸を高くしたり堀を深くして防備を固めていた。

「一揆の人数はおよそ三万七千。このうち一万四千は女、子供でございます」

「敵の武力はどの程度のものでござろうか」

大手の先陣を任された安芸守茂賢がたずねた。

「島原や天草には、有馬家の転封を拒んで土着した者や、小西家の家臣だった者たちが数多くおります。その者たちが戦いの指揮をとっていると思われます」

その数は二千人におよぶだろうと茂辰は見ていた。

「武器はいかがじゃ。弓、鉄砲、槍《やり》など、どれほど装備しておろうか」

「天草の富岡城を攻めた時、一揆《いっき》勢は二百ばかりの鉄砲を使ったと聞いております。されど、城内にいかほどあるかは分かりませぬ」

「安芸守どの。さほどに気を立てることはござるまい」

神代の領主である神代伯耆守《くましろほうきのかみ》は楽観的だった。

「牢人者《ろうにん》ゆえ鉄砲を秘蔵しておったのだろうが、玉薬を買いそろえるほどの余裕はござるまい。すぐに底をつくはずじゃ」

「それなら良うござるが、油断は禁物と存じまする」

陣中には、相手は牢人や百姓だと見下している者が大勢いる。その気のゆるみを茂賢は警戒していた。

翌日の早朝、鍋島勢は原城の間近まで陣を進めた。先陣は茂賢の二千六百、茂辰も二千三百をひきいてそれにつづいた。

原城の構えは想像していた以上に堅固だった。大手道の二ヵ所を掘り切って柵を立て、大手門には櫓《やぐら》を組んで頭上から狙撃《そげき》できるようにしている。

そこを突破できなければ、二の丸や三の丸の崖をよじ登るしか城内に攻め込む手立てはなかったが、崖の上には隙間もなく板塀をめぐらし、上下互い違いに狭間《はざま》をあけてあった。

これは攻めてくる敵を弓や鉄砲、槍で防ぐためのものである。しかも二の丸の先には出丸があり、崖をよじ登る敵に横矢を射かけられるようにしてあった。

「安芸守どの。攻め手はございましょうか」

茂辰は茂賢とともに視察に出た。

鍋島勢が布陣した場所から城までは一町ほど離れている。その間は低湿地になっていて、深田や塩浜がある。

二の丸へ攻め込むには、ここに下りて崖に取りつくしかなかった。

「相手にどれほどの鉄砲があるか、それを知ることが先決と存ずる」

茂賢はそれを調べるために鉄砲を撃ちかけてみるべきだと進言した。

茂辰はさっそく使者を送って上使の許可を求めた。板倉重昌と石谷貞清もこれに同意し、先陣まで出て戦況を視察することにした。

茂賢らは大手道へ、茂辰らは低湿地に下りて出丸に向かい、五百挺《ちょう》ばかりの鉄砲の筒先をそろえて撃ちかけた。

すると一揆勢千人ばかりが、板塀の狭間から筒先を出して反撃した。その数は佐賀勢の先陣より多く、射撃の腕はおどろくほど正確である。

たかが百姓とあなどり、竹束の備えも充分にしていなかった先陣の者たちは、たちまち四十人ばかりが撃ち倒された。

中でも出丸の下に布陣した茂辰勢の被害は大きく、鉄砲頭の二人が額を撃ち抜かれて即死した。

「崖に寄って射撃の死角に入れ」

茂辰は先手の者に命じ、後方から竹束をはこんで陣形をととのえさせた。

だが下からでは反撃もままならない。しばらく不利な撃ち合いをつづけているうちに、引き揚げを命じる早鐘が鳴った。

一揆勢の鉄砲の多さにおどろいた板倉らは、これ以上の犠牲を出しては幕府の体面にかかわると、全軍に撤退を命じたのである。

「敵の備えはまだ充分とはいえませぬ。今のうちに急襲すれば、必ず付け入る隙はあるものと存じます」

茂辰や茂賢はこのまま引き下がるわけにはいかないと進言したが、板倉らは応じようとしなかった。

それから十日間、幕府勢は竹束をならべ井楼《せいろう》を上げて包囲戦をつづけたが、城に攻め入る隙を見つけることはできなかった。

時は厳寒の冬である。野山は白く雪におおわれ、北からの風が容赦なく吹きつけてくる。七万人ちかい幕府軍は陣小屋をたてて野営をしていたが、次第に兵糧や薪の欠乏に苦しむようになった。

早く決着をつけようと焦った板倉と石谷は、十二月二十日になっておとり作戦を敢行した。

城の北のはずれに天草丸（松山）と呼ばれる出丸がある。ここを鍋島勢が攻めて城兵を引きつけ、南の大手口を立花勢と松倉勢、合わせて六千ばかりが突破しようとした。

ところがこの作戦は無惨に失敗した。

鍋島勢の先陣である諫早豊前守は、百五十人ばかりの死傷者を出しながらも天草丸を占領したが、大手口に向かった立花勢は城兵のいっせい射撃をあびて大手門に取りつくことさえできなかった。

その上後詰めをするはずの松倉勢の出動がおくれたために、物頭《ものがしら》（将校）二十八人が戦死し、三百八十四人の兵が死傷する甚大な被害を受けて退却した。

〈この時城中には、死する者わずかに十七人なり〉

史書はそう伝えている。

城兵の戦闘能力は一揆の域をはるかに超え、幕府軍以上に統制がとれている。しかも驚くべきは千挺ちかい鉄砲をそろえ、弾薬を大量に貯えていることだった。

「まさか、これほどとは」

古強者《ふるつわもの》の安芸守茂賢が茫然《ぼうぜん》とするほどの火力である。

「海外に一揆を支援している者がいると思われます」

茂辰はそう察していた。

弾薬の売買は厳しく規制されているので、牢人や百姓が入手することは不可能である。

二十数年前にマニラに追放されたキリシタンか、明国の海賊が供給しているとしか考えられなかった。

おとり作戦の失敗にこりた板倉と石谷は、包囲網を厳重にして兵糧攻めにすることにした。

にわかに三万七千人が籠城《ろうじょう》したのだから、城中の兵糧はとぼしいはずである。このまま包囲をつづければ、音《ね》を上げて降伏する。

そう考えた二人は、海上にも番船を配して城を封じたが、年の瀬もちかくなった頃思いもかけない知らせが届いた。板倉らの不甲斐《ふがい》なさを見かねた幕府が、松平伊豆守信綱《まつだいらいずのかみのぶつな》と戸田左門氏鉄《とださもんうじかね》を新たに上使として派遣するというのである。

このまま指揮権を引き渡すようでは、板倉と石谷の面目は丸潰《まるつぶ》れである。焦った二人は諸大名を集め、新上使が到着するまでに何としてでも城を落とせと厳命し、総攻撃を翌年の元日と決定した。

「もし両使が下着して城を攻め落としたなら、我らの瑕瑾《かきん》これに過ぎたるはない。今度は前のように手ぬるい戦をしてはならぬ。諸手一同、死を覚悟して城を攻め落としてもらいたい」

板倉らはそう命じ、諸大名もこれに従ったのだった。

鍋島勢の攻め口は二の丸と天草丸だった。

二の丸には鍋島安芸守茂賢を先陣として、多久美作守茂辰や淡路守茂宗《しげむね》らが向かった。

天草丸には鍋島若狭守茂綱、諫早豊前守茂敬《しげよし》、成富十右衛門らが向かうことになった。総大将の甲斐守直澄は本陣で指揮をとり、副将の紀伊守元茂は遊軍として先陣の後方にひかえた。

総攻撃は寅《とら》の下刻（午前五時）、夜が明ける前にはじまった。七万の軍勢が鯨波《とき》の声を上げ、三方からいっせいに攻めかかった。

大手口には立花、松倉、有馬家の兵が向かい、板倉重昌が陣頭《がけ》に立って指揮をとった。二の丸と天草丸には鍋島勢二万余が決死の覚悟で取りつき、崖をよじ登って城内に乗り込もうとした。

夜の間にひそかに崖を登って板塀の際《きわ》まで迫り、合図とともに一番乗りをはたそうとする猛者《もさ》もいた。

ところが一揆勢もこの攻撃を察知し、要所に人数を配して万全の守りを固めていた。塀を乗り越えようとする者は槍や棒で突き落とし、崖を登ってくる者には大石や大木を落としかけたり、煮えたぎった糞尿《ふんにょう》をあびせてくる。

崖下から鉄砲隊が援護しようとすると、火のついた松明《たいまつ》を投げて防弾用の竹束を焼き払おうとする。この攻撃に手を焼いて進みかねていると、頭上からいっせいに鉄砲を撃ちかける。

鍋島勢はなす術《すべ》もないまま次々と死傷者をふやしていったが、茂辰も茂賢もひるまなかった。

「死ね死ね。一足《いっそく》たりとも退《ひ》いてはならぬ」

黒ずくめの鎧《よろい》をまとった茂辰は、夜中に塀際まで進んでいた者たちと一手になり、真っ先に二の丸の塀に取りついた。

一間ほどの高さの板塀を乗り越えようとすると、城兵は槍《やり》や長刀《なぎなた》をふるって追い払おうとする。その柄《つか》をつかんで塀ごしに引き合い、相手の体に筒先を押しつけて鉄砲を撃つほどの激しい戦いとなった。

数の上では優勢なのに、城の守りは堅く突破することができない。明け方から正午までつづいた戦で、茂辰の手勢だけで四十九人が討ち死にし、五百二十二人が負傷した。

「申し上げます。板倉内膳正さま……」

そう言いかけた使い番が、額を撃ち抜かれて仰向《あおむ》けに倒れた。

だが即死したはずの使い番は、両手を頭の後ろにそえて首を起こし、

「内膳正さま、御《おん》討ち死になされました」

はっきりとした声で告げてから息絶えた。

「皆の者、見たか」

覚悟さえあれば死んでからでも役目をはたすものぞと叫び、茂辰は眦《まなじり》を決して塀を乗り越えようとした。

総大将を死なせたからには、もはや生きてはいられない。この場で討ち死にしようと決めて遮二無二攻めかかったが、申《さる》の刻（午後四時）になって本陣から退却命令が出た。

板倉のかわりに指揮をとる石谷貞清が、これ以上の犠牲は出せぬと退去を命じたのである。

茂辰と茂賢は最後まで踏みとどまって戦いつづけたが、命令違反を危惧《きぐ》した直澄が再三退却を求めるので、夕闇が迫る頃になって本陣へ引き揚げた。

半日におよぶ激戦での鍋島勢の死者は三百八十余人、負傷者は二千百人にのぼった。

これに対して一揆《いっき》勢の死者はわずかに九十余人。

百姓一揆とあなどった相手に、思いもよらぬ大敗北をきっしたのだった。

第十二話　島原の乱――後編

二十七日出丸仕寄に人多く相見え候故、中野兵右衛門《なかのひようえもん》つかはされ、早々引き取り候様、上使御下知《げじ》の旨仰せつかはされ候。(石井)弥七左衛門《やしちざえもん》、伝右衛門《でんえもん》申し候は、「榊原《さかきばら》殿父子ただ今乗り込まれ候様子に相見え候。その節は我々一番乗り仕るべくと見合はせ罷《まか》りある」由《よし》申し候て引き取り申さず、晩七つ時分乗り入り申し候なり。

『葉隠』聞書第六―一〇四節

「幕府軍が島原の原城で大敗したらしい」

江戸市中にそんな噂が広がったのは、一月十日のことだった。

出陣している者が、江戸屋敷に使者を飛ばして急を告げる。その使者や家中の者から話がもれ、噂となって風のように広がったのである。

それが耳に入るたびに、鍋島勝茂は癇癪玉《かんしゃくだま》を破裂させて誰彼となく当たりちらした。

「多久美作は何をしておる。何ゆえ真っ先に使者を出さぬのじゃ」

今度の合戦に勝茂は三万四千の大軍を出している。大敗したのなら甚大な被害を受けただろうと思うと居ても立ってもいられなかったが、幕府は下国を許さない。使者が着くのをじっと待つしか手がなかった。

「そのように気を立てられては、お体にさわりますぞ」

側役の石井弥七左衛門が容体を気遣った。

勝茂も今年で五十九歳になる。近頃は心労がつづくせいで血圧が高くなり、立ちくらみがするようになっていた。

「当家の存亡がかかっておる。体のことなど気遣っておれるか」

「美作守どのは手堅きご仁でござる。ご心配なされるな」

あわてているのは殿だけだと言わんばかりに、弥七左衛門は落ち着き払っていた。

十二日になって、老中からの呼び出しがあった。勝茂が細川忠利《ただとし》と連れ立って登城すると、すぐに島原に下って軍勢を指揮するように命じられた。

「さる一日《ついたち》に総攻撃をかけたものの、五千人もの死傷者を出して退いたそうでござる。上使である板倉内膳正どのは、前線にとどまって討ち死になされ申した」

老中たちはにがりきった顔をして、このままでは幕府の威信にかかわるので九州の大名すべてを出勢させて鎮圧にあたることにしたと言った。

「信濃守どの。貴殿はこの間、一揆などを取り押さえるには鍋島家の手勢だけで充分だとおおせられましたな」

土井大炊頭が勝茂を冷ややかに見つめた。

「さよう。たしかに申し上げた」

「ところが結果はこのとおりでござる。どのようにお考えかな」

「それがしは下国して軍勢の指揮をとりたいと、再三お願い申し上げました。それをお許しいただいていたなら、かようなことにはならなかったはずでござる」

勝茂は敢然と言い返し、仕度があるからと早々に席を立った。

屋敷に戻ると、多久美作守茂辰からの使者が来ていた。一刻も早く戦況を知らせたいと思ったが、死傷者への対応に追われていたので今になったという。

「さようか。ご苦労」

勝茂は死者三百八十人、手負い二千百人という惨状に目まいを覚えたが、つとめて平静をよそおった。

すでに出発の仕度はととのっていた。供の人選から道中の費用まで、弥七左衛門が抜かりなく手配していた。

装束をととのえて駕籠《かご》に乗り込もうとしていると、留守役の鍋島大膳《だいぜん》が走り寄ってきた。

「殿、お供をお許し下され。この首をかけ、必ずお役に立ちまする」

六尺豊かな体を折って平伏し、涙を流しながら訴えた。

怪力無双とたたえられた豪の者で、勝茂から直々に鍋島の姓を与えられるほど重用されていた。

「ならぬ。そちには申し付けたことがあるではないか」

「曲げてお願い申しまする。殿の馬前にて討ち死にしとう存じます」

真心のほどはよく分かる。勝茂はふっと不憫《ふびん》になり、大膳の前に左のてのひらをさし出し、右手の小指を立ててみせた。

「よいか大膳。島原はこの小指、江戸はてのひらじゃ。大事の江戸を任せられる者はそちしかおらぬゆえ、留守役として残していくのだ」

十二日の夕方に江戸を出た勝茂の一行は、主従三百余人が一丸となって東海道を駆けた。

急げば急ぐほど装束も行列も乱れがちになる。だが勝茂はなりふり構わず先を急がせたので、まるでならず者の一団のような有り様となった。

二十日すぎにようやく大坂にたどり着いたものの、幕府から貸与されるはずの船の用意がととのっていなかった。

細川家や黒田家の分はそろえてあるのに、鍋島家には貸さないという。

〈右の有馬は御国内の儀にて、御子様方仰せ乞《こ》われ御下り候へども、落城延引につき御首尾よろしからず候由〉

『葉隠』はそう伝えている。

有馬は肥前の国内なので、直澄と元茂を下国させて原城攻めにあたらせたいと勝茂は願い出た。ところが首尾はさんざんだったので、敗戦や落城延引の責任まで鍋島家に押しつけられそうな雲行きになっている。

それだけに勝茂にかかる重圧はいっそう大きくなっていた。

船は大和郡山《やまとこおりやま》城主である松平下総守《しもうさのかみ》忠明《ただあきら》から借り受けた。忠明は亡き忠直の妻の父なので、苦難を見かねて便宜をはかってくれたのだった。

一行は一月二十八日に肥前に着いた。勝茂は佐賀に立ち寄ることなく寺井《てらい》港から船を出し、翌日の午後に島原に到着した。

まず幕府の本陣を訪ね、新しく上使となった松平伊豆守信綱に着陣の挨拶《あいさつ》をした。

「細川どのと黒田どのは、すでに四日前にお着きなされたが」

信綱はいきなり手厳しいことを言った。

四十三歳になる官僚肌の男である。一介の旗本から老中にまで立身した切れ者で、知恵伊豆と異名をとるほど頭の回転が速かった。

「大坂で船を都合していただけるよう幕府に頼んでおりましたが、どうした訳か当家の分だけ手が回らなかったようでござる」

勝茂は鋭い皮肉で応じた。

「さようでござるか。鍋島家は先に江戸から軍勢を発しておられるゆえ、大坂には番船を用意しておられるものと思っておりました。幕府の船奉行もそう思ったのでございましょう」

「番船の用意があるなら、手配を頼んだりはいたしませぬ」

「まことにさよう。以後は心得あるべきでござるな」

「心得があるかどうか、我らの戦ぶりをしかと見ていただきたい」

勝茂は顔を真っ赤に上気させ、腹立ちがおさまらないまま鍋島家の本陣を訪ねた。

原城と向き合う丘の上に陣幕を張り、まわりに陣小屋をびっしりと建てている。真冬のこととて、海から吹きつける風は身を切るように冷たかった。

本陣では甲斐守直澄、紀伊守元茂、安芸守茂賢らが身をすくめて出迎えた。城を落とせずにいることが申し訳なく、目を合わせることさえ遠慮していた。

「皆の者、顔を上げよ」

勝茂は今日までの苦労をねぎらい、これからは自分が陣頭に立って指揮をとると言った。

「これは我らの代になって初めての戦じゃ。関ヶ原での恥をすすぐ最後の機会でもある。泉下《せんか》の父に笑われぬよう、ひときわ忠節にはげんでくれ」

元茂や直澄に案内させ、原城の視察に出た。

向かって右側に石垣をめぐらした本丸があり、二の丸、三の丸が階段状につづいている。二の丸の真ん中に一段低くなった出丸があり、城壁をよじ登ろうとする敵を側面から攻撃できるようにしていた。

鍋島勢は出丸の正面に布陣し、細川勢は三の丸に、黒田勢は本丸に向かっていた。

その数は合わせて十五万。関ヶ原の合戦の時の東西両陣に匹敵する大軍だった。

「攻め手はあの出丸じゃ」

出丸を占領すれば二の丸へ攻め込む足がかりとなるので、間近に井楼をきずき上げて、間断なく砲撃するように命じた。

「承知いたしました。出丸に向かって穴を掘り上げておりますので、もうじき地面にたっするはずでございます」

穴掘りをしているのは大木《おおき》兵部《ひょうぶ》だと、直澄が報告した。兵部の技術はとび抜けていて、出丸の左右から穴を掘り進んでいるのだった。

翌朝、石井弥七左衛門が願いの儀があると申し出た。

「それがしも先陣に出てひと働きしたく存じます。今日から多久美作どのの付役をお命じ下されませ」

「武者の血がさわぐか」

「日峯《にっぽう》（直茂）さまへのみやげ話にしたいのでござる」

「良かろう。組下の者を連れて美作の陣に行くがよい」

「かたじけのうござる。ついては与力を一人、やとい入れとうございます」

「誰じゃ。顔見知りの牢人《ろうにん》か」

　これが戦場働きをする最後の機会とみて、仕官をのぞむ牢人たちが伝《つて》を頼って数多く押しかけている。そうした者をやといたいのだろうと思った。

「鍋島大膳めにございます。殿のおおせに背いたからには、禄《ろく》を返上するしかない。されど何としてもひと働きして、ご恩に報いたいと申しております」

「大膳じゃと。奴めが来ておるのか」

「殿の行列に影のように従いながら、昨日の夕方やって参りました」

「ならぬ。ただちに陣中から追い出せ。見かけたならその場で討ち捨てにせよ」

　勝茂は激怒した。あれほど固く留守役を申し付けたのに、勝手に参陣するとは言語道断だった。

　一月一日の総攻撃に失敗して以来、幕府勢は城をかたく取り巻いて兵糧攻めにしていた。海上にも番船を並べて厳しく監視していたが、城中の一揆《いっき》勢はいっこうに音《ね》を上げなかった。

投降を勧める矢文を射込んでも、天草四郎の妹を使者として降伏するように申し入れても、四郎らは「我ら宗門の者は、死して昇天することしか望んでいない」と突っぱねるばかりだった。

業を煮やした伊豆守信綱は、二月十八日に楯《たて》を押し立てて城の近くまで押し詰めるように命じた。

鍋島勢はこれに従い、出丸までわずか五間ほどの所まで接近した。楯を並べただけでは頭上から銃撃されるので、四方をおおった箱楯を作り、幅三十間にわたってびっしりと並べた。

箱楯には鉄砲狭間《はざま》があけてあり、ここから出丸の敵に銃撃をあびせつづけた。

一揆勢はもはやこれまでと思ったのだろう。精鋭三千人を三手に分け、二十日の夜半に幕府軍におそいかかった。

餓死するか討ち死にするしかない状況に追い込まれた者たちは、殉教して昇天することだけを願って猛然と攻めかかってきた。

中でも出丸の正面に布陣した鍋島勢は、真っ先に標的にされた。千三百の兵が箱楯に火矢を射かけ、夜陰に乗じて陣中に斬り込んできた。

前線の兵たちは箱楯の外に出て火を消し止めようとする。そこを長槍《やり》で突かれ、四、五十人があっという間に討ち取られた。

「火を消すな。敵を見分ける格好の明かりじゃ」

美作守茂辰は自ら槍をふるい、前線に出て指揮をとった。

これに力を得た鍋島勢は、槍ぶすまを作って敵を箱楯の向こうまで押し返し、敵の姿が炎に浮かび上がるのを待っていっせい射撃をあびせた。

この夜鍋島勢が討ち取った敵は、

〈有江《ありえ》監物《けんもつ》をはじめ百六十余人、切捨ては数を知らず〉

史書はそう伝えている。

総攻撃は二月二十六日の卯《う》の刻（午前六時）と決まった。

出撃の合図は鉄砲のつるべ撃ち。合言葉は「国に国」と定めてその時を待ったが、あいにく二十五日の夕方から風雨が強く、二十八日に延期された。

その前日の明け方、勝茂のもとに甲斐守直澄の使者が来て、敵が出丸から退散したようだと伝えた。

勝茂はただちに直澄の陣所におもむき、出丸の正面にきずき上げた大井楼に登って様子をうかがった。井楼からは出丸を見下ろすことができたが、確かに中には人っ子一人いなかった。

「ここ数日、三方から大筒を撃ちかけましたゆえ、こらえきれずに退散したものと思われます」

直澄が言うとおり、出丸の塀は砲撃によって跡形もなく打ち崩されていた。

「奥にもう一つ土手がある。あの中に身をひそめているかもしれぬ」

勝茂は三人を物見に出し、中の様子を確かめさせた。中はもぬけの殻で、陣小屋もすべて取り壊して持ち去っているという。

このことを松平伊豆守信綱に伝え、出丸占領の許可をもとめた。信綱はすぐにあらわれ、自ら井楼に登って様子を見たが、攻撃を許そうとはしなかった。

「総攻撃は明朝卯の刻と定めております。鍋島勢だけが先登りすれば、他勢も後を追うゆえ収拾がつかなくなりましょう」

「伊豆守どのは戦機というものをご存じか」

勝茂は信綱を見下ろすようにして問いかけた。

「むろん存じております」

「敵は当家の砲撃をおそれて二の丸まで退《ひ》いたのでござる。これを追撃せずば、戦機を失うことになりましょう」

我らの働きを無にするつもりかと詰め寄ると、信綱は抗しきれずに攻撃の許可を与えた。

「ただし出丸を占領し、二の丸に仕寄りをつけるだけにしていただきたい」

勝手に二の丸まで攻め入ったなら、抜け駆けの罪によって処罰する。信綱はそう釘《くぎ》をさして井楼を下りていった。

攻撃は正午を期してはじまった。

鍋島勢は城壁に取りつき、楯を押し立てて出丸まで攻め登ろうとしたが、奥にひそんでいた一揆勢が塀ぎわまで出て鉄砲を撃ちかけた。

このため十人ばかりが転落して絶命したが、このような場合にそなえて二ヵ所から穴道を掘り上げてある。ここを通って出丸に上がった者たちが、敵の側面から鉄砲を撃ちかけて追い払った。

その先には二の丸の土手がそびえている。高さ一間半ほどの土壁をよじ登って一番乗りをはたそうと、黒羅紗《くろらしゃ》の陣羽織をまとった侍が真っ先に土手の下に取りついた。背中には猩々緋《しょうじょうひ》の日の丸のぬい取りをして、十人ばかりの兵を従えていた。

「あれは石井弥七左衛門ではないか」

勝茂は井楼の上で喜びの声を上げたが、二の丸への攻撃は許されていない。すぐに目付の中野兵右衛門を遣わして攻撃を自重するように命じた。

すると弥七左衛門は、榊原飛騨守父子も一番乗りをねらって土手についているので、後れを取るわけにはいかないと突っぱねた。

冒頭にあげた『葉隠』の一文は、この時のやり取りである。

兵右衛門からこのことを聞いた勝茂は、

「あの曲者《くせもの》が。勝手をいたすか」

一応怒ってみせたが、強引に引き下がらせようとはしなかった。

何としてでも一番乗りをしたいという思いは、勝茂も同じである。そのためなら信綱の命令に背いても構わぬと腹をくっていた。

土手の下についた弥七左衛門は、榊原勢の動きに目をこらしていた。幕府の軍監である榊原飛驒守が先に動いたなら、軍令に背いたという批判をかわすことができる。それゆえ後《ご》の先《せん》をとって一番乗りをはたそうと待ちかまえていた。

二の丸の防御をかためた一揆勢は、まず榊原勢に攻撃を仕掛けた。飛驒守は鉄砲隊を前に立てて猛然と反撃し、土手に梯子《はしご》をかけて二の丸に攻め込もうとした。

「それ、今じゃ」

弥七左衛門は号令を下すなり、矢面に立って鉄砲を撃ちかけた。

組下の石井伝右衛門が、三挺《ちょう》の鉄砲に手ぎわよく弾を込める。それを受け取り受け取り、次々に敵を撃ち落とした。

その間に甲斐守直澄、紀伊守元茂の軍勢も二の丸の西の尾根に取りついていた。

そのうちの一隊が北側に回り込み、松明《たいまつ》に火をつけて城中に投げ入れた。火は折からの北風にあおられてまたたく間に陣小屋に燃え移り、あたりは炎と黒煙に包まれた。

「つづけ。敵はひるんでおるぞ」

弥七左衛門は土手にかけた梯子によじ登り、槍をふるって二の丸に飛び込んだ。伝右衛門もぴたりと側に寄りそい、二人して群がる敵を追い払った。

やや遅れて榊原勢が二番乗りをはたし、鍋島本隊がどっと城内へなだれ込んだ。

これを知って細川勢は東の浜から、黒田勢は大手口から攻め入り、敵を本丸まで追い込んだ。

時に申《さる》の下刻（午後五時）。冬の陽は海のかなたに沈み、あたりには夕闇が迫ってい
る。諸将は攻撃の中止を命じ、本丸を厳重に包囲して夜明けを待つことにした。

あくる二十八日の未明、本丸への一番乗りをねらった者たちが、先を争って石垣をよじ登りはじめた。

追い詰められた一揆《いっき》勢は鉄砲を撃ちかけ石を投げかけ、槍で突き落とし、筵《むしろ》を焼いて落としかける。

老若男女一体となった死に物狂いの抵抗に、幕府勢は何度も石垣から叩《たた》き落とされたが、味方の屍《しかばね》を乗り越え踏み越え攻めかかった。

この時、北の石垣から真っ先に城中に乗り入った者があった。

陣中から追放されたはずの鍋島大膳が、郎党二十数人を従えて夜の間に石垣を登り、味方の攻撃がはじまるのを待って一番乗りをはたしたのである。

彼のほかにも伊豆守信綱の家人奥村権之允《おくむらごんのじょう》、立花宗茂に属した牢人三枝喜内《ろうにんさえぐさきない》、有島玄蕃頭《げんばのかみ》の家人有島九郎兵衛がほぼ同時に駆け入り、互いに一番乗りの証人となった。

中でも大膳は真っしぐらに敵中に斬り込み、天草四郎の差物である白地にデウスの紋を描いた旗を分捕る手柄を立てた。

原城が落ちたのは巳《み》の下刻（午前十一時）。天草四郎は細川家の者が討ち取り、城中に籠《こも》っていた二万余の一揆勢はなで斬り（皆殺し）にされた。

この戦での幕府軍の死者は千六百四十人、負傷者は九千二百九十七人。そのうち鍋島

家の死者は六百二十人、負傷者は三千三十四人。死者・負傷者ともに三分の一にのぼる。この乱の鎮圧にかける勝茂の異常なばかりの意気込みが、家臣、領民にこれほど多くの犠牲を強いる結果をまねいたのだった。

第十三話　勝茂閉門

御閉門前方《まえかた》御着府の節、中屋敷へ御着きなされ候へば、月堂《げつどう》（鍋島元茂）様の御内方様御出会、「御遠島の取沙汰《とりざた》につき皆々申し合い、その節は六ヶ所屋敷に火を懸け、残らず切死仕る覚悟に候間、跡の儀御心遣《づか》ひなく、公儀にて潔く仰せ達せられ候様に」と御申し候。

『葉隠』聞書第四―二十四節

島原の乱を平定した鍋島勝茂は、三月六日に佐賀に戻った。

城に入る前にまず高伝寺《こうでんじ》を訪ね、父直茂の墓前に戦勝を報告した。

（このたび原城一番乗りの手柄を立てることができました。二の丸も本丸も、我が手勢が真っ先に乗り崩しました）

勝茂はこれでようやく関ヶ原の戦いで西軍に身方した恥をすすぐことができたと感じている。三十八年もの間肩身のせまい思いをし、幕府にも事あるごとに白い眼をむけられてきたが、これで天下の往来を堂々と歩けるようになったのである。

（これも父上がお育て下された家臣たちがいたからでござる。あの者たちの正根《しょうね》が、今度の戦でしかと分かりました）

家臣たちは勝茂の胸中を察し、命を惜しまず働いてくれた。直茂が他界して二十年になるが、その教えを家臣たちの一人一人がしっかりと受け継いでいた。

墓地には鍋島家ばかりか龍造寺一門の墓もある。数百年の歴史を綿々と受け継いできた者たちの墓に、折からの風に吹かれて桜の花びらが舞い落ちている。

勝茂は墓石の列を厳粛な気持ちでながめながら、これで御家の安泰をはかることができたと肩の荷を下ろしたような解放感を覚えていた。

城に戻ると方々から祝いの品や称賛の文《ふみ》が届いていた。家中の者たちも「天下一の功名」に酔っていたが、家老の多久美作守茂辰だけは慎重だった。

「松平伊豆守さまは、ご不快の様子でございました。ご用心が肝要と存じます」

伊豆守信綱は鍋島家が軍令に反して城を攻めたと、ひどく立腹していたという。

「案ずることはない。我らより榊原どのの手勢が先に動いておる」

自分の目でそれを見ているので問題はない。勝茂はそう確信していた。

三月下旬になって、原城一番乗りを賞する老中連名の書状が届いた。それには将軍家《いえ》光《みつ》に鍋島勢の働きを報告したところ、御機嫌よくお聞きなされたと記されていた。詳しいことについては「後音《こういん》を期すように」とあるので、やがて恩賞があるものと思われた。

「これを拝するがよい」

勝茂は美作守ら重臣たちに老中からの書状を披露し、軍令違反が問題になることはないと伝えた。

「どうやら知恵伊豆どのも、兜《かぶと》をぬがれたようでござるな」

美作守がほっと胸をなでおろし、当家も論功行賞にかからねばなりませぬと言った。

「そうよ。だが与える土地も銭もない。幕府からご加増の沙汰《さた》でもなければどうにもならぬ」

長老格の鍋島安芸守茂賢が、言いにくいことをはっきりと口にした。

「まずは軍監や目付の報告をもとに論功をおこないまする。出陣した者に入札《いれふだ》をさせる必要がありますので、一月ばかりかかるものと存じます」

その間に幕府から恩賞の沙汰があるだろうと、美作守は切れ者らしい計略をめぐらしていた。

「家中の貯えはいかほどじゃ」

勝茂がたずねた。

「出陣中の借り入れがございますので、一万五千両しか残っておりませぬ」

「ならばそれを真っ先に負傷者や戦死者の遺族に分配せよ。体が丈夫な者は何とかなる。何ともならぬ者に手厚くするのじゃ」

一番乗りを厳命したために、四千人ちかくの死傷者を出した。そのことに勝茂は強い責任を感じていた。

三月末になり論功もほぼ終えた頃、松平下総守忠明から急使が来た。

忠明は大坂で松平伊豆守らを出迎え、戦勝祝いの宴をはった。その席で伊豆守はわざわざ忠明を呼びつけ、

「貴殿は鍋島信濃守どののご縁戚《えんせき》と承っておるが」

そう確かめた上で、原城での軍令違反を厳しく批判した。

「世間では一番乗りともてはやしておるようだが、出陣した他の大名ははなはだ迷惑しておる。幕府としても放置するわけにはいくまい」

縁戚の好《よしみ》でこのことを佐賀に伝えたらどうかと、冷ややかに耳打ちしたというのであ

る。

「さようか。このままましては体面が保てぬと、伊豆めは思っているようじゃな」

勝茂は胆汁がこみ上げてきたような苦々しさを覚えた。

「幕府からの恩賞は、当てにできぬようでございますな」

美作守が行賞を予定どおりおこなうかどうか判断をあおいだ。

「家臣たちの苦労には報いねばならぬ。どんな算段をしても賞を与えよ」

城内には直茂が残した三万両の備蓄金がある。これまでどんな時にも手をつけず、非常の場合にそなえていたが、行賞のために残らず使えと命じた。

直茂なら迷わずそうするはずだった。

四月六日、幕府は九州の大名すべてに小倉《こくら》城に参集するように命じ、太田備中守を使者として上意を伝えた。

備中守はまず原城に出陣した大名の労をねぎらってから、鍋島勢が一番乗りをはたしたことは上様のお耳にもたっしており、上機嫌にあらせられると告げた。

「さりながら、二月二十七日の城攻めの儀は、軍令に違反したものでござった。その是非について、後日江戸にて詮議《せんぎ》がおこなわれるゆえ、さよう心得ていただきたい」

伊豆守信綱の意を受けた備中守は、威丈高に申し渡して席を立った。

詮議するとは、鍋島勢の罪を問うということである。勝茂は宿所に戻って重臣らを集め、どう対応すべきか協議した。

だが、これといった知恵も浮かばない。ともかく伊豆守の出方をさぐることが先決だと話しているところに、細川越中守忠利が訪ねてきた。

肥後熊本藩主で、幕閣の内情にも通じたそつのない男である。まだ五十歳をすぎたばかりだが、胃弱のために死人のように青ざめた顔をしていた。

忠利は勝茂に人払いをさせた上で、

「これは容易ならざる事態でござるぞ」

声をひそめて忠告した。

信綱はすでに老中たちの同意を取りつけ、将軍の御前でこの問題の決着をつけようとしているという。

「もしそうなったなら、貴殿が処罰されるばかりか御家の存続にもかかわる大事となりましょう。それがしもそのことを案じ、伊豆守どのに会って穏便のはからいを願いましたが、一存で動いていると受け取られたせいか、お心を動かすことができませぬ。それゆえ軍令に背いてはいないという神文と、それがしに交渉を一任するという誓紙をしためていただきたい。さすれば伊豆守どのをなだめ、事を荒立てぬように首尾よくはからってごらんに入れましょう」

「お心遣い、かたじけのうござる」

勝茂は膳《ぜん》の用意をさせて丁重にもてなし、その間に重臣たちに忠利の申し出を伝えた。

「それはなりますまい」

美作守が真っ先に声を上げた。

そんな神文や誓紙を渡したなら、どんな扱いを受けても従わざるを得なくなるからである。

「さよう。越中どのは知恵伊豆どのと昵懇《じっこん》の間柄。どんな計略をめぐらしておられるか分かり申さぬ」

安芸守茂賢も同意した。

「しかし、断ったなら余計に難しいことになりましょう」

そう案じる穏健派の重臣もいた。

「その時には御家をあげて義を貫くばかりでござる」

我らには国を潰《つぶ》しても守るべき義があると、美作守が気負いもなく言い切った。

「亡き殿も、時節到来すれば家は崩れるものだとおおせであった。崩れるものなら、潔く崩そうではないか」

茂賢は早々と一戦まじえる覚悟を定め、その方策について二、三語った。

「そうじゃ。きたな崩しなどしては、泉下の父上に顔向けができぬ」

勝茂も一歩も引かぬと肚《はら》をすえ、忠利に仲裁は無用であると伝えた。

「幕府に楯《たて》つくおつもりか」

「我らは死力をつくして原城を落としたばかりでござる。咎《とが》めを受けるいわれはござらぬ」

「さてさて困った家風じゃ。それではこれからの世は生きていけませぬぞ」

忠利はあわれむような目をむけ、腹立たしげに席を立った。

六月四日、勝茂に参府せよとの命令が下った。

「今度、有馬表の儀を詮議するために榊原飛驒守を召されたが、その方《ほう》にもたずねたいことがあるので参府するように」

阿部《あべ》豊後守、酒井讃岐守、土井大炊頭ら三老中の連名でそう命じていた。

勝茂は城下の屋敷で昼食をとっていたが、すぐに中座して城に戻り、翌朝江戸に向かって出発した。

沿道には城中城下の者たちが残らず出て見送っていた。

事情はすでに城下にまで伝わり、勝茂は切腹、御家は改易に処せられるという噂が飛び交っている。皆一様に不安そうな面持ちで立ちつくしていた。

多久美作守の屋敷前にさしかかると、門前に二人の武士が裃《かみしも》姿で平伏していた。美作守と安芸守茂賢である。勝茂は駕籠《かご》を止め、二人を間近に呼び寄せた。

「後のことはお引き受け申す。国許《くにもと》のことはご案じ下されますな」

二人はそろって、白無地の小袖《こそで》を着込んでいる。勝茂に万一のことがあれば、切腹して後を追うという意味だった。

「さようか。どう引き受けるつもりじゃ」

「おそれながら、妻女をすべて刺し殺し、城に立て籠《こも》って討ち死にする所存にございます」

「覚悟はありがたいが、そこまでする必要はあるまい」

勝茂も年老いて分別がついている。自分一人が腹を切って事をすませるので、家の安泰だけははかってほしいと願っていた。

「これは殿のためではござらぬ。不義に屈するわけにはいかぬと、一同打ちそろって決めたことでござる」

茂賢も美作守も肚のすわった深い目をしている。知らせがあれば、言ったことを即座に実行するにちがいなかった。

小倉から船に乗り、大坂屋敷についた。屋敷には神代伯耆守が待ち受けていて、江戸まで供をさせてくれるように願い出た。

「こたびの軍令違反は、それがしの手勢が仕出かしたことでござる。ご公儀にもそのように言上《ごんじょう》して下され」

自分が老中らの前で非を認め、腹を切って責任を取る。さすれば勝茂や鍋島家を救うことができるというのである。

「一番乗りはわしが命じたことじゃ。今さらきたない言い訳はできぬ」

勝茂は断ったが、皆が一命をなげうって義を貫くことばかり言い立てている時に、家の安泰を考えている者がいることに感動を覚えた。

「今はそちのような者こそ必要じゃ。これから国許に戻り、一同が軽挙に走らぬように戒めてくれ」

嫌がる伯耆守を説き伏せ、乗って来た船で佐賀へ向かわせた。

六月二十三日、勝茂は江戸の中屋敷に着いた。門前には紀伊守元茂、甲斐守直澄が迎えに出ていた。

「父上、長旅でお疲れになられたでしょう」

「風呂《ふろ》の用意をしておりますゆえ、ごゆるりとおくつろぎ下され」

二人は下にもおかぬもてなしをした。

真夏のこととて駕籠に乗っていても炙《あぶ》られるように暑く、着物は汗にぬれている。しかも揺られるたびに腰に負担がかかり、鈍い痛みがつづいているので、風呂に入って体を伸ばしたかった。

「心遣い大儀じゃ。その方らも息災で何より」

勝茂は江戸ではさすがに国許のように気負い立ってはおらぬようだと安心し、二人に案内されて奥に向かった。

屋敷はいつもどおりの静けさを保っていたが、御殿の軒下には薪《まき》や藁《わら》がうずたかく積んである。塀には腰の高さに足場が組んであった。

（これは戦仕度ではないか）

不吉な予感にかられてふり返ると、表門の両側には数百俵の土のうが置いてある。表門を打ち破られないように、門扉に積み上げるためのものだった。

「あれは何の真似だ」

勝茂はさすがにむっとした。

「父上に万一のご沙汰《さた》が下ったなら、我らは屋敷に立て籠って最後の一人まで戦います る」

元茂が当然のごとく言い切った。

「斬り死にした末に、屋敷に火をかけるつもりだな。あの薪や藁はその用意であろう」

「父上、ここばかりではございませぬぞ」

直澄が嬉々《きき》として口をはさんだ。

市中にある他の屋敷でも同じ用意がしてある。風の強い日を選んで火を放てば、江戸の街は焼け野原になるというのである。

「そんなことをして何になる。無用の死者を出すばかりだ」

「幕府との戦になったなら、江戸は敵の城下でござる。幕府は江戸の大火に手を焼いて、肥前に兵を送ることができなくなりましょう」

そのためなら江戸にいる全員が討ち死にしても構わない。二人は口々にそう言った。

まだまだ子供だと思っていたが、原城攻めの指揮をとっている間に怖るべき鍋島武士に成長していたのである。

御殿の中には所狭しと弓、鉄砲が並べてある。しかも屋敷に置いた火薬樽《だる》には、自爆用の火縄までつけてあった。

勝茂は唖然《あぜん》として言葉もない。だがここまで徹底しているのなら仕方があるまいと、妙に清々《すがすが》しい気持ちになった。

用意の風呂に入り、夕方の涼しい風に吹かれていると、

「父上、中庭までご足労下され」

元茂が呼びに来た。

奥と表の間は渡り廊下でつながれている。その両側の広々とした中庭に、白い浄衣を着た百人ばかりの僧が整然と並んでいた。

足に脚絆《きゃはん》を巻き、手に菅笠《すげがさ》を持った廻国《かいこく》修行の僧たちだった。

「皆肥前の者たちでござる。父上の窮状を知って力になりたいと申しますゆえ、民意の操作にあたらせております」

鍋島家に落ち度はないという噂をバラまかせ、幕閣の者たちに心理的な圧力をかけていたのである。

この頃江戸では鍋島人気が異常なばかりに高まり、

〽有馬の城は強いようで弱い
　鍋島どのがとんと落としやった
〽谷の細川狐じゃないか

伊豆《いず》をたらして名を取りやる
そんな戯《ざ》れ歌が流行《はや》った。これは僧たちを使った宣伝工作の成果だったのである。

六月二十六日、勝茂は江戸城の評定所に出頭した。前後に直澄と元茂が従い、露払いと太刀持ちをつとめた。

表御殿の長い廊下を歩きながら、勝茂は関ヶ原の合戦の後に徳川家康と対面した時のことを思い出した。西軍に味方した勝茂は、どんな処分を受けてもかまわぬと覚悟を定めて大坂城に登城した。

あれから三十八年、今は二人の息子に守られて似たような運命をあゆんでいる。

そのことがひときわ感慨深く、何やら嬉《うれ》しくもある。たとえどんな処分を受けても息子たちのはからいに任せようと、大船に乗ったつもりになっていた。

評定所でしばらく待つと、阿部、酒井、土井の三老中と、松平伊豆守信綱、戸田左門氏鉄らが威圧するような厳しい表情をして入ってきた。

中でも信綱は敷居の手前で足を止め、「もはや言い逃れはできぬぞ」とでも言いたげな目をして勝茂をにらんだ。

酒井讃岐守が詮議《せんぎ》の内容を伝え、勝茂に二月二十七日のことについて説明するように求めた。

「おそれながら、それがしは老体となり、物を言うのも不自由でござる。その儀については書状にしたためて参りましたので」

勝茂は口上書を差し出し、答弁は倅《せがれ》の元茂につとめさせると申し出た。

口上書には二十七日に二の丸に攻め入ったのは敵に反撃するためで、決して一番乗りをねらって軍令に背いたわけではないと記していた。

「それではこの儀について紀伊守にたずねる。これに参れ」

酒井が敷居の外にひかえていた元茂を招いた。

元茂は作法どおりに進み出ると、お茶坊主に茶を一杯所望した。

「なにしろ一大事の申し事でござるゆえ、気持ちを鎮めてお答えせねばなりませぬ。ひらにご容赦下されし」

出された茶をひと息に飲みほし、当日の事情を詳細に調査した書付け二冊を取り出した。

落ちつき払った堂々たる態度で、老中ばかりか幕府そのものを呑《の》んでかかっている。

万一の時には合戦して討ち死にと覚悟を定めたことが、元茂に盤石の余裕を与えていた。

（こやつ、いつの間に）

これほどの武士《もののふ》になったかと、勝茂は目を見張るばかりである。嬉しさのあまり涙がこみ上げてきたが、それを隠そうともせずに元茂の陳弁ぶりを見守っていた。

評定の結果、勝茂は出仕停止、閉門と決まった。

信綱は本人を遠島に処し、鍋島家を改易すべきだと主張したが、三老中は世論の動向を気にして厳罰を下すことをためらったのである。

参考人として呼ばれた大久保彦左衛門《おおくぼひこざえもん》は、

「戦機を見極めることは戦場にいる者にしかできない。城を落とせたのは鍋島勢の機敏な決断があったからだ」

と弁護し、

「もし厳罰に処したなら鍋島武士三万が、肥前一国を砦《とりで》として立ち向かうだろう。原城でさえ容易に落とせなかったのに、そうした事態になったならどうするのだ」

と、信綱の強引なやり方を厳しく批判したのだった。

この年の十二月二十九日、勝茂は閉門をとかれて自由の身となり、鍋島家にも何の処罰も下らなかった。

「時節到来と思はば、いさぎよく崩したるがよきなり。その時は抱え留《とど》むる事もあり」

お家断絶の危機に際して、直茂の遺訓が見事に生かされたのである。

第十四話　曲者たち

両人手を突き、「何《いず》れ様も御懇意新しく申すに及ばず、御名残は幾日語り候ても尽き申さざる事に候。さらばにて御座候」と申して罷り通り候。諸人落涙より外は詞《ことば》もなく候。さしも強勇《ごうゆう》の美作守も声出《い》でず、後より見送り、「ああ、曲者《くせもの》かな〳〵」とばかり申され候。

『葉隠』聞書第四—七十九節

明暦《めいれき》三年（一六五七）一月十八日、本郷《ほんごう》の本妙寺《ほんみょうじ》から出た火は折からの強風にあおられてまたたく間に燃え広がり、東は深川《ふかがわ》、南は京橋鉄炮洲《きょうばしてつぽうず》まで焼きつくす大火となった。

翌十九日には小石川《こいしかわ》と麴町《こうじまち》から同時に出火し、江戸城の本丸にまで燃え移った。

黒壁が勇壮な五層の天守閣が、巨大な火柱となって燃え落ちていく。それは江戸幕府の終わりを告げる業火のようで、人々を不安と恐怖のどん底に突き落とした。

多久美作守茂辰は、麻布《あざぶ》屋敷の物見櫓《やぐら》から火事の様子を見ていた。

昨日の火事で江戸の東部が焼け野原になっている。今日一日燃えつづければ、江戸の中心部も壊滅するにちがいなかった。

「美作どの、そろそろ避難すべきかと存じますが」

中年寄役の中野杢之助が状況を報告に来た。火はすでに芝《しば》のあたりまでたっし、やがて麻布にもおよぶという。

「この火事は由井正雪《ゆいしょうせつ》の残党が仕掛けたものだという噂がござる。今度は西から火の手が上がると申す者もおりまするる」

「虚説であろう。こういう時には皆がおびえ、さまざまな噂が乱れ飛ぶものだ」

「されど、万一ということもござる。殿には他の屋敷にお移りいただくべきと存ずる」

風はいっこうにおさまる気配がない。美作守もそうしておくべきだと思い直し、鍋島勝茂の寝所を訪ねた。

勝茂は七十八歳になる。近頃は体もめっきり弱くなり、床に伏す日が多くなっている。側には御薬役の鍋島采女《うねめ》と御印役の志波喜左衛門《しばきざえもん》が付き従い、寝る間もおしんで世話をやいていた。

「火が迫っております。不逞《ふてい》の輩《やから》による付け火との噂もございますので、他にお移りいただきとう存じます」

すでに駕籠《かご》の用意もととのえていると、杢之助が申し出た。

「付け火だと」

何者の仕業だと、勝茂はやせて鋭くなった目でギロリとにらんだ。

「先年斬首された由井正雪の残党だと申しております」

「馬鹿な。そんなはずがあるか」

勝茂は一笑に付したが、しばらく考え込んでから江戸城は無事かとたずねた。

「本丸まで飛び火し、天守閣が炎上中でございます」

「たわけが。なぜそれを真っ先に言わぬ」

病み伏してからますます短気になった勝茂は、采女と喜左衛門に物見櫓へ連れて行けと命じた。

「承知いたした。御免」

大柄な采女が勝茂を背負い、喜左衛門が寒くないように蒲団《ふとん》をかけ、急な階段を登って三階の物見櫓まで上がった。

火事は江戸の東半分をなめつくすように広がっている。江戸城の天守閣からは、今をさかりと炎が噴き上げていた。

「ああ、御城が……」

勝茂は背負われたまま悄然《しょうぜん》となり、大坂城が落城した時のようだとつぶやいた。

「そちたちは知るまいが、あの時ほどこの世の無常を感じたことはなかった」

勝茂は幕府方として出陣し、落城を間近で見ている。炎上する天守閣を見て、その日のことをまざまざと思い出したのである。

「御城をねらって火を放ったと申す者もおりますが」

杢之助がどう思われるかとたずねた。

「杢か。そちはいくつになった」

「四十二でござる」

「戦に出ておらぬゆえいたし方あるまいが、四十をすぎたなら付け火か失火かくらい見分ける目をやしなっておけ。付け火は……」

勝茂はそう言いかけ、美作守を見てニヤリと笑った。

「そういえば、紀伊守らは江戸の町を焼き払おうとしたことがあったな」

「ははっ。そのように聞いております」

「聞いておりますではあるまい。万一の時には江戸の町を焼き払うように進言したのは、美作守、そちだったというではないか」

二十二年前、勝茂が原城での軍令違反を問われて江戸城の評定所に呼び出された時のことだ。

美作守は国許《くにもと》にいたが、勝茂に切腹の沙汰《さた》が下ったなら江戸城下を焼き払うように紀伊守元茂に進言し、その手順まで細かく伝えたのだった。

「後学のためじゃ。その時どうするつもりだったか、この者たちに教えてやれ」

「江戸城の縄張りは、右回りの渦巻き形になっております。それゆえ乾《いぬい》（北西）の風の強い日を待って、渦巻きの奥に向かって火を放てば、敵は逃げ場を失うことになり申す」

しかも奥の方が風下になるので、火を放つ側の安全も確保できる。ところが今度の火事は北東の風の強い日に起こったし、風上のほうから火の手が上がったので、軍事的な放火ではない。美作守は整然とそう説明した。

「そうよ。戦とはこのような曲者でなければやりおおせぬ。正雪の残党などとは笑止千万じゃ」

火事は翌日には鎮火したが、死者三万七千余人をかぞえる未曾有《みぞう》の災禍をもたらした。江戸城の天守閣も焼け落ち、二度と再建されることはなかったのである。

江戸の大火は勝茂の気力を萎《な》えさせたらしい。一月のうちに食事も喉《のど》を通らなくなり、二月になると寝たきりとなった。頭ばかりはおそろしいほど冴《さ》えわたっているが、体は日に日にやせ細っていく。

末期《まつご》も近いと見た重臣たちは、光茂に家督をゆずるようにそれとなく勧めたが、勝茂は天井をじっとにらんだまま否とも応とも言わなかった。

二十二年前、嫡男忠直が急逝した時、勝茂は三男の甲斐守直澄に家を継がせようとした。ところが一門や家臣たちに反対され、忠直の嫡男光茂（翁助）に家を継がせざるを得なくなった。

その時の無念があるせいか、今日にいたるまで隠居を拒みつづけている。

光茂はすでに二十六歳になり、文武の器量をそなえた立派な世継ぎに成長していたが、かたくなに家督をゆずろうとしなかった。

「どうしたものでござろうか」

困りきった中野杢之助は、多久美作守に相談をもちかけた。

万一家督相続の手続きをしないまま他界したなら、鍋島家の存続さえあやうくなるのである。

「ご老中方に、それとなく勧めていただくほかはあるまい」

「では、貴殿から阿部豊後守さまに」

お取りなし下されと杢之助は迫った。

「それはなるまい。その役目は、どなたか他のお方にお頼みなされ」

「豊後守さまとは、昵懇《じっこん》の間柄と承りましたが」

「わしももう五十になる。殿とともに隠居すべき身の上じゃ」

それゆえ、これから光茂の側近となる者にこの役目をやらせるべきだと、美作守は頑として応じなかった。

実は二十二年前、美作守は勝茂に直澄への相続を断念するように迫っている。その時の勝茂の無念がよく分かっているだけに、今また隠居を強要する根回しをするのはあまりに申し訳ないと思ったのだった。

李之助らの工作によって、二月十八日に阿部豊後守が佐賀藩邸を訪ね、隠居するべしという将軍の内意を伝えた。勝茂もこれには抗することができず、翌十九日に光茂に家督をゆずり渡すことにした。

光茂はさっそく江戸城に登城し、将軍や老中に代始《だいはじ》めの挨拶《あいさつ》をしなければならない。その供をするように申し付けたが、美作守はこれにも応じようとしなかった。

光茂を世継ぎにするように進言したのは、長子相続を貫くべきだという家中の意見に押されてのことだ。それが実現するのを見届けるのが自分の役目なので、将軍に対面するのは分《ぶん》に過ぎる。

表向きはそう言ったが、実は勝茂の胸中をおもんぱかったからだった。

もし今光茂の供をして将軍と対面したなら、光茂を擁立した手柄によって美作守は家中随一の実力者になる。それをねらって進言したと勝茂に思われたくなかったし、藩のためにもならないと見切っていた。

桜の盛りを迎えた三月の中頃、光茂の世子《せいし》彦法師《ひこほうし》（綱茂）の具足召し初め《ぐそくめぞ》がおこなわれた。

彦法師は六歳。幼ない頃の光茂に似た、利発で元気な子供である。召し初めに立ち会いたいという勝茂のたっての希望で、儀式も祝いも麻布の屋敷でおこなわれた。

広間の中央に子供用の鎧《よろい》を着込んだ彦法師が座り、両側に光茂夫妻や蓮池《はすのいけ》藩主となった甲斐守直澄ら一門の者たちがずらりと並んでいた。

この日、勝茂はいつものように床に伏せっていたが、鍋島采女と志波喜左衛門に支えられて広間に出た。

「よい。ここからは一人でよい」

二人の手をふりほどき、しっかりとした足取りで光茂の側まで進んだ。

光茂が上座に据えた床几《しょうぎ》を勧めた。

「どうぞ、これに」

「いや。かまわぬ」

勝茂は立ちつくしたまま、床の間にかざった鎧から兜《かぶと》を持って来させた。

父直茂が朝鮮出陣の間着用していた家宝である。両手に持つとずしりと重い。兜がこんなに重かったかと驚きながらも、目の高さにささげて彦法師の前に進んだ。

「倅《せがれ》、立て」

「はい。大殿」

迷いなく立ち上がった彦法師の頭に、兜をのせて緒を結んだ。兜が大きすぎて安定が悪いが、これで彦法師も鍋島家を受け継ぐ立派な武者になったのである。

「立礼《りゅうれい》が戦陣の作法じゃ。命を惜しまぬ曲者《くせもの》となれ」

そう言ったとたん、勝茂の両目からどっと涙があふれた。これで御家も安泰だという安堵《あんど》と喜びの涙だった。

祝いの席を早々に辞した勝茂は、寝所に多久美作守を呼んだ。

「今日の盛儀を迎えられたのは、そちのお陰じゃ。わしはもう思い残すことはない」

美作守に褒美の盃《さかずき》を与え、手ずから酌をした。

「かたじけのうござる。生涯で一番ありがたい盃にございます」

美作守は二十二年間のわだかまりが解けたことに感謝し、ひと息に酒を呑《の》みほした。

「今後はいかほど呑んでもよい。わしが許す」

勝茂は杢之助に命じ、用意の遺言状を披露させた。

甲斐守直澄をはじめとする一門の主立った者たちに、今後は光茂を主君と思い、家の存続のために忠誠をつくすように申し付けたものだった。

「これでよいか、美作」

勝茂は厳しい顔をして意見を問うた。

「かたじけのうござる。落ち度なきお仕置き、感服つかまつりました」

美作守はこみ上げてくる涙を見せまいと、深々とひれ伏した。

「今日までよう仕えてくれた。最後に一つだけ、命じておくことがある」

勝茂は美作守に殉死は許さぬと言い、杢之助と采女、喜左衛門の三人に証人になれと申し付けた。

「光茂はまだ若い。そちのような曲者が側にいてくれねば、江戸を焼き払うほどの知恵は浮かぶまい」

「おそれながら、その儀ばかりは」

「そちの赤心《せきしん》は承知しておる。分かった上で頼んでおるのだ」

勝茂はいつになくやさしいことを言い、聞き分けてくれと美作守の手を取った。


三月下旬に入ると、勝茂の容体はいっそう悪化した。もはや重湯も喉を通らず、薬をといた水を口に流し込んでようやく命をつなぐばかりだった。

側には杢之助と采女、喜左衛門が詰め、じっと容体を見守っている。三人は勝茂が息を引き取ったなら即座に殉じようと申し合わせ、食を断って心静かにその時にそなえていた。

杢之助は四十二、采女は三十六、喜左衛門は三十八歳である。

まだ前途に望みを残したい年頃なのに、黄泉《よみ》のお供をと覚悟を定め、悟りをひらいた行者のように澄みきった表情をしていた。

美作守は隣の大広間に詰め、終日酒を呑んでいた。むろん旨《うま》くない。酔いもしない。

ただ黙々と呑み、突き上げてくる悲しみに耐えていた。

床の間には彦法師が具足召し初めで用いた直茂着用の兜が、魔除《まよ》けのためにかざってある。その前に座り込み、勝茂の黄泉の道中がすこやかであるようにひたすら祈った。供を禁じられたのだから、そうするほかに術《すべ》がなかった。

「美作守どの、ようござるか」

杢之助が間近に座り、一つだけ教えていただきたいことがあると言った。

「何かな」

一睡もしていないので、美作守の目は真っ赤だった。

「一月の大火の時、貴殿は付け火ではないことを分かっておられた。それなのになぜそのことを、殿に進言する前に教えて下さらなかったのでござろうか」

「貴殿は何と思われる」

「分からぬゆえ、おたずねしておりまする」

「面目を失われたか」

供ができる杢之助らが、美作守はうらやましくて仕方がない。その気持ちが、つい険しい言い方をさせた。

「付け火でないと分かっていたなら、殿にご避難なされるように進言する必要はありませんでした」

病身に無理をさせることもなかったのに、自分には付け火のことも美作守の腹の底も読めなかった。これでは大事の奉公ができないので、後学のために教えてもらいたいという。

「他言はしないと、紀伊守どのと約定したからでござる」

李之助の真心に打たれ、美作守は正直に打ち明けた。

江戸放火は紀伊守元茂と二人で企て、責任もすべて取ろうと申し合わせていた。それゆえ誰にも話せなかったという。

「その約定が、殿の御身より大事だと申されるか」

「もし紀伊守どのがご存命なら、約定を破った後に釈明することもできよう。だがすでにご他界なされておるゆえ、約定をたがえるわけにはいかぬのでござる」

生き残った者がそうしなければ、先に逝《ゆ》く者が安心できないではないか。美作守はにこりと笑って茶碗《ちゃわん》の酒を呑みほした。

「かたじけない。迷いが一時に晴れた心地でござる」

李之助は端正な礼をして寝所に戻っていった。

三月二十四日の早朝、勝茂は枕元に李之助らを呼び、

「今日参るゆえ、仕度をせよ」

はっきりとした口調でそう命じた。

三人はすぐに一門や重臣に使いを走らせ、最後の挨拶に来るように伝えた。

真っ先に妻のお菊が娘のお長《なが》とともに訪ねてきた。

お菊は両手を合わせて勝茂を拝むと、

「さてさて、めでたい御臨終でございます。一生落ち度なく、弓矢のお働きをなされ、国も立派に治められ、子孫にも恵まれ、家督も大過なくゆずり、八十まで長生きなされた比類のないご生涯でございました。この上は何も心残りはありますまい。これにてお暇《いとま》いたします」

はっきりと言い切ると、一礼して席を立った。

お長は父との別れが辛《つら》くて、うつむいたまま涙にくれている。

お菊はそれをきっとにらみつけ、

「いかに女だからとて、物の道理もわきまえず、末期の親に涙を見せるとは何事じゃ」

きびしく叱りつけると、お長を引きずるようにして寝所を出て行った。

勝茂は光茂や直澄らの挨拶《あいさつ》をすべて受け、臨終の心境を、

「三世は実なく夢来り夢去る。本姓は明々として終《つい》に滅せず」

という漢詩にたくし、眠るように息を引き取った。

行年七十八。この頃としてはまれにみる長寿だった。

お薬役の采女は別室で薬道具を打ちくだき、御印役の喜左衛門は光茂の了解を得て勝茂の印を打ち割った。そうして勝茂の遺体を洗い清めて棺《ひつぎ》におさめると、杢之助と三人で一門、重臣らに別れの挨拶をした。

「いずれ様にもご懇意にしていただいたこと、今さら礼を申し上げてもつくしがたいほ

どでございます。お名残は幾日語りあってもつきませぬが、殿に遅れてはなりませぬ。さらばでございます」

そう言うなり、介錯人《かいしゃくにん》が待つ詰め所に戻って行った。

一門も重臣たちも涙にくれている。美作守も黙ったまま三人を見送った後で、「ああ、曲者かな、曲者かな」とつぶやくばかりだった。

胸が焼けるほどに三人の見事さがうらやましい。暗く冷たい世界に一人だけ置きざりにされた気がしたが、勝茂の命令に背くわけにはいかないのだった。

「ご家老、御礼にこれを渡すように、中野さまからおおせつかっておりました」

近習の者が、李之助が愛用していた扇子を差し出した。

長年使い込んだ扇を開くと、一首の歌が記してあった。

惜しまるゝとき散りてこそ世の中の
　花も花なれ人も人なれ

美作守は扇をおしいただき、懐の奥深くに仕舞い込んだ。

殉じた者は三十一人。このうち三人は高麗《こうらい》人だったと史書は伝えている。

美作守は葬礼のいっさいを落ち度なく取りしきり、出家して愚渓《ぐけい》入道と名乗った。

勝茂の家臣としての最後の仕事は、遺骨を佐賀に持ち帰ることだった。

四月十三日に江戸を発《た》った美作守は、家臣たちから駕籠《かご》や馬を勧められても拒み抜き、遺骨をおさめた棺の側を国許《くにもと》まで歩き通した。

江戸から佐賀までのひと足ごとに、勝茂と過ごした日々のことを思い出し、御恩のかたじけなさを噛《か》みしめていたのだった。

第十五話　小姓不携《ふけい》

毎朝、拝《おがみ》の仕様、先《ま》ず主君、親、それより氏神、守仏《まもりほとけ》と仕り候なり。主をさへ大切に仕り候はば、親も悦《よろこ》び、仏神も納受あるべく候。武士は主を思うより外のことはなし。志つのり候えば、不断御身辺に気が付き、片時も離れ申さず候。

『葉隠』聞書第一―三十一節

夜ふけになっても眠れないまま、山本松亀《まつかめ》（後の常朝）は闇に目をこらしていた。晴れがましさに胸はときめいている。だが生まれ育ったこの家を出なければならないと思うと、荒野にただ一人でなげ出されるような不安を覚えた。

父の重澄《しげずみ》から部屋に呼ばれたのは、今日の夕方だった。

「喜べ松亀」

七十九歳になる父は相好を崩し、主君光茂からお側に上がるようにとの沙汰《さた》があったと告げた。

光茂は来月江戸に参勤する。その時に小姓見習いとして重臣の子弟を二十人ばかり連れて行くことにしたが、そのうちの一人に選ばれたのである。

数え年九歳の松亀は一行の中でも最年少だった。

「幼なすぎるゆえ、江戸での勤めは荷が重いかもしれぬ。もし不都合があるなら辞退してもかまわぬとおおせであったが、どうじゃ松亀、否とは申すまいの」

重澄は気遣わしげに顔をのぞき込んだ。

七十歳になってさずかった子供だけに、ひときわ可愛い。出仕させたいのは山々だが、辛い目にあいはしないかと案じていた。

「おおせはかたじけのうございますが、役目をはたせなければ山本家の名折れとなりましょう。一晩考えさせて下されませ」

松亀は子供らしからぬしっかりとした返答をした。

生まれた時から立派な武士になれと叱咤《しった》されているので、年齢以上に大人びているが、何といってもまだ九歳である。精一杯背伸びをしているものの、胸の中には不安が渦巻いている。殿のお召しに応じるべきだとは思っても、家をはなれることが怖くて怖くて仕方がなかった。

翌朝、日課としている水垢離《みずごり》をし、装束を改めて父の部屋を訪ねた。

「おおせを承りました。弱輩者ではございますが、お仕えさせていただきとう存じます」

これまた立派すぎる口上である。重澄は不憫《ふびん》な気持ちをおさえかね、にじむ涙を懐紙でおさえた。

松亀の意は取次役をへて光茂に伝えられ、九月二日に二の丸御殿で初めてお目見えを許された。

光茂は三十六歳になる。翁助と名乗っていた頃から利発なことで知られていたが、藩主の座について以来、着座（藩庁の座にいて藩政に参与する職）の制を創始したり家禄《かろく》の世襲制を導入して、藩政の改革と秩序の安定をはかっている。

また、戦国の気風が飛び抜けて盛んだった佐賀藩において、殉死を差し止める追腹禁令を発した。

きっかけは叔父《おじ》の直弘《なおひろ》が亡くなったとき、三十六名もの追腹志願者が出たことだった。

鍋島藩の遺風だからといって、有為の人材をみすみす失うのは藩政を司《つかさど》るものとして忍びない。それに光茂は実際の戦場を知らない世代であり、武断から文治へと治世の転換をはかるにあたっての人道的な配慮でもあった。

これは幕府や諸大名家に先駆けた画期的な法令であり、光茂の名は今や佐賀三十五万石の名君として天下にとどろいていた。

「山本神右衛門重澄の子、松亀にございます」

取次役が敷居際で告げた。

そこで許しを待ち、膝行《しっこう》して部屋に入るのが礼儀だった。

「そちはいくつになった」

光茂がたずねた。

ここで直答《じきとう》してはならない。取次役が光茂の言葉を伝えるのを待ってから答えるのが礼儀だが、

「九つでございます」

気がききすぎる松亀は、思わずそう答えていた。

光茂は温和な顔を急にくもらせ、

「さようか、以後は不携と名乗るがよい」

そう言って席を立った。

初めてのお目見えでの、手痛い失敗である。不携とは用いずということだろう。

不敬にも通じるにちがいない。松亀は家に戻ってからも悶々《もんもん》と思い悩み、こんなことでは小姓がつとまるはずがないと絶望の淵《ふち》に沈み込んだ。

そうしている間にも、江戸へ発《た》つ日は刻々と近づいてくる。松亀は煩悶のあまり食事も喉《のど》を通らなくなり、部屋に引きこもって頭を抱えていた。

見かねた重澄は、ある時松亀を仏壇の前に連れて行った。

「そちの祖父である中野神右衛門清明は、沖田畷で直茂公が討ち死にしようとなされた時、殿をひっかついで死地を切り抜けた剛の者じゃ。わしとて大坂両度の陣で手柄を立て、勝茂公から直々に褒美をいただいた。そちはその血を受け継いでおる」

それゆえ小さなことにくよくよするな。体を強くするには鍛え抜くしかないように、心も失敗を乗り越えるごとに強くなるのだ。重澄は不憫さをこらえて叱りつけた。

「しかし、不携などと名付けられ、この先どのようにお仕えしたら良いか分かりません」

松亀はたまりかねて泣き出した。

「いいのじゃ。その苦しみを笑い話にできる日がきっとくる。命を捨てる覚悟で事にあたれば、できぬことなどないのだ」

重澄はもらい泣きしそうになるのを懸命にこらえ、奉公の要点はただ一つだと言った。

「毎朝仏壇を拝む時、まず主君、次に親の無事を祈れ。それから氏神や仏にご加護を願うのじゃ。主君さえ大切にすれば親も喜び、神仏も納受なされる。武士は主君を思うよりほかにするべきことはないのだ」

その志さえ持っていれば、殿のご身辺のことにも気がつき、片時も離れず奉公できるようになると、重澄はしゃくり上げる松亀の背中をさすりながら言い聞かせた。

九月二十日、松亀は国許《くにもと》を発って江戸へ向かった。侍二人、中間《ちゆうげん》二人を従えた堂々たる供揃えだった。

大里の浜から船に乗って大坂に上がり、そこから東海道をひたすら歩く。瀬戸内海《せとないかい》のおだやかな景色や大坂の街のにぎわい、東海道の名所旧跡をながめながらの旅だが、松亀の心は晴れなかった。

前途には大きな不安がある。光茂の不快そうな顔を思い出すと、どうしていいか分からず体が固まっていく。その間にも刻々と故郷は遠ざかり、頼りなさとやる瀬なさがつのっていった。

十月初めに江戸へ着き、桜田門《さくらだもん》の上屋敷にある中野数馬《なかのかずま》の長屋に入った。

「松亀か。大きくなったな」

数馬は玄関先まで出迎えて頭をなでた。

光茂の嫡男の左衛門（後の綱茂）の御側年寄役をつとめている。やがては佐賀藩を背負って立つと目されている男で、四十歳の働きざかりだった。

「皆の者、このお方がわしの叔父上じゃ」

数馬は大広間に家臣たちを集め、愉快そうに披露した。

九つの子を叔父とはおかしな話だが、数馬の父の政利と松亀は従兄弟《いとこ》にあたる。そのことを面白がって、こんな紹介の仕方をしたのだった。

国許の様子はどうだ。道中は楽しかったかと、数馬は矢継ぎ早にたずねたが、松亀は機転のきいたことも言えず、くぐもった声で返事をするばかりだった。

「どうした。長旅で疲れたか」

「大事なお役目を命じられましたが、はたすことができるかどうか不安なのでございます」

松亀は数馬のこだわりのない気性に惹《ひ》かれ、悩みをあらいざらい打ち明けた。

「なるほど。さようか」

数馬は急に真顔になり、祖父神右衛門の教訓を覚えているかとたずねた。

「父からいくらか聞いております」

「その中で一番肝要なのは、死身《しにみ》になって生きよということだ。常に命を投げ出す覚悟があれば、小さなことに迷わぬものだ」

「……」

「お前がなぜ思い悩んでいるか、その理由を考えてみよ。殿に気に入られたいとばかり考えているからであろう」

そこが根本的にまちがっている。殿と自分は対等と思えと数馬は言った。

互いの役目がちがっているので主君と崇《あが》めるのは当然だが、人間としては対等だ。その覚悟が肚《はら》の底にすわっていなければ、殿のあやまちを正すことも自分を磨き上げることもできないというのである。

「殿と、対等でございますか……」

松亀はそうつぶやき、なぜか全身が鳥肌立った。

「そうよ。曲者《くせもの》とはそうした覚悟を持った者のことなのじゃ」

数馬はひょいと松亀を抱きかかえ、重くなった立派になったとほめあげた。

翌日、数馬に連れられて左衛門の御前に伺候《しこう》した。

「山本神右衛門重澄が一子、不携にございます」

松亀は光茂から与えられた名を名乗った。

「九つには見えぬな」

左衛門は十六歳になる。体も大きく、口もとにはうっすらとひげが浮いていた。

「父が古稀《こき》にてさずかった子ゆえ、育ちが悪かったと聞いております」

松亀は臆《おく》せず答えた。対等な相手なら、遠慮することはないと開き直っていた。

「武術はできるか」

「父は鉄砲頭でございますゆえ、この春射初《いぞ》めをつかまつりました」

三発撃って星一つ、角一つだったと奏上した。

「ほう。それは見事じゃ」

左衛門はすっかり松亀を見直したようで、明日から毎日部屋に来るように申し付けた。

松亀は天にも昇る心地になって御前を辞した。

「でかした。あれで良いのじゃ」

数馬が軽く背中を叩《たた》いた。

中庭の楓《かえで》はいつの間にか薄赤く色付いている。江戸は佐賀より秋が早いと、松亀はそんなことに目を配る余裕を取り戻していた。

数馬の長屋での暮らしは恵まれたものだった。屋敷には他にも小姓見習いの者たちがいたが、数馬は最年少の松亀を側におくことにし、二階の自室に寝泊まりすることを許した。

疲れて朝寝坊などすると、やさしくゆり起こしてくれたほどだ。

〈万事につき、御教訓不便《ふびん》(不憫)を加えられ候事申す計《ばか》りなく候〉

後に『葉隠』を口述した山本常朝は、自ら編んだ年譜にそう記している。

十日ばかりは夢のように過ぎ、いよいよ主君光茂が上府する日になった。

ここからが本当の出仕である。朝早く起きた松亀は仏壇の前に座り、父重澄に教えられたとおり主君の無事を真っ先に祈った。

(対等の心を持って、死身になってお仕え申し上げるのだ)

何度も何度も自分に言いきかせ、弱さを乗り越える力を与えてくれと神仏に祈った。

見習いの小姓たちは、光茂の御前に勢揃いして名乗りを上げることになった。中野一門から八人、他から十一人である。最年長は十四歳、一番下は松亀の九歳だった。

いずれも重臣の子弟で、将来は藩を背負って立つ人材になれと期待されている。選《え》りすぐりの秀才たちだけに、面構えも立ち居振る舞いも見事なものだった。

「皆々大儀である。上座から順に氏名と年齢を申し上げよ」

光茂の側役が命じた。

「江口武左衛門が嫡男治安《はるやす》。十四歳でございます」

すでに元服をすませてきた治安を筆頭に、家格の順に次々と名乗りを上げた。

松亀は七番目である。山本神右衛門が次男不携、九歳でございます。心の中で何度もくり返してその時を待ったが、直前になって光茂と目が合い、緊張のあまり気持ちが上ずってしまった。

「や、山本神右衛門が次男松亀」

思わずそう口走り、あわてて不携と言い直した。

小姓の中には失笑をもらす者もいる。光茂もいつぞやのように顔をくもらせている。

松亀は自分のうろたえぶりが悔しくて、目の前が暗くなるような失望感にとらわれた。


松亀は光茂の内使に任じられた。

お側にあって他所《よそ》に使いをしたり用を足す役目で、言わば使い走りである。中でも一番多いのが書庫へ本を取りに行くことだった。

光茂は本格的に和歌に取り組んでいて、時間さえあれば歌集や歌論書を読んでいる。

中庭を散歩している時でも、ふと思いついたことがあると松亀を書庫に走らせて本を取って来させた。

松亀も書物が好きである。漢字もまだ充分には読めないが、光茂が愛読している本はだいたい覚え込み、一月もすると小姓の中では誰よりも早く役目をはたすことができるようになった。

光茂は満足気に目を細め、

「さすがは不携じゃ。仕事が早い」

そう言ってくれたが、松亀は不携という名に苦い思いを抱いている。ほめられても心の底から喜ぶことはできなかった。

寛文《かんぶん》八年（一六六八）の年が明け、一月も終わりに近づいた頃、松亀は体の不調におそわれた。喉《のど》がひりひりとして熱っぽい。江戸の寒さに負けて風邪をひいたのだろうと数馬に薬を分けてもらったが、病状はいっこうに良くならなかった。

無理をして内使のつとめをはたしているうちに、二月一日を迎えた。

体調はさらに悪化し、頭が割れるように痛い。どうしても起き上がれないまま蒲団《ふとん》にくるまっていると、半鐘の音が聞こえてきた。

火事が近いことを知らせる擦《す》り半《ばん》である。

「起きよ。火が来るぞ」

数馬に叩き起こされ、小姓仲間とともに殿の側に駆けつけるように命じられた。

部屋はあっという間に煙に包まれ、迫る火で障子がうす赤く染まっている。松亀は仰天して飛び起き、装束をととのえて光茂の寝所に向かった。

すでに小姓たちは控えの間に勢揃いし、光茂の指示を待っていた。

「不携、おるか」

光茂はふすまも開けずに声をかけ、書庫から藤原定家《ふじわらのさだいえ》の『近代秀歌』を取ってくるように命じた。

「扉は厳重に閉ざしておけ。火が入らぬようにな」

「承知いたしました」

松亀は中間一人を連れて書庫に入り、書棚から本を取り出すと、土蔵造りの書庫の扉にしっかりと鍵《かぎ》をかけた。

土壁は一尺以上の厚さがあるので、こうしておけば炎に包まれても書物が焼ける心配はなかった。

火は江戸の町を焼きつくす勢いで広がっている。桜田門の近くにある大名家の上屋敷はのきなみ炎上し、鍋島家にも危機が迫っていた。

「どこの屋敷もみな焼けているのに、当家だけ消しとめるのは無用なことじゃ。そのまま焼いてしまえ」

光茂は消火に大童《おおわらわ》の家臣たちを集め、女子供を守りながら脱出するように命じた。

「どうぞ。これに」

中野数馬が二丁の駕籠《かご》に光茂と元服を終えたばかりの綱茂を乗せ、行列を先導して麻布の屋敷に向かった。

火は燃えさかり、真近まで迫っている。黒煙に取りまかれて三間先も見えないほどだが、数馬は常日頃からこうした事態にそなえて道筋を頭に叩き込んでいた。どこが危ないかも調べ上げているので、一度も迷うことなく一行を麻布屋敷までみちびいていった。

〈この時、御先乗《おさきのり》の働《はたらき》、その時分摩利支天《まりしてん》と申し候由〉

災難をのぞく神のようだったと『葉隠』は伝えている。それは病苦をこらえて後からついていった松亀の実感だったにちがいない。

麻布に着いてほっとした途端、松亀の顔や手足に水ぶくれが出た。火の粉でもあびたかと皆が大騒ぎしたが、これは麻疹《はしか》だった。風邪だと思ったのも、麻疹の潜伏期の症状だったのである。

松亀は藩医の手当てを受け、他に染《うつ》らないように離れで療養することになった。その日と次の日は食事も喉を通らないほどだったが、三日目になってようやく症状も峠を越し、粥《かゆ》を口にできるようになった。

二月四日、麻布屋敷が再び火事におそわれた。

一日の火種が残っていたらしく、北風に吹かれて燃え上がった炎が猛烈な速さで屋敷に迫ってきた。

「こたびは退《ひ》いてはならぬ。全力を上げて消し止めよ」

光茂は一歩も退くなと厳命した。綱茂が心得たりとばかりに物見に上がり、消火の指揮をとった。

火は北と東から迫り、裏門や長屋塀に燃え移っている。家臣たちは頭から水をかぶり、燃え上がる建物を打ち壊して類焼を防ごうとするが、火の勢いに抗しきれずに次々と焼け死んだ。

「ひるむな。命を的にして屋敷を守れ」

綱茂が物見に立ったまま采配《さいはい》をとりつづけた。

それを聞いた家臣たちは、我が身を焼いて火の勢いを止めようと、次々と炎の中に飛び込んでいった。退却を禁じられた門番たちは、六尺棒を手にしたまま炎に包まれたが、仁王のように微動だにしなかった。

「殿、これ以上は無理でござる。焼死、手負いが続出しておりますゆえ」

側近の相良《さがら》求馬が、脱出を命じるように進言した。

数馬とならんで肥前の二馬と称された逸材である。

光茂はやむなくこれに従ったが、すでに表門も炎上していて出口がない。すると剛力で知られた野中杢兵衛が斧《おの》をふるって西側の塀を切り破り、組下の者たちが塀を外に押し倒した。

光茂と綱茂は馬に乗り、この破れ目から外に駆け出した。

「西にはまだ火が回っておらぬ。相役《あいやく》と手を取り合って外に出よ」

中野数馬が小姓たちを集め、家臣に先導させて脱出させようとした。

松亀も江口治安と手をつないで塀際まで行ったが、光茂が文机《ふづくえ》の上に『近代秀歌』を置いたままにしていることを思い出した。

「江口どの、御免」

松亀は手をふりほどき、書院まで駆け戻った。

すでに火は障子やふすまに燃え移っているが、部屋は煙に包まれているばかりである。

松亀は無我夢中で飛び込み、めざす書物を懐に入れた。

それを両手で抱きかかえて塀まで戻ろうとしたが、来た道はすでに炎にふさがれていた。ぞっと背中に寒気をおぼえ、左右を見回した。

中庭の通用門にはまだ火が回っていない。そちらに向かって駆け出したが、病み上がりの足はふらついて思うように走れない。迫りくる炎に目がくらみそうになるのを必死でこらえ、何とか通用門をくぐり抜けた。

その瞬間、何かに蹴《け》つまずいたらしい。松亀は足をなぎ払われたように前に倒れ、そのまま気を失った。

正気にかえった時には、やわらかい蒲団に寝かされていた。枕元には光茂、数馬、江口治安が座り、心配そうにのぞき込んでいた。

麻布屋敷が全焼したために、青山《あおやま》にある鍋島和泉守の屋敷に避難していたのである。

「でかした。書物は無事じゃ」

光茂が真っ先に声をかけた。

松亀があわてて起きようとすると、そのままでよいとやさしく肩口を押さえた。

「通用門の前に倒れていたのを、江口が助け出してくれたのじゃ」

数馬がいきさつを語った。

治安はすぐに後を追い、倒れていた松亀をかついで脱出したという。

「引き返すなら相役を連れて行くべきであろう。以後は気をつけよ」

治安が年長者の分別を見せて戒めた。

「ともかく無事で何よりじゃ。ゆっくり養生いたせ」

立ち去りかけた光茂はふと足を止め、

「そちは無学という言葉の意味を知っておるか」

そうたずねた。

「勉学が足りないことだと存じます」

松亀は体を起こして律儀に答えた。

「普通はそうだが、仏道ではちがう。悟りを開き、もはや学ぶ必要がなくなった者のことを言う」

一人残された松亀はしばらく光茂の言葉を噛《か》みしめ、不携とは不用のことではなく携えずとも役に立つという意味だとようやく気付いた。

光茂は一目見た時から、松亀がそんな子供だと見抜いていた。だが安易に教えては本人のためにならないので、あえて口にしなかったのである。

(そうか。そうだったのだ)

松亀は夜具の上で姿勢を正し、光茂の方に向かって深々と頭を下げた。

これからは命を捨ててお仕え申し上げると心に誓うと、体の底から不思議な歓喜がわき上がり、病も痛みもふき飛ぶような清々《すがすが》しい気分になっていった。

第十六話　イギリス船長崎入港

延宝《えんほう》元年丑五月廿五日ゑげれす船三艘長崎入津《にゅうしん》、商売の訴訟仕り候えども相叶《かな》はず、帰帆《きはん》仰せ付けられ候。右に付神代左京長崎差し越され、深堀相詰め、七月十六日大木勝右衛門、多久兵庫遣わし副《そ》へられ、聞番広木八郎兵衛遣はさる。

『葉隠』聞書第五—九十三節

イギリス船リターン号が長崎沖に姿を現したのは、寛文十三年（一六七三）五月二十五日の早朝だった。

長崎半島の先端にある野母《のも》と、佐賀鍋島藩領である深堀からあいついで知らせがあり、長崎奉行所ではただちに番船を出して船籍の確認をおこなった。

イギリス船にまちがいない。手旗による交信でそうと分かった。

そこで船を港まで誘導して西泊《にしどまり》で碇《いかり》をおろさせ、検使の役人四人と通訳六人を乗船させて取り調べることにした。

この時検使の長をつとめたのが、奉行所一の切れ者と言われた幕臣、鳥山新八郎である。

年はまだ三十歳をすぎたばかりだが、長崎奉行の信任も厚く、長崎警固をつとめる福岡藩や佐賀藩にも広い人脈を持っていた。

新八郎は乗船後ただちに船長のサイモン・デルボーと対面し、来航の目的をたずねた。

「通商の許可を得て、商売をするためにやって参りました」

大男のデルボーの言葉を、大通詞の加藤吉右衛門《きちえもん》が訳して伝えた。

吉右衛門はオランダ語しか分からない。そこでデルボーの配下が英語をオランダ語に訳するという面倒な手順が必要だった。

「ジャワ島のバンテンを出港し、高砂《たかさご》（台湾）の近くの澎湖《ほうこ》島《とう》を経由してやって来ました」

「どこの港からやって参った」

「八十六人でございます」

「この船の乗員は？」

日本が鎖国していることは承知しているが、その禁制はポルトガル人に対するもので、イギリスは慶長十八年（一六一三）に通商の許可を幕府から得ている。だから入港しても問題はないはずだと、デルボーは主張した。

「しかし、それから五十年以上もたっている。その間なぜ来航しなかったのか」

「我が国は長い間オランダと戦争していました。それゆえオランダの勢力圏である長崎に近付くことができなかったのです」

だが近年和談が成立したので、安全に渡海できるようになったという。

「オランダ国の船が入港している間は、武具と玉薬は陸揚げする決まりとなっている。貴船もその決まりに従ってもらわねばならぬが、異存はあるまいな」

新八郎は日本の事情をしっかりと説明し、了解をとった上で停泊させることにした。

この報告を受けた長崎奉行は、出島《でじま》にいるオランダ人にデルボーの主張が正しいかどうか問い合わせた。中でも問題としたのがイギリスとポルトガルの関係、それにキリスト教を布教する意図がないかどうかだった。

オランダ人の返答はおおむね良好だった。イギリス国王はポルトガル王女と結婚しているが、同盟国というほど強いむすびつきはない。イギリスは新教の国なので、カソリックのように布教の意図は持っていないというのである。

安心した長崎奉行は交渉に応じる決断をし、江戸に飛脚を走らせて幕府の指示をあおいだ。

その一方で新八郎らをデルボーのもとに遣わし、通商は認められると思うので指示があるまで船内で待つように伝えさせた。

停泊中は水や食料、薪など必要なものは何でも補給することにしたが、武器と弾薬だけは決まりどおりに船から積み出して倉庫に保管した。

「これらは出港時には必ず返却するし、入港中に貴殿らの安全がおびやかされることもない」

新八郎は預かった武器、弾薬を書き留めさせ、必ず返すという請文《うけぶみ》をそえてデルボーに渡した。

その内容は次のとおりである。

一、石火矢薬《いしびやくすり》（大砲火薬）　三十五桶《おけ》
一、石火矢玉（大砲弾丸）　六百八十四
一、鉄　砲　四十七挺《ちょう》
一、火縄なし小鉄砲　二十三挺

一、剣　　　　　　三百三十九腰
一、鉛　小玉　　　二　桶

船に装備した大砲を陸揚げすることはできないので、弾薬を預かることで武装解除させたのである。

リターン号が商売のために持参した品物についても、できるだけ詳細に書き留めた。主なものは中国産の絹織物や木綿、薬。それにヨーロッパ産の時計や眼鏡などである。この積荷の品質の善し悪しが、通商を許すかどうかの判断材料の一つになるのだった。

「貴殿らは高砂の近くの島におられたと聞いたが、異国の事情について知っていることがあれば詳しく教えていただきたい」

新八郎は聞き取り調査にかかった。

「昨年の六月、オランダの船が高砂で座礁し、三十人ちかくが鄭成功《ていせいこう》の残党に殺され、十数人が捕虜となりました」

デルボーはオランダ人がかくしている東南アジアの事情について語った。

明国の再興をめざしている鄭成功の残党は、台湾からオランダ人を追放し、華南の廈《ア》門《モイ》や金門島《チンメンタオ》にかけての海域を支配して貿易や海賊行為をおこなっている。彼らはオランダと敵対していて、オランダ船を見ると襲撃をくり返しているという。

「我らは捕虜となったオランダ人から、救出を求める手紙を預かって参りました」

デルボーは書状を差し出し、彼らの解放に力を尽くしてくれるように求めた。

通訳たちが訳した書状は、以下のとおりである。

「我々儀、本国へもまかり帰り申す様に、そこもと然《しか》るべきように御訴訟おおせ上げられ、日本まで召し寄せられ、本国へもまかり帰り申し候ようになさり下さり候ように、願いたてまつり候」

署名しているのは十一人。そのうち男は三人、女が八人だった。

解放を訴える書状は、鋭利な新八郎に、

(イギリス人たちは、どうしてオランダと敵対している鄭成功の残党と接触できたのだろうか)

という疑問を抱かせた。

一味と接触しなければ、捕虜たちの書状を預かることはできないはずだからである。

新八郎はその疑問をつきつめた末に、イギリスは彼らと良好な関係を保っているにちがいないと考えた。とするならオランダとは敵対しているはずで、両国は和解したというデルボーの話は嘘だということになる。

新八郎はその懸念を長崎奉行に奏上し、出島のオランダ人に事の真偽を確かめるように求めた。

奉行もすぐに同意し、オランダ商館長であるマルチヌス・カエサルのもとに新八郎らを遣わした。

「確かにオランダとイギリスは、五年前に平和条約をむすびました。ところが一年前にイギリスが一方的にこれを破棄し、戦を仕掛けてきたのでございます」

むっちりと太ったカエサルは、口ひげをねじりながらあっさりと認めた。

「では何ゆえ、前に問い合わせた時に両国は和解しているなどと申されたのでござろうか」

「イギリスの司令官《カピタン》が和解していると言っているのなら、それを認めたほうが事が丸くおさまると思ったのです」

「高砂や鄭成功一味との関係は、どうなっているのでござろうか」

新八郎は鋭く切り込んだ。

「高砂は鄭成功残党の支配下にあり、オランダの船が立ち寄ることはできません」

そのことを知ったイギリスはいち早く彼らと同盟し、台湾を日本進出の足がかりにしようとしているという。

「それならどうして、カピタン・デルボーは捕らわれたオランダ人の救出を訴えたのでござろうか」

「騎士道精神のゆえです。この国に武士道があるように、我々にも敵身方をこえた仁義があります」

カエサルはそう言って胸を張った。

真相を知った長崎奉行は、カエサルとデルボーに日本国内では争いを起こさないと約束させることにした。まず日本との交渉が長いカエサルに誓約書を書かせ、それをデルボーに示して同意させるという気の遣いようだった。

寛永十七年（一六四〇）にポルトガル船が長崎に入港して通商を求めた時には、幕府は船の乗員六十一人を打ち首にする強硬措置を取っている。

交渉を一歩まちがえればこうした事態を招きかねないだけに、新八郎ら長崎奉行所の役人たちの緊張は並み大抵ではなかった。

そうした間にも日は刻々とすぎていくが、江戸からの指示はなかった。

従来の鎖国令は、カソリックの国であるポルトガルやスペインを対象としたもので、他の国には適用されていない。これをイギリスにまで及ぼすべきかどうかは、日本の将来を左右するほど大きな問題である。

それに貿易の独占をもくろむオランダの介入もあって、決定に時間がかかったのだった。

幕府の決定が下るまで、イギリス人たちはリターン号の中でじっと待っている。これではさすがに気の毒なので、用がある時にはマストに旗をかかげて役人を呼ぶように申し付けた。

最初の用旗は六月七日に揚がった。船内の水と食料がつきたので、水、酒、野菜、鶏を補給したいというのである。

新八郎らはこれを許し、代金と引きかえに渡すことにした。

二度目は六月十一日。薪、酒、鶏、ビスケットがほしいという。また碇《いかり》を直す作業をしたいので、小舟を二艘《そう》拝借したいと求めてきた。

六月十五日には、水、豚二匹、らかん（豚の股肉《ももにく》の薫製）一つ、酒一樽《たる》。それに何でもいいから柑橘類《かんきつるい》がほしいという。長い航海の間にはビタミンCが不足し、壊血病《かいけつびょう》になる者が多いので、柑橘類の補給は死活問題だった。

六月十九日には「鶏五十羽、豚二匹、ビスケット、鵝鳥《がちょう》二羽、酒二樽、らかん二つ望むの由なり」と「エゲレス入津萬覚帳《よろずおぼえちょう》」に記されている。

日本の食料はイギリス人の好みに合ったらしく、要求は次第にエスカレートしていった。

幕府からの指示が届いたのは、入港から一カ月がすぎた六月二十五日のことだった。イギリスとの通商は認めないので、即刻出港させよという厳しい内容である。

新八郎らはリターン号に乗り込んでこの旨を伝えた。

「どうしてですか。あなたたちは商売は許されると言った。我々はそれを信じて、一カ月も船の中で待っていたのですよ」

デルボーは白い顔を上気させて抗議した。

「慶長十八年の朱印状によって、貴国との通商は許可されておる。それゆえ我々も大事あるまいと考えていたが、当時とは事情が変わったのでござる」

「何がどう変わったというのですか」

「貴国の国王は、ポルトガルの王女を妻になされておる。我が国が入国を禁じているポルトガルと親戚《しんせき》になられたゆえ、通商を認めることはできぬとの御諚《ごじょう》にござる」

十一年前の一六六二年、イギリス国王チャールズ二世は、ポルトガル国王ジョアン四世の娘カタリナを妻に迎えている。

その情報は出島のオランダ人たちからもたらされていた。

「そうですか。どうやらサボ野郎どもの差し金のようですな」

デルボーは悔しげに吐きすてた。

サボとはオランダ人が用いる木靴のことで、サボタージュの語源にもなっている。日本との貿易を独占したいカエサルらは、いろいろな伝《つて》を頼ってイギリスと通商しないように幕府に働きかけていたのだった。

「ご了解をいただきかたじけない。出港にあたっては万全の手配をいたすゆえ、入用なものは何なりと申し出ていただきたい」

新八郎は機先を制し、デルボーに反論の余地を与えることなく出港に同意させた。

だがデルボーらが素直に従うかどうか予断を許さない。そこで長崎警固を担当している佐賀鍋島藩に連絡を取り、兵を出して万一の場合にそなえるように要請した。

知らせを受けた佐賀藩は、島原半島北端の神代を領する神代左京《くましろさきょう》直長《なおなが》を急行させた。

佐賀藩が長崎警固を命じられたのは、寛永十九年（一六四二）からである。その二年前にポルトガル船の乗員六十一名を打ち首にした幕府は、報復攻撃にそなえて鍋島勝茂を長崎港の警固役に任じた。

正保《しようほう》四年（一六四七）に再びポルトガル船二隻が来航した時には、佐賀藩は八千三百五十人もの兵を出して警戒にあたり、国外に退去させるために中心的な役割をはたした。

これは日本を外国の侵略から守る重要な役目で、藩主となった光茂も『御代始書出』の第一条に「長崎御番は在陣同前の事」だと記し、家臣たちに油断のないように戒めている。

今度もイギリス船が命令に従って出港するなら何の問題もない。だが万一騒動を起こすようなことがあれば撃沈せよ。光茂は左京直長に断固たる命令を下し、深堀に待機してなりゆきを見守らせることにした。

一方佐賀でも、海戦になった場合にそなえて軍勢を編制し、命令があり次第、いつでも長崎に向かえる態勢をととのえた。

その頃、鳥山新八郎らは混乱なくイギリス船を出港させようと腐心していた。

必要なものは何でも調達するという約束をはたすために、六月二十六日、二十九日、七月五日と三度にわたって水や食料、酒などを補給した。

ところがイギリス船では代金を支払えないと言い出した。持参した金銀が底をついたので、積荷を売った代金を支払いに当てたいという。

そこで積荷の見本を預かり、どれほどの値段で買い取るかを奉行所直属の商人たちに確かめさせることにした。

見本としたのは銀の小箱、遠眼鏡《とおめがね》(望遠鏡)、眼鏡、時計などである。

これら舶来の品々は大坂や江戸に運べば驚くほどの高値で売れたが、問題は品質である。これまでオランダとは取引きしてきたが、イギリス船の品物は初めてなので、商人たちも念には念を入れて品定めをおこなった。

「たいがいの品々はオランダと大差ございませぬが、眼鏡だけはきわめて優れております。ガラスの加工技術が発達しているのでございましょう」

従来の品の二倍の値で売れるはずだという。新八郎はさっそく船に乗り込み、眼鏡はどれほど積んでいるか問い合わせた。

「見本として百六十二の眼鏡を渡しました。残りは鼈甲縁《べっこう》が四百、金縁《かねぶち》が七百ほどです」

デルボーの配下の会計係が答えた。

それだけあれば支払いに充分と判断した新八郎は、とりあえず停泊中に必要な品々だけを売り渡すことにした。

米八百斤、小麦三百斤、豚四匹、らかん三つ、酒三樽、ビスケット二十斤、鶏四十羽、カボチャ三つ、スイカ十、梨五十である。

一方、一千余人の佐賀藩部隊は、出港時に混乱が起こった場合にそなえて続々と長崎に向かいつつあった。

大部隊で移動してはイギリス人に脅威を与えるので、少人数ずつ諫早に入り、矢上《やがみ》宿に結集して左京直長の指示を待った。

また深堀では三十数艘の船を待機させ、五組に分けて持ち場を定めた。イギリス船と海戦になった場合の合図や戦法もこと細かに取り決め、左京の命令でいっせいに攻めかかることにした。

一、石火矢放ち候儀、左京船より鐘を啼《なら》し次第放ちしかるべき事。

一、火矢の儀、石火矢船同前に召し置き、石火矢合図これありてより見合次第、火矢を放ちかくるべき事。

軍令書にそう記されているので、大砲と火矢が主要な武器だったことが分かる。

イギリス船の最後の要求は、出航後に必要な五十日分の水と食料だった。デルボーが鳥山新八郎らに求めた品々は以下のとおりである。

米七千二百斤、小麦三百斤、豚十六匹、らかん四十、酒三十樽、たばこ三百斤、ビスケット二百斤、鶏百五十羽、塩百斤、カボチャ五十、梨三百、すいか五十、ぶどう五十房、薪七千八百斤、などなど。

新八郎らはこれらの品々を補給するかわりに、これまで掛け売りしていた分の精算をするので積荷を渡すように求めた。

「このたびは商売も許さずに出港を命じられることゆえ、オランダの貨物より高値にて買い取るよう、御奉行直々のおおせである。さよう心得るがよい」

新八郎がそう告げると、デルボーは代金に見合う品物を好きなだけ持っていくように言った。二ヵ月近い交渉で新八郎らがまったく不正をしないことが分かり、信用しきっていたのである。

日本人の道徳心の高さと実直で律儀な応対は、デルボーたちを驚嘆させたほどだった。新八郎は直属の商人に品物をあたらせ、量と価格を明記した書類を作らせた。

一、白紗綾《しろさや》九十反、代銀二貫八百八十目。

一、白縮緬《しろちりめん》百反、代銀四貫五百目。

一、飛紋《とびもん》紗綾百十反、代銀三貫五百二十目。

一、鼻眼鏡、数三十四ッ（入り）、十七箱。代銀三百四十目。

一、鼻眼鏡、数四ッ（入り）、四箱。代銀四十目。

一、白糸百斤、代銀四貫六百目。

眼鏡は合わせて五百九十四にもなるが、これは老眼鏡だったと思われる。

買い上げの合計は代銀十七貫七百四十目で、小判二百六十両三歩にあたる額だった。

七月二十六日、リターン号に出港命令が下った。新八郎はこれを伝えるために相役の検使や通訳たちとともに船に乗り込んだ。

デルボーらもこの命令に素直に従ったが、最後に預かっていた武器や弾薬を返す大仕事が残っている。武器を持ったとたんにイギリス船が反抗的な行動に出るおそれがあるので、交渉には細心の注意が必要だった。

「オランダ船や唐人船《とうじんぶね》の場合にも、預かった武具と石火矢の玉は港で渡し、玉薬の儀は船が沖に出てから渡しておる。貴船についても同様にいたすゆえ、ご了解いただきたい」

新八郎はデルボーにそう伝えた。

「分かりました。我々に異存はありません」

「我が国の領地や港において、石火矢や鉄砲を撃つことも禁じられておるが」

「それも了解しています。心配はありません」

「ならば、その旨を誓約する書状をしたためていただきたい」

「オー、何とも用心深いことだ」

デルボーはあきれたように首を振ったが、言われたとおり書状を記した。

「今日順風につき出船おおせつけられ、御意のおもむき畏《かしこ》まりたてまつり候。日本の御地にて石火矢打つまじく候、もっとも港にても石火矢ならびに鉄砲打つまじく候」

新八郎は通訳が訳した書状を見て安心したが、念のためにもうひと押しすることにした。

「今日港には諸国から軍船が集まり、貴船が無事に出港するかどうか見届けており申す。万一貴殿らが石火矢や鉄砲を撃ったなら、即座に攻撃を仕掛けるようにと命令を受けておりますので、さよう心得ていただきたい」

新八郎の言葉どおり、港には鍋島藩、大村《おおむら》藩が数十艘《そう》の船を出し、異変があればすぐに出撃できる態勢をとっていた。

風はあいにく止まっている。そこで奉行所から引船を出してリターン号を港の口まで引き出した。

東からの順風が吹きはじめたのは、その日の夜になってからである。新八郎らはこれを見届けた上で預かっていた火薬を返し、夜が明け次第碇《いかり》を上げて出港するように求めた。

デルボーらもこれに従い、二十七日の卯《う》の刻（午前六時）に港を出てジャワ島のバンテンに向かった。

これで一件は落着し、神代左京ら鍋島藩士も深堀を出て帰国の途についた。佐賀藩がこの警備のために動員した人数は約千五百人、船は三十四艘だった。

光茂は新八郎らの働きを賞賛し、家臣たちに次のように語っている。

「長崎は異国の手当にて大事の御番なり。しからば異国に対し、日本の恥をかかぬ所が肝要の目当なり。自然御制禁船着岸、一戦に及ぶ時は我等一番に討死する覚悟なり。これ日本の恥をかかぬ根本なり」

佐賀藩がこうした覚悟をもって警固にあたっていたからこそ、新八郎ら長崎奉行の役人も堂々とデルボーらと渡り合うことができたのだった。

第十七話　介錯人権之丞《ごんのじょう》

昔より侍の頼まれて不祥《ふしよう》なる事は介錯に極り候由《よし》申し伝え候。その子細は、首尾よく仕舞ひ候ても高名にもならず、自然仕損じ候へば一代の怪我になり候。

『葉隠』聞書第七—二十四節

天和《てんな》二年（一六八二）、佐賀鍋島藩は財政危機にあえいでいた。

二年つづきの大洪水で田畑が荒れはてたところに、昨年の旱魃《かんばつ》による飢饉《ききん》にみまわれ、領内には餓死者が出る有り様である。

藩ではお救い米を出してこれを助け、治水工事をおこなって田畑の復旧につとめたが、そのために藩庫の貯えは底をつき、家臣の扶持《ぶち》を切り詰めて経費を節減せざるを得なくなっていた。

この年、『葉隠』の語り手である山本常朝は二十四歳になり、名を権之丞《ごんのじょう》と名乗っていた。藩主光茂の信任も厚く、御小姓役として身近に仕えている。

三月には光茂の帰国に従い、六月には山村助太輔《すけだゆう》の娘を妻に迎えた。名を松子という。家中は窮乏の度を強めていたが、権之丞にとっては順風満帆の日々だった。

ところが異変は思いがけない形でやって来た。

十一月十日の夜、権之丞は体の不調をおぼえて早目に床についていた。冷え込みがきつい日がつづいたので、悪化させては明日の仕事にさわると、大事をとって横になったのだった。

浅い眠りに落ちていると、新妻の松子が、

「旦那《だんな》さま、旦那さま」

沢部《さわべ》さまから使いの方が見えられましたと、遠慮がちにゆり起こした。

すでに亥《い》の下刻（午後十一時）をすぎている。今頃何の用だろうといぶかりながら玄関に出ると、顔見知りの中間が沢部平左衛門《へいざえもん》の文《ふみ》を差し出した。

「明日にも切腹のご沙汰《さた》があるようなので、ご迷惑とは存ずるが介錯《かいしゃく》をお願いしたい」

丁重な書体でそう記されている。

平左衛門は中野神右衛門の孫で、権之丞の従兄弟《いとこ》にあたる。沢部家に養子に行ったものの、介錯は中野一門の者に頼みたいというのである。

権之丞の背中にぞくりと寒気が走った。

血を見ることさえ嫌な質《たち》である。しかも新婚の身なので介錯などしたくはなかったが、武人として卑怯《ひきょう》な真似をするわけにはいかなかった。

権之丞は綿入れを羽織り、文机《ふづくえ》に向かって返事をしたためた。

文章は次のとおりである。

「御覚悟のほど、かねて拝察していたとおりでございます。介錯を頼むとのこと、了解いたしました。一旦《いったん》はお断りするべきかと思いましたが、明日のことゆえ、今となってあれこれ言う場合でもないと思い、お引き受けすることに致しました。人も多い中で私に申し付けられたこと、まことに有難く本望と存じております。この上は万端ご安心下さい。夜中ながらおっつけお宅へうかがい、お目にかかってから委細ご相談させていただきます」

中間に文を渡して出かける仕度をしていると、

「こんな夜分に、何事でございますか」

松子がいぶかしげにたずねた。

「役向きのことで、相談があるそうだ」

権之丞は言葉をにごした。

介錯などと言えば、松子は恐ろしさのあまり一晩中眠れなくなるだろう。家に一人残していくのに、そんな目にあわせるわけにはいかなかった。

供の中間に提灯《ちょうちん》を持たせ、夜道を急いだ。

すでに霜が下りて、道は凍りついたように白く輝いている。空には高く月がかかり、冴《さ》え冴《ざ》えとした青い光を放っていた。

沢部家の表門はぴたりと閉ざされていたが、先ほど使いした者がくぐり戸の前で待ち受けていた。案内されるままに屋敷に入り、奥の仏間で平左衛門と対面した。

従兄弟とはいえ、歳は離れている。五十ちかくになる偉丈夫で、すでに白装束に着替えて切腹の仕度をととのえていた。

「夜分にすまぬ。他の者に頼んだが、引き受けてもらえなくてな」

一門とはいえ、いざとなるとあてにならぬと、平左衛門は涼やかに笑った。

家中で一、二を争う槍《やり》の達人で、首も腕も仁王のように太い。気性もさっぱりとして、誰からも好かれていた。

「何ゆえのご沙汰でございましょうか」

権之丞は切腹の理由をたずねた。

「つまらぬことじゃ。公用の金に手をつけたことが発覚してな」

「使い込み、ということでしょうか」

「借用しただけじゃ。秋に年貢が入れば返すつもりで、二両の金を拝借した。ところが飢饉のせいで入るものが入らなかった」

「平左どのともあろうお方が、どうしてそのようなことを」

「娘が重い病をわずらったゆえ、薬を買《こ》うたのじゃ」

長崎で清《しん》国わたりの良薬が手に入ると聞いたが、十両もの高値だった。八両は何とかかき集めたが、残りの二両がどうしても工面できない。そこで悪いと知りながら公金に手をつけたという。

「明日、家老座での評定で正式に処分が決まる。おそらく今夜が生涯最後の夜になろう」

平左衛門は覚悟の定まったおだやかな顔をして、家の者に酒の仕度を命じた。

権之丞はかける言葉も思いつかないまま、夜が明けるまで黙々と酒を酌み交わしたのだった。

翌朝、一睡もしないまま登城し、二の丸御殿の御小姓詰所に入った。

五人の相役たちは、仕事の合間に平左衛門の件についてあれこれ噂していた。普通は年末に帳簿をしめることになっているので、それまでに二両を戻しておけば問題にはならなかった。

ところが今年はお救い米を用立てるために各部署から金を集める必要が生じ、臨時の帳簿改めがおこなわれた。そのために平左衛門の使い込みが発覚したという。

権之丞は何も知らないふりをして書物の整理をしていたが、介錯のことを考えると緊張と不安で体が小刻みに震えた。

どうか家老座で寛大な処分を下してほしい。年寄役の中野将監正包《しょうげんまさかね》は一門なので、何とか穏便におさめてくれるはずである。心の中で祈りながら、処分が下るのを待っていた。

正午すぎになって、大目付の山本五郎左衛門《ごろうざえもん》が訪ねてきた。権之丞の兄武弘の子なので甥《おい》にあたるが、年は二十も上だった。

「処分が下った。今夜だ」

将監も尽力したが、他の家老衆の厳しい意見を封じることができなかった。家中一丸となって財政難を乗り切ろうとしている時だけに、腹を切らせねば他への示しがつかないという意見が大勢を占めたという。

「介錯を頼まれたそうじゃの」

「昨夜、平左どのと会ってまいりました」

「さぞ無念であろう。たかが二両のために……」

五郎左衛門はあたりをはばかって声を落とした。

「娘御の薬代に窮してのことと承りました」

「将監どのもそう言って助命を願われたが、このご時世じゃ。どうにもならぬ」

「このこと、又兵衛さまには」

知らせたのかとたずねた。

又兵衛は平左衛門の父で、権之丞にとっては叔父《おじ》にあたる人だった。

「いや。こういう時には、本人以外には使者を遣わさぬのが仕来りでな」

「では、それがしが使いをいたします」

権之丞は私用で早退すると届け出、中野又兵衛の屋敷を訪ねた。

又兵衛は六十七歳になる。老いの身でこのような目にあうとはと力を落としたが、名門中野家の武士らしくすぐに気持ちを立て直した。

「妻をめとったばかりのそなたには酷な役目であろうが、立派に送ってやってくれ」

後日礼に参上するからと、まるで仏に向かうように手を合わせた。

権之丞はその足で平左衛門を訪ねた。

「父の所にまで、立ち寄ってくれたそうだな」

五郎左衛門がそう知らせたと、平左衛門は改めて礼を言った。

「そなたの親切は言葉につくせぬほど有難い。そなたが引き受けてくれたゆえ、こうして心静かに腹を切ることができるのじゃ」

「有難きおおせ、侍冥利《みょうり》につきまする」

ここで涙など見せては成仏のさまたげになると、権之丞は崩れそうになる気持ちを懸命に支えた。

「今日は一日暇だったのでな。このようなものを作ってみた」

平左衛門が戸棚から軸を取り出し、権之丞の目の前で開いてみせた。

介錯を承知したと記した権之丞の文を、軸に表装したのである。金襴《きんらん》の布《きれ》をつかい風帯までつけた立派なものだった。

「あまりに見事な文ゆえ、子孫の心得にしようと思ってな。見映えがする筆さばきゆえ、わしの命日に茶会などする時は掛けよと申し付けておく」

「それほどの物ではございませぬ。おそれ多いことでございます」

「謙遜《けんそん》にはおよばぬ。この一行など、日頃心が定まっておらねば書けぬことじゃ」

平左衛門は「明日の儀、唯今になり何かと申す場にてもこれなく候。則《すなわ》ち御請け合い致し候」という所をさし、

「今がその時と思い切る覚悟がなければ曲者《くせもの》にはなれぬ」

とつぶやいた。

後に常朝がこの文を『葉隠』の中に収録したのは、平左衛門のこの言葉に深い感銘を受けたからだった。

「心ばかりじゃが、今のうちに礼をしておきたい」

平左衛門は長押《なげし》にかけた十文字槍を取り出し、庭先に下りていくつか形《かた》を披露した。さすがに家中で一、二を争う遣い手だけに、腰が据わり足のはこびがなめらかな見事な技だった。

「これは小十文字と申してな。当家に代々伝わった家宝じゃ。わしの形見として、もらい受けてくれ」

「かたじけのうござる。生涯持槍《もちやり》といたしまする」

権之丞はためらいなく拝領した。

「介錯《かいしゃく》をつとめるのは初めてであろう」

「さようでございます。心得などをご伝授いただければ有難く存じます」

「わしはこう座る」

平左衛門が切腹の姿になり、介錯の場に立てと申し付けた。権之丞はかねて教わったとおり、背後から左側に回り込んだ。

「そこに立って清め水を刃《やいば》に受ける。そうして右八双に構えて時を待て」

当人が腹に脇差《わきざし》を突き立てる瞬間に刀をふり下ろすのが作法だが、中には存分に腹を切らせてくれという剛の者もいる。だが多くの場合は気力が萎《な》えて身悶《みもだ》えるので、あまり時間を与えずに打つべきだという。

苦痛のために体が動けば、目測が狂って仕損じる可能性が高くなるからだ。

「首はうなじから頤《おとがい》にそって切り落とす。わしの姿をよく見よ」

平左衛門は扇子を脇差に見立て、腹に突き立てる仕草をした。うなじから頤の線はほぼ真下に向かっている。そこを切るには、刀を垂直にふり下ろさなければならなかった。

「それゆえ八双から上段の構えを取れ。初手《しょて》の者は八双のまま刀をふるうゆえ仕損じる。苦痛に耐えようとしてあごを引く者が多いゆえ、なおさら真下に刀をふるわねばならぬ」

平左衛門はつと立ち上がり、このようにするのだと扇子をふり下ろした。切っ先の動きまでが見えるような鮮やかな技だった。


切腹は戌《いぬ》の刻（午後八時）。城下はずれの大財國相寺《おおたからこくそうじ》においてと決められていた。

権之丞は日のあるうちにいったん家に戻り、松子に粥《かゆ》の仕度を申し付けた。

緊張のあまり食欲はない。だが腹に何かを入れておかなければ力が出ないと、目をつぶって口の中に流し込んだ。

「お加減がすぐれぬのでございますか」

顔色が悪いと松子が案じた。

「風邪のせいであろう。しばらく休む」

暮れ六つになったら起こしてくれと頼んで、権之丞は夜具に横になった。心臓は上ずったように鼓動を打っているが、昨夜から一睡もしていないので、いつの間にか眠りに落ちていた。

六つの鐘が鳴りやまぬうちに、松子がゆり起こした。権之丞は冷たい水で顔を洗い、仏壇に手を合わせた。

まず主君の無事を祈る。次に親、それから神仏のご加護を願うのが、亡き父の教えである。ひたすら主君の無事を祈っていると、介錯も我が身のためではないと思えてきた。平左衛門に切腹を命じたのは、主君光茂である。その執行のために介錯人をつとめるのは奉公なのだ。そう分かったとたんに気持ちがすっと軽くなり、両肩にのしかかる重圧から解き放たれた気がした。

権之丞は二尺三寸の差し料をとって庭に出た。

剣術の鍛錬はひととおりつんでいるが、まだ人を斬ったことがない。刀をふり下ろした瞬間、どんな手応《てごた》えがあるか分からないので、力の入れ加減をはかれなかった。

頭に切腹の座を思い浮かべながら、平左衛門に教えられたとおりに動いてみる。後ろから回り込み、左側に立ち、刃に清め水を受けて右八双に構える。平左衛門が腹をえぐったなら、上段の構えから頤にそって刀をふり下ろす。

あまりに真下になれば鎖骨に当たるし、斜めに剣をふるえばあごに当たる。しかも相手は苦痛に身悶えするおそれもあるのだから、素早く正確な太刀さばきをしなければならなかった。

権之丞は平左衛門の頑丈な首を思い描き、うなじをめがけて何度も刀をふり下ろした。

泣きたい気持ちをこらえながら、どうすれば正確な一撃をふるえるかと工夫をこらした。たどりついた方法はただ一つ。

平左衛門の左肩にぶつかるくらいに体を寄せ、ひざを曲げ腰を落としながら、押し切るように刀をふるうことである。そうすれば体の弾力に負けないし、薄暗い中でも目測をあやまることはないはずだった。

定刻の半刻《はんとき》ほど前に、権之丞は大財國相寺についた。

境内には切腹の座がしつらえてあり、大勢の者たちが見物に詰めかけていた。

佐賀では、切腹は武士の生き様《ざま》を示す最後の手段だと思われている。それゆえ藩士たちも見苦しい真似をしないように日頃から心の鍛錬をつんでいるし、一般に公開して覚悟のほどを領民に示すことにしていた。

見物人の中には平左衛門の一門衆や組仲間、手明槍、足軽などもいて、一番前に陣取っていた。

これでは表門からは入れない。権之丞は裏口に回り、寺の小僧に案内されて庫裡《くり》に入った。

部屋には検使役と平左衛門の組頭である千葉頼母《たのも》がいた。

「若いのに大儀じゃな」

頼母が介錯を引き受けてくれた礼を言い、平左衛門は本堂で読経《どきょう》をしていると告げた。

「未熟者でございます。よしなに」

権之丞は一礼して次の間に上がり、半跏趺坐《はんかふざ》して静かにその時を待った。

〈庫裡より裏の様に平左衛門同道にて出で申し候。さ候て、死場所残る所なく潔く御座候につき、介錯も仕《し》よく御座候いき〉

常朝は自ら編んだ『年譜』にそう記している。

翌日、権之丞はつとめを休み、仏間にこもって平左衛門の冥福《めいふく》を祈った。主君への奉公だと覚悟を決めてしたことだが、己れの罪深さにおののかずにはいられなかった。

「権之丞、おるか」

玄関で山本五郎左衛門の声がした。

松子が応対に出ると、昨夜の首尾は見事であったと声高にほめている。権之丞は皆まで言わせぬ先に玄関まで走り出た。

式台には黒塗りの大きな箱と角樽《つのだる》の酒がおかれていた。

「おお権之丞、昨夜は大儀であったな」

自分は所用で行けなかったが、使いにやった者が様子を知らせてくれた。見物衆が口々にほめるほど見事な介錯ぶりだったそうではないかと、五郎左衛門は機嫌良くまくしたてた。

松子は初めて事情を知り、権之丞にいたわるような目を向けた。

「お陰で中野一門の面目が立った。これは褒美《ぎょうよう》じゃ」

五郎左衛門が箱を開け、梨子地《なしじ》に杏葉《ぎょうよう》の紋のついた鞍《くら》と鐙《あぶみ》を取り出した。

これは鍋島紀伊守が島原の乱で用いたものを、権之丞の父重澄が褒美としていただいたものである。

山本家ではこれを家宝とし、嫡男の武弘、その子五郎左衛門と秘蔵してきた。それを分家の権之丞に与えるとは並々ならぬ厚遇だが、権之丞は喜ぶ気にはなれなかった。

「大事なつとめの後じゃ。無理もあるまい。ゆっくり休んで体をいとえ」

五郎左衛門はまた出直してくると早々に帰って行った。

角樽は首桶《くびおけ》に似ている。

権之丞は平左衛門の首が桶に入れられたことをまざまざと思い出し、凍りついたように立ちつくした。体が小刻みに震え、鼻の奥にむせかえるような血の匂いがした。

権之丞はうずくまり、つき上げてくる吐き気に耐えた。

「旦那《だんな》さま、大丈夫でございますか」

松子が背中をさすろうとした。

「寄るな」

権之丞はその手をはねのけ、今は不浄の身だとしぼり出すような声で告げた。

介錯の時あまりに深く踏み込んだために、噴き出す血をまともにあびた。やがて生まれてくる子供のためにも、潔斎がすむまでは松子に触れさせたくなかった。

「何を申されますか。わたくしはあなたの妻ですよ」

苦しいことも辛《つら》いことも一緒に引き受けてこその夫婦《めおと》ではないかと、松子はためらいなく背中をさすった。

「お松、すまぬ。すまぬ」

権之丞は松子の腕にすがり、声をあげて泣いた。

この苦しみを一人で持ちこたえるには、権之丞は若すぎる。だが松子と二人でなら、何とか乗り切れそうな気がした。

翌月十六日、権之丞は御書物役に抜擢《ばってき》された。

本人は何も記していないが、介錯《かいしゃく》を無事にやり遂げた覚悟のほどが賞されてのことだった。

第十八話　三家格式

惣《そう》じて器量の奉公人、知恵深く御意見など申す人は、我が手柄に仕《し》成《な》し、殿には恥をかかせ申す事、古来数多《あまた》見及《およ》び申し候。御意見などと申すは、殿の思召寄《おぼしめしより》にて、御自身思召し置かれ候と（ご自身のお考えで思い直されたのだと）、皆人存じ候様《よう》に密々に仕り、殿の悪事は我が身に引きかぶり候こそ、御譜代《ごふだい》の士の覚悟とは申すべく候。

『葉隠』聞書第五―四十六節

沢部平左衛門の切腹は、中野一門にとって大きな痛手だった。

中でも年寄役の中野将監正包は、国許《くにもと》の一門を統率する立場にあるだけに、ひときわ心を痛めていた。

ただ一つの救いは、山本権之丞（後の常朝）が見事に介錯をやり遂げたことだ。おかげで主君光茂の心証も良くなったし、家中の者たちに対しても面目を保つことができた。

そこでその日のうちに権之丞にねぎらいの手紙を書き、翌月には書物役《かきものやく》に抜擢されるように推挙したのだった。

権之丞の父神右衛門重澄は、将監の従兄弟《いとこ》にあたる。

重澄は七十歳にして生まれた末子のことを常々案じていたが、権之丞は思いのほかに立派に成人している。そのことが将監を二重に安堵《あんど》させていた。

ところがこの頃の佐賀藩は、財政窮乏ばかりか本家と三家の争いという厄介な問題を抱えていた。その火種が将監のもとに持ち込まれたのは、年も押し詰まった十二月の二十日過ぎだった。

「江戸からの早馬《はやうま》でございます」

知らせを受けて玄関に出ると、中野数馬利明の使者二人が泥まみれの姿で平伏《ひれふ》していた。

外は雨がふっている。ぬかるみの中を前になり後ろになって馬を飛ばして来たために、馬がはね上げる泥水を頭からかぶったらしい。

「これをご披見下されませ」

油紙で包んだ書状には、「江戸にいる綱茂が来年早々にも三家の統制策を打ち出すように求めている。光茂もこれに同意しているようだが、今のままでは鍋島家を二分する騒動になりかねないので、善処していただきたい」と記されていた。

「善処とな」

「殿と三家の和解をはかっていただきたいのでございます」

使者の一人が急《せ》き込んで答えた。

「そのようなことは分かっておる」

これまで数馬も家老たちも解決できなかった問題を、善処の一言ですますとはあまりにも虫がいいではないか。将監はそう思い、不平の一つも言わずにはいられなかった。

三家とは小城藩七万三千石、蓮池藩五万三千石、鹿島《かしま》藩二万石のことだ。三家の祖は初代勝茂の息子である紀伊守元茂、甲斐守直澄、和泉守直朝《なおとも》だった。

二代忠直が若くして他界したこともあり、勝茂は三人に領地を分けて支藩とすることで、本家に万一のことがあった場合にも鍋島家が存続できるようにした。

この狙いは勝茂が健在なうちは問題なく機能した。元茂ら三兄弟は忠直亡き後の本家をよく支えたし、本家の家臣たちも三兄弟を主君同様に尊重した。

ところが時がたち三兄弟の子がそれぞれの藩主になると、本家との付き合いは疎遠になった。本家の者たちは三家を家来筋と見なすようになり、三家の側では本家と同格だと主張する。そのために互いの言い分はくいちがい、ことあるごとに対立するようになった。

このことについて『葉隠』は次のように記している。

〈勝茂公が他界されて光茂公の御代《みよ》になると、江戸お育ちなので御家の古い事を御存知なされず、重臣たちも御家風を心得ず、高伝寺の月堂様（元茂）の御霊屋《みたまや》を他所《よそ》へ移し、垣で仕切り、御三人を公儀御三家の格にして三家と名付け、付々の衆を陪臣としてあつかうようになった。彼らが登城した時にも家臣のように玄関口に待たせ、すぐには面会しようともせず、万事に粗略にするようになったために、三家の家臣たちは腹を立て、

「御家の譜代でこの鍋島藩をきずき上げたのは我々である。しかるにこんな風に蹴下《けお》ろしたような扱いを受けるのであれば是非もない。二度と登城などいたすものか」

そう高言して佐賀を立ちのいた〉

これ以後、問題はこじれにこじれ、三支藩は本家から独立する動きを見せた。

これに対して世子の綱茂は強硬策を取りつづけ、三家の当主たちを力ずくで押さえ込もうとした。

たまりかねた三人は、綱茂の非を訴える口上書を連名で本藩に差し出した。

その中に次の一条がある。

〈一、信州（綱茂）は我々に対し、たとえば加賀守（小城藩主直能《なおよし》）に会われた時は和泉守（鹿島藩主直朝）を嘲弄《ちょうろう》され、和泉守に会われた時は加賀守や摂津守（蓮池藩主直《なお》之《ゆき》）を悪しく批判される。このようなことは人の上たる者の御行為とは思われず、遺《い》憾《かん》千万である。このように思慮のない御行為は若年のためと思われるが、以後御言動を慎んでいただきたい〉

この口上書が出されたのは延宝七年（一六七九）で、時に綱茂二十八歳。すでに若年という歳ではなく、思慮分別も充分にそなえている。

なのにあえてこうした分断策をこうじたのは、藩主になる日にそなえて家中の統一と指揮命令系統の一本化をはかろうとしていたからだ。

それから三年が過ぎたが、対立は一向におさまらない。そこで綱茂は『三家《さんけ》格式《かくしき》』という本家と三家の分際を明記した法案を起草し、光茂に実行を迫っていたのである。

数日後、将監は二の丸の光茂を訪ねた。

幼ない頃、翁助と呼ばれていた光茂も、すでに五十一歳になる。体力、知力ともまだまだ旺盛《おうせい》だが、年をとるにつれて祖父勝茂と同じように短気で怒りっぽくなっていた。近臣たちは逆鱗《げきりん》にふれまいと、かしこまって言いなりになっている。

感受性が人一倍鋭い光茂はそのことに苛立《いらだ》ち、ささいなことでも叱りつけるので、近臣たちはますます萎縮《いしゅく》するのだった。

「殿、今年もいよいよあと七日でございますな」

将監は無事に一年を過ごせたのは光茂のお陰だと礼を述べ、お聞き届けいただきたいことがあると切り出した。

「申せ。何じゃ」

「来年の初春の祝いに、小城の加賀守さまを招き、酒など酌み交わしていただきとう存じます」

「加賀守じゃと」

光茂が端正な顔をゆがめてにらみつけた。

小城藩主の座を下りた直能は、紀伊守から加賀守へ官名を変更したいと幕府に願い出、問題なく許されている。ところが光茂や綱茂は、加賀守は藩祖直茂の官名なので僭越《せんえつ》だと、この名で呼ぶことを許していなかった。

将監はそれを承知で平然と加賀守と呼び、和解をはかるべきだと進言したのである。

「その名を聞くさえいまわしいのに、何ゆえ酒など酌み交わさねばならぬ」

「ご本家と三家の和は、肥前を守る要《かなめ》でございます。三家との和をはかるには、まず小城との溝を埋めなければなりませぬ」

「なぜ急にそのようなことを申す。包みかくさず本音を言え」

「肥前の安泰は家臣、領民の願いでござる。それを実現することこそ我らのつとめ。他意などございませぬ」

「そちの底意は分かっておる。余をたばかるつもりか」

光茂は将監が江戸にいる綱茂の動きを止めるために動いていると思い込んでいる。それゆえ余計に腹を立て、追って沙汰《さた》をするので屋敷で控えよと申し付けた。

将監はやむなく引き下がり、門を閉じて沙汰を待った。

こうした場合には切腹を申し付けられることが多い。家族や家臣たちは息を詰めてなりゆきを見守っていたが、将監は常のごとく碁石などを並べながら時をすごした。

忠義の第一は殿に諫言《かんげん》して腹を切ることというのが、中野家の家訓である。だが弱輩の身では諫言もできないので、ひたすら努力して立身し、御家の大事と見極めた時に行動を起こす。

将監もそう肚《はら》をすえて年寄役になり、今こそその時だと思って光茂に諫言した。

しかし細々と理屈を並べては光茂の非を鳴らすことになるので、三家との和を願っているとしか言わなかったのだった。

その日の夕方、光茂の使者が来た。

奉公ぶりが不遜《ふそん》なので、明日の朝までに大財國相寺で腹を切れという。沢部平左衛門が果てたのと同じ寺だった。

「有難きおおせ。しかと承り申した」

将監は異議なく命令に従うことにしたが、この世のなごりにもう一言申し上げたいことがあるので、殿に取次を願いたいと頼んだ。

「どのようなお話でござろうか」

使者は自分にまで責任がおよぶのではないかと逃げ腰になっていた。

「殿にしか申し上げられないことでござる。そうお伝え下され」

使者はやむなくとって返し、光茂の許しを得て戻ってきた。ただし今は夕餉《ゆうげ》の最中なので、あと半刻《はんとき》ほどしてから出仕せよという。

「かたじけのうござる。それでは西の丸にて待たせていただくことといたそう」

将監は使者とともに歩いて登城した。

「中野どの、殿はお許しになられるご意向ですぞ」

それゆえここはわびを入れよと、将監と同じ五十がらみの使者が忠告した。

「お心遣い、かたじけない」

将監は礼を言ったものの、城門をくぐると光茂がいる二の丸御殿に真っ直ぐに向かった。

「ま、待たれよ。今は」

夕餉の最中だと引き止める使者をふり切り、松の間のふすまを無遠慮に開けた。

光茂は愛妾《あいしょう》のお婦里《ふり》に給仕をさせて酒を呑《の》んでいた。

「何事じゃ。半刻後にと申し付けたではないか」

「たしかに承りましたが、残り少なき命ゆえ」

待ってはいられなかったとわびを入れ、ぜひとも三家との和をはかってくれとくり返した。

「手討ちが望みか」

光茂が冷えた目で見すえた。

「常に一命を賭《と》してお仕え申し上げて参りました。どのような処罰を受けてもかまいませぬが、最後の願いだけは聞き届けて下されませ」

「それゆえ底意を……」

光茂はそう言いかけて我に返り、お婦里に席をはずさせた。

「将監、そちはいくつになった」

「殿とさして変わりませぬ」

「息子がおったな」

「ご恩をこうむり、家中で禄《ろく》をいただいております」

「歳はいくつじゃ」

「二十五に相成ります」

「それではそろそろ跡目のことが気になるであろう」

「わしも同じじゃと、光茂は『三家格式』と表書きした巻物を取り出した。

綱茂が起草した法案で、三家が本家の意向に従うべきこと十二ヵ条、三家の勝手次第に裁量できるもの八ヵ条が明記されていた。

鍋島藩全体の統一性を保つのに必要な事柄は前者に、支藩の自由に任せた方が良いと思われるものは後者に分けている。

「いかがじゃ」

「落ち度なきはからいと存じまする」

長年藩政にたずさわってきた将監の目から見ても、非の打ち所がない出来である。綱茂は藩政にくわしい家臣たちを集め、長い検討をかさねて草案を練り上げたにちがいなかった。

「そちが急に三家との和を言い出したのは、わしがこの案に同意することをはばむためであろう」

「とんでもないことでございます。このように立派な草案があるとは、今の今まで存じませんでした」

自分もこの案には賛成だし、是非とも実施してもらいたいが、そのためにも三家との和解が必要だと力説した。

「今のように対立したままこの案を押しつけては、三家はいっそう反発を強めましょう。それを防ぐためにも、和解をして心のしこりを取りのぞくことが大切と存じます」

「そうよな。して、何か手立てはあるか」

「加賀守さまを初春の祝いに招き、これまでの仕打ちをわびていただきとう存じます」

「分かった。そちに任すゆえ、よきにはからえ」

光茂はようやく明るい顔になり、そちも付き合えと盃《さかずき》を差し出した。

将監はすぐにも加賀守直能を訪ねたかったが、対立しているさなかなので会ってもらえないおそれがある。そこで妻の縁つづきの者を小城に先発させ、明日将監が訪ねてくるが悪い話ではないので会ってほしいと伝えさせた。

この根回しが功を奏し、直能はすぐに対面に応じた。

直能の父紀伊守元茂は家中随一の知恵者といわれ、弟の忠直が急死して家督相続問題が起こった時、翁助を老中に対面させる奇策を用いて相続を認めさせることに成功した。

いわば今日の光茂の大恩人だが、四十年以上も前のことだし、元茂も他界して久しいので、直能の立場も次第に軽んじられるようになっていた。

「丹波守《たんばのかみ》（光茂）どのの懐刀が急にご来訪とは、いかなる風の吹き回しかな」

直能は六十一歳。思慮分別を充分にわきまえた年回りである。それなのにこんな皮肉な迎え方をするところに、本家に対する反発心が如実にあらわれていた。

「殿は新年を機に、ご当家との関係を修復したいとお考えでございます。それゆえ正月七日の鎧《よろい》始めの酒宴に、加賀守さまのご臨席をたまわりたいとおおせでございます」

「修復したいとは、山代郷《やましろ》（伊万里）の領域争いについてであろうか」

直能が鋭く反応した。

小城藩は伊万里湾の近くに飛地を持っているが、境界をめぐって本家と争っている。それを解決できないままなので、領民の暮らしにも迷惑をおよぼしていた。

「それがしは存じませぬが、決して悪い話ではありますまい」

「何ゆえそう思う」

「それがしが加賀守さまとお呼びするのを、殿はお許しになりました。ご両家の和をはかる時は、今をおいてないものと存じます」

直能はそれを聞いてしばらく考え込み、招きに応じる決断をしたのだった。

一月七日、直能が後継者とした嫡男元武《もとたけ》をともなって登城した。

光茂は自ら表門まで出迎え、二の丸御殿で対面におよんだ。

「加賀守どの、本日はご足労いただきかたじけない」

光茂は上座から下り、直能を対等な相手としてもてなした。

「近頃ご当家との間にむずかしい争いが起こり、いまだに片付かないと聞いている。これも余の不徳のいたすところで、非は当方にある。綱茂には三家への礼節をわきまえるように申し聞かせておくゆえ、年長者で経験も豊かなそなたが、皆のまとめ役となって解決の道をさぐってほしい。このとおり、お頼み申す」

光茂は両手をついて深々と頭を下げた。

「もったいない。お顔を上げて下され」

直能は一間ばかりも後ずさり、臣下の礼を取った。

「有難いご心中、よくよく分かり申した。年寄りの私がついていながら、若い者たちにこのような問題を起こさせ、まことに申し訳なく存じております。これからはおおせのとおりにいたしますので、少しもご心配なされませんよう」

直能は別室に控えていた元武を呼び、二人そろって本家への忠誠を誓った。

酒宴の席に移る前に、直能は将監を呼んで礼を言った。

「お陰で無事に落着した。この恩は終生忘れぬ」

「それは良うございました。それがしはただ、殿のお申し付けに従っただけでございます」

礼なら殿に言ってほしいと、将監はひたすらへり下って自分の手柄を打ち消した。

「皆まで申すな。そちの胸中はよく分かっておる」

「ならば一つ、お願いを聞いていただけましょうか」

「申せ。何なりと」

「殿のご恩に報いるために、これを了解していただきとうございます」

将監は『三家格式』の草案を示し、光茂がこの発令を望んでいると打ち明けた。

「これは江戸の綱茂公の差し金じゃな」

直能はさっと目を通し、急に表情を険しくした。

「信濃守さまがお作りになったものでございますが、この先御家の長久をはかるためには必要なことと存じます」

「さようか。丹波守どのが頭を下げられたのは、これを認めさせるためであったか」

「殿は何もご存じありませぬ。この機会を逃すまいと、それがしの一存でお頼み申し上げております」

「ならば拒むこともできるか」

「その時には、殿のお許しも得ずにこのようなお願いをした僭越《せんえつ》を、腹を切っておわびするほかはございません」

将監はその覚悟をみなぎらせた目で、直能をひたと見すえた。

「さすがに中野家の侍よ。聞きしにまさる曲者《くせもの》よな」

直能は苦笑を浮かべて用意の書状を差し出した。

熊野の牛王宝印に血判し、本家への忠誠を誓ったものである。直能は将監の話を聞いた時から覚悟を定め、あらかじめ神文を用意して会見にのぞんだのだった。

「かたじけのうござる。殿がさぞお喜びになられることでございましょう」

将監は直能の潔さに心を打たれ、けっして三家をないがしろにしないと誓った。

神文を見た光茂は大いに喜び、酒宴では自ら仕舞を披露して直能らを歓待した。

直能は約束どおり蓮池、鹿島の両藩主を説き伏せて『三家格式』に同意させ、二月二十二日に発令のはこびとなった。

これは将監の働きの賜物《たまもの》だが、彼はこのことを生涯誰にも語らなかった。

〈この事御前（光茂）へ申し上げ候段、将監終《つい》に他言仕《つかまつ》らず、ひとえに御前の思召寄に仕成《しな》し申し候。実に忠臣の心入れにて候〉

『葉隠』はそう伝えている。

第十九話　一夜《ひとよ》の蚊帳《かや》

鍋島十太夫家来黒川小右衛門《しょうえもん》女房討返し（仕返し）の事。

小右衛門女房は山城殿（勝茂の四男、直弘）家来蒲原喜兵衛娘にて候。小右衛門身上三石にてうひ〳〵しき体《てい》（つつましやかな様子）にて芦原に居り申し候。隣に徳永三左衛門と申す者罷り在り候。三左衛門は十太夫家老分にて、有徳（金持ち）の者なり。

『葉隠』聞書第八―六十二節

塗炭《とたん》の苦しみという言葉がある。

泥や火の中にいるようなひどい状態のことだ。佐賀鍋島藩の財政状況がまさにそれだった。

もともと豊かな藩ではない。三十五万石のうちに三家も分家を作っているので行政効率は悪いし、牢人《ろうにん》しても藩外に出ることを許さないので慢性的に人があまっている。

その上近頃は五代将軍綱吉《つなよし》の代替わりの祝いや佐賀城天守閣の修理で出費がかさんだ上に、数年つづきの飢饉《ききん》や旱魃《かんばつ》である。

藩ではこれを切り抜けようと倹約を徹底したばかりか、家臣に三分の上知《じょうち》を強制した。高禄《こうろく》の者も下級の者も等しく給与を三割削られるのだから、ぎりぎりの暮らしをしてきた者ほど痛手は深刻である。扶持米《ふちまい》だけでは食べていけず、親類縁者から銭を借りて急場をしのぐ有り様だった。

佐賀城下の芦原《あしはら》に住む黒川小右衛門もその一人だった。

扶持はわずかに三石。しかも手明槍と呼ばれる無役なので、役料もいっさい入ってこない。この収入で妻と二人の子供をやしなうのは土台無理な話で、借金に借金を重ねる苦しい生活を強いられていた。

だが小右衛門は内職しようなどという了見は持ち合わせていない。殿が手明槍を命じられたのだからひたすら耐えてお声がかかる日を待つしかないと、山に行って鳥を射落としたり、川に行って魚を突いたりして日々をすごしていた。

ある年の秋、獲物の山鳥を抱えて家に戻ると、妻の千代が改まってお願いがあると切り出した。

「今度の十五日に祭りに来ないかと、実家の父がさそってくれました。お前さまも一緒にということですが、よろしゅうございますか」

「それは有難い話じゃ。久々に坊主どもの顔を見せてやれるではないか」

千代の実家の蒲原家は五十石取りなので暮らし向きも豊かである。みやげを持っていくこともできないが、八つと五つになった息子を連れていけば、千代も面目が立つだろうと、小右衛門は二つ返事で了解した。

「ついては、実家から借りていた蚊帳を持って行きたいのでございます」

「さようか。しかしあの蚊帳は」

隣の徳永三左衛門に質入れして銭を借りている。銭も返さないのに受け出すことはできなかった。

「それは分かっております。分かっておるゆえ言い出せなかったのですが、祭りには叔《お》父《じ》の一家や妹夫婦も泊まりに来るそうですから、きっと蚊帳が足りますまい」

実家の大町《おおまち》は湿地が多く、この時季にもまだ蚊に悩まされる。それが分かっているのに蚊帳を持ってこなかったと思われたくないのだと、千代はいつになく強情だった。

「十五日の夜だけでいいのでございます。翌日には返しますので、その間だけ」

「分かった分かった。これから頼みに行ってくるゆえ、そのように急《せ》っつくな」

小右衛門は苦笑して千代の肩を叩《たた》き、まだぬくみの残る山鳥を持って立ち上がった。

本当は行きたくないし、こんなことを頼める立場でもない。

しかしただでさえ千代には苦労のかけどおしなのだから、里帰りする時くらいはいい顔をさせてやりたい。借りた蚊帳を借金の形《かた》に質に入れたという負い目を、叔父や妹の前で持たせるのはあまりに不憫《ふびん》だった。

三左衛門の屋敷は二町ほど離れた所にあった。

小右衛門と同じ鍋島十太夫の家中で、家老分として三百石を食《は》んでいる。利殖の才にたけた男で、困窮した家臣や領民に銭を貸しつけて高い利息を取っていた。

小右衛門もこれまで何度も銭を借りたが、返済どころか利息も入れられないので、近頃では質種《しちぐさ》がなければ貸してもらえなくなっていた。

屋敷の表門は、家老分らしくいかめしい四足門《しそくもん》である。小右衛門はそれをさけて裏口に回り、勝手口の門の窓から下女に取次を頼んだ。

普通なら迷惑がられるところだが、山鳥を見せると差し入れに来たと思ったらしく、難なく中に通してくれた。

「ほう、見事に仕止めたものよの」

三左衛門も大きな山鳥に相好を崩した。

四十半ばの小太りの男で、鳥鍋《とりなべ》が大の好物なのである。

「今日は天気も良うござったゆえ、背振山まで足を伸ばして参りました」

小右衛門はしばらく狩りの苦労話をしてから、質に入れている蚊帳を十五日の夜だけお借りしたいと頼み込んだ。

「あれは借銭の形に預かったものだが」

三左衛門がとたんに不機嫌な顔になり、返せというからには銭を用意してきたのだろうなと迫った。

「面目なきことながら、銭はござらぬ。実は妻の実家に行くことになり、急に入用になりまして」

「夫婦仲が良くて結構なことだが、銭を返さなければ蚊帳をいただくと借用証文にも書いてある。武士に二言はあるまい」

「そこを曲げてお頼み申す。このとおりでござる」

小右衛門は恥を忍んで土下座までしたが、三左衛門は銭が先だと突っぱねた。

「これまでそちにいくら貸しておると思っておるのじゃ。それを一文たりとも払わずに質種を返せとは、あきれて物が言えぬわ。そのような了見ならば、二度と当家の敷居をまたぐな。もし背いたなら、討ち捨てにしても構わぬと証文を書いていけ」

三左衛門はさんざんなじった上に、こんなもので取り入れると思ったら大間違いだと山鳥を投げ返した。

ここまで侮辱されては是非もない。小右衛門は言われたとおり証文を書き、このままでは済まさぬと覚悟を決めて引き下がった。

「首尾はどうでした。徳永さまは頼みを聞いて下されましたか」

家に戻るなり千代がたずねた。

「ああ、祭りの夜には返して下さるゆえ心配するな」

小右衛門は千代の楽しみを奪うまいと嘘をついた。

「良かった。あのようなお方ゆえ、さぞ嫌なことを言われたのではないかと案じていたのですよ」

「蚊帳を一晩借りるだけだ。大騒ぎするほどのことではあるまい」

翌日から小右衛門は友人知人を訪ね歩き、十五日の夜に蚊帳を貸してくれと頼み込んだ。

千代の実家から借りたものではなくても、蚊帳を持っていけば面目が立つ。そう思って方々に頭を下げ、道場に通っていた頃の仲間からようやく借り受けることができた。

十五日は千代の実家に戻り、皆で祭り見物に出かけた。

初穂を献じて収穫に感謝する秋祭りで、神社の境内には村中の者が集まっている。ささやかながら露店も出て、水飴《みずあめ》や焼き菓子などを売っていた。

千代は子供二人の手を引いて歩きながら、知り合いに会うたびに丁重な挨拶《あいさつ》をかわしている。その顔がいかにも晴れやかなので、小右衛門は祭りに連れてきて良かったとしみじみと思った。

これが自分には生涯最後の祭りになる。せめて妻や子供たちに思い出なりとも残してやりたいと、いつになく快活に振る舞っていた。

「父上、あれ食べたい」

五つになる下の子が、露店の店先に盛られた餅《もち》を指さした。

よもぎや紅花《べにばな》で色をつけたつき立ての餅が、いかにも旨《うま》そうに湯気を上げている。日頃は子供たちもねだったりはしないのだが、祭りの浮き立った雰囲気につい誘われたのだった。

「そうだな。美しい餅じゃ」

小右衛門はそう応じたが懐に銭はない。どうしたものかと困っていると、

「お爺《じい》さまの家で夕餉《ゆうげ》の仕度がしてあります。いっぱい食べて元気なところを見せましょうね」

千代が機転をきかせて子供たちを他所《よそ》へ連れていった。

その夜は千代の実家で歓待され、小右衛門も久々に酒を呑《の》んだ。蚊帳《かや》も借りたものと見分けがつかないほど上等で、何の問題もなく一夜をすごすことができた。

ところが千代の両親は、貧しい暮らしぶりを察していたらしい。翌日家に帰る時に、祭りの引出物だからと言って新米二升を持たせてくれた。

小右衛門は家に戻ると借りた蚊帳を返しに行き、ひそかに身の回りの整理をはじめた。

子供たちに残してやれる物をひとまとめにし、不義理をしていた筋に挨拶に出向くと、手明槍の組頭にあてて三左衛門の家に討ち入ることになったいきさつをしたためた。

ただ一つの心残りは、子供たちに餅を買ってやれなかったことである。

そこで討ち入りの前日、実家からもらってきた新米を糯米《もちごめ》に換え、紅花をまぜて美しい色の餅をつき上げた。そうして子供たちが寝入ってから枕元にそっと置いた。

千代は子供たちを懐に抱くようにして眠っている。起こして事情を話しておこうかと思ったが、組頭にあてた文を文机《ふづくえ》に置いて黙って家を出ることにした。

夜は白々と明けていく。小右衛門は鶏鳴が夜明けを告げるのを待ち、三左衛門の屋敷の表門に立って声をかけた。

「徳永三左衛門、先日の罵《ば》詈《り》雑言《ぞうごん》、侍として許しがたい。討ち果たすゆえ、尋常に勝負せよ」

そう叫んだが返答はなかった。屋敷の中は静まり返り、門は固く閉ざされたままだった。

「出て来い三左衛門、証文通り討ち捨てにしても構わぬぞ」

何度呼ばわっても、三左衛門は出てこなかった。まともに戦っては勝ち目がないので、裏の家に住んでいる弟の与左衛門《よざえもん》に使いをやり、急を知らせて助太刀を頼んだのだった。

与左衛門は腕に覚えがある男で、小右衛門が手強《てごわ》いことも知っている。そこで、三左衛門に小右衛門の注意を引きつけさせ、背後から討ち果たす計略をめぐらした。

「何じゃ。朝っぱらから騒々しい」

三左衛門は今気付いたふりをして表門まで出たが、門を開けようとしなかった。

「姿を見せたら討ち捨てにすると申したであろう。さあ来い、遠慮はいらぬぞ」

小右衛門が中に向かって喰《く》ってかかるのを見すまし、後ろに回った与左衛門が斬りつけた。

その寸前、小右衛門が気配を察してふり返った。

与左衛門の切っ先は、左の頭部をそぎ落としただけで急所をはずれた。

「おのれ、卑怯者《ひきょうもの》が」

小右衛門はふき出す血をぬぐおうともせず、上段から打ちかかった。

一撃、二撃とかわされても委細かまわず打ちかかり、相手を斬り捨てるまでやむこと

がない。それが小右衛門が学んだタイ捨《しゃ》流の剣法である。

与左衛門は、小右衛門の死に物狂いの気迫に押され、後ろに下がる拍子に小石に足を

取られてあお向けに倒れた。小右衛門も折り重なって倒れ、互いに腕をつかんでの組み

打ちになった。

この時、三左衛門が外に飛び出して助太刀をしていたなら、小右衛門を討ち取ること

ができたはずだが、門の扉を開けることもできずに下人たちが駆けつけるのを待ってい

た。

組み打ちが長引くにつれて、怪我を負った小右衛門の体力は失われていった。上にな

り下になりした揚句、組み伏せられて首を押し切られそうになる。

小右衛門は最後の力をふりしぼって体を入れ替え、ひざで相手の股間《こかん》を突き上げた。

与左衛門がうめきを上げる隙に素早く立ち、立ち上がりざま切っ先で腹を刺した。

その時、後ろから徳永家の下人三人が駆け寄ってきた。

小右衛門は前後から攻撃される不利をさけるために、土塀を背中にして迎え撃つ構えを取った。

「手出しは無用じゃ。見ておれ」

腹を刺された与左衛門は、怒りのあまり一対一の勝負でけりをつけると言い出した。

これでは助かるまいと観念し、恥ずべき立合いはしたくないと思ったのかもしれない。

傷の痛みをものともせずに斬りかかり、小右衛門の横腹をえぐる致命傷をおわせたが、自身も失血のあまり歩けないほどの深手を負っていた。


ちょうどその頃、千代は不吉な胸騒ぎを覚えて目をさました。

隣に寝ているはずの夫がいない。眠ったままの子供たちの枕元には、小右衛門が丹誠込めてあつらえた餅が二つずつ並べてあった。

（もしや……）

昨日夫が急に餅をつくと言いだした時から、千代は妙だと思っていた。実家に持っていった蚊帳が、借りた物とはちがうことにも気付いていた。

それゆえ徳永三左衛門との間に行きちがいがあったことは薄々察していたが、夫が言いたがらないことを無理に聞き出すのもはばかられて、気付かないふりをしていたのだった。

千代は飛び起き、床の間の刀架《とうか》に置いた大小がないことに気付いた。

朝の散歩くらいなら大小を差していく人ではない。いっそう激しくなる胸騒ぎに急《せ》き立てられて部屋を改めると、文机の上に手明槍の組頭にあてた文があった。

三左衛門とのいきさつと、討ち果たした後に腹を切る決意が、簡潔に記されている。

(そんな、まさか)

千代は信じられなかった。たかが蚊帳ごときでと言ったのは夫である。それなのにどうして命のやり取りをするほどの大事になるのか……。

だが、そうではないと分かるのにさして時間はかからなかった。

夫がどんな辛《つら》い思いで今の境遇に耐えているか、屈辱をこらえながら何度も三左衛門に頭を下げてきたか、千代にもよく分かっている。その我慢の緒が、今度のことで切れたにちがいなかった。

(私のせいだ)

実家の父母にいい顔をしたくて蚊帳のことを頼んだために、夫を抜き差しならない所へ追い込んだのである。そう気付くと、千代は夫の後を追って表に出た。

すると前方から知り合いの村人が駆けつけ、三左衛門の屋敷で小右衛門が斬り合っていると告げた。

(遅かった……)

千代はすぐに家に引き返し、助太刀をしようと鎌をつかんで走り出した。

時すでに遅く、小右衛門は三左衛門の屋敷の前でうつぶせに倒れていた。

左の額をそぎ落とされ、横腹を深々とえぐられて腸《はらわた》が流れ出している。あたりの地面は血に染まり、戦いの激しさを物語っていた。

「お前さま、お前さま」

千代は夫を膝《ひざ》に抱いて呼びかけた。

小右衛門はうつろな目を開け、力弱くほほ笑んだ。

「私のせいでございます。私があんなことを頼まなければ」

そうではないと、小右衛門はかすかに首をふった。そうして何かを言おうとしたが、声にできぬまま事切れた。

(子供たちを、頼む)

夫はそう言おうとしたと、千代には分かっていた。

だが、子供たちは実家で面倒を見てもらえばよい。今は是が非でも夫の無念を晴らさねばならぬ。千代はそう決意し、夫の脇差《わきざし》を引き抜いて表門の前に立った。

門扉はぴたりと閉ざされ、呼びかけても答えはない。瀕死《ひんし》の夫を打ち捨てて知らないふりをしていたのかと、千代は怒りと悔しさのあまり我を忘れた。

「三左衛門、夫の仇討《あだうち》じゃ。出て来ぬか」

髪ふり乱して門扉を叩《たた》いたが、三左衛門は関わり合おうとしなかった。

小右衛門を討ち果たしたのは、証文に背いたからだと言い訳ができる。だが千代まで討てば責任は重大なので、門扉ばかりか取次用の窓まで固く閉ざしていた。

「三左衛門。この卑怯者《すくたれ》が」

千代は村中に聞こえるような叫びを上げ、裏口に回って勝手口の門の窓を脇差の鐺《こじり》で突き破った。

その音を聞きつけて、ようやく三左衛門が出てきた。

「おのれ、さんざん人の世話になっておきながら、逆うらみしおって」

三左衛門は下女に長刀《なぎなた》で追い払えと命じた。

下女は千代の顔を見知っている。不憫《ふびん》とは思いながら長刀を突いて門の窓から遠ざけようとした。

千代はその寸前に身を引いて切っ先をかわし、再び窓ににじり寄る。二度、三度とくり返しても同じことである。

あまりのしつこさにカッとなった下女が、肩に傷を負わせて追い払おうと長刀を鋭く突いた。千代はよけもせずにケラ首をつかみ、両手で引いて奪い取ろうとした。

下女も奪われまいと引き戻そうとする。それを見た三左衛門が加勢に駆けつけ、二人で思いきり引いたが、千代は長刀の柄を握りしめたまま離さない。しばらくもみ合っているうちに、安普請の門がぱったりと内側に倒れた。

三左衛門と下女は支えを失って尻餅《しりもち》をついている。千代は素早く立って二人の前に仁王立ちになり、凄《すさ》まじい形相で三左衛門をにらみつけた。

「なぜじゃ。なぜ一夜《ひとよ》の蚊帳《かや》を貸そうとせぬ」

「銭を返さぬからじゃ。わしの落ち度ではない」

三左衛門は気圧《けお》されて立ち上がれないまま後ずさった。

「情さえあるなら、どうにでもできたことではないか」

「これ以上甘やかしてはならぬ。こらしめてやらねばならぬと思ったのだ。本気で言うたことではない」

「こらしめじゃと。返せる銭なら、とうに返しておるわ」

千代はそう叫びざま眉間《みけん》に斬りつけた。

浅手を負った三左衛門は、はいつくばって床の下に逃げ込もうとした。

千代がその尻にもうひと太刀あびせた時、裏の与左衛門の家から下人三人が駆け戻った。

三人は与左衛門の手当てをしていて、表の騒ぎに気付かなかったのである。

「乱心者じゃ。斬れ、斬れ」

三左衛門が声をあえがせて命じた。

三人に囲まれた千代は長刀をひろって戦おうとしたが、隙だらけの背中を袈裟《けさ》がけに斬られ、二の太刀で首を打ち落とされた。

この事件は噂となって城下に広がり、小右衛門夫婦に同情が集まった。中でも夫の無念を晴らそうとした千代の健気《けなげ》さが、貧しさに苦しむ多くの者たちの涙をさそい、藩としても本格的な調査に乗り出さざるを得なくなった。

その結果、三左衛門は下人に千代を斬らせた科《とが》で切腹。与左衛門は対等の勝負をしたと認められて無罪となったが、腹に受けた深手のために他界した。

〈与左衛門は九月一日に相果て申し候。三左衛門は同四日に切腹仕り候〉

『葉隠』はそう伝えている。

小右衛門の子供たちは千代の実家に引き取られ、周囲の庇護《ひご》のもとに立派に成長した。この子らを大切に育て上げなければ鍋島武士の名折れだと、佐賀中の者たちが眦《まなじり》を決して援助の手を差し伸べたのである。

この事件以後、子供の無事を願う親は紅花をまぜた餅を節句ごとに枕元に置くようになったという。

第二十話　忍ぶ恋

恋の部《はま》りの至極は忍ぶ恋なり。「恋ひ死なん後の煙にそれと知れ終《つい》にもらさぬ中の思ひは」かくの如きなり。命の内（生きているうち）にそれと知らするは深き恋にあらず、思ひ死の長《た》けの高き事限りなし。

『葉隠』聞書第二—三十三節

佐賀鍋島藩は相変わらずの財政危機にあえいでいた。

領民は厳しい年貢の取り立てに苦しみ、家臣は扶持《ふち》を削られた上に支給も延び延びになりがちで、商人や分限者《ぶげんしゃ》から借銭をしなければ食べていけない状況がつづいている。

こんな時こそ主従一丸となって苦難を乗り切るのが佐賀鍋島藩の伝統だが、初老にさしかかった藩主光茂は家中の苦しみなど意に介さぬかのように向陽軒《こうようけん》と名付けた隠居所の建設を推し進めていた。

佐賀城本丸の東側にあった重臣の屋敷を取り壊し、寝殿造《しんでんづく》りを思わせる雅《みやび》やかな御殿をきずいている。屋敷の一角には大きな書庫を建て、まわりに白砂をしきつめた庭を広々と配していた。

これにはひそかな目的がある。

光茂は少年の頃から和歌が好きで歌道の勉学にはげんでいたが、祖父勝茂から文弱に流れてはならぬと叱責《しっせき》され、和歌に関わることを禁じられた。

それ以来表立って歌を詠むことはなくなったが、歌道への思いは断ちがたく、三十歳をすぎてから本格的に歌の道に打ち込むことにした。

光茂の念願は歌学界最高の秘伝といわれる古今伝授を受けることである。

そのために秘伝を受け継いでいる三条西実教に弟子入りする一方、和歌に関する古今の名著を向陽軒の書庫に集めることにしたのだった。

貞享《じようきよう》四年（一六八七）三月十六日、向陽軒が完成し光茂の移徙《わたまし》がおこなわれた。鍋島家にとっては久々の祝い事である。光茂は暗い世相をふり払おうとするかのように盛大な儀式をおこない、家臣や領民にまで祝儀の餅をくばった。

祝いの客が帰った後、光茂は書院に山本権之丞（後の常朝）と山本五郎左衛門を呼び、みずから盃《さかずき》を与えた。

権之丞は二十九歳になり、書写物《しよしやもの》奉行に任じられている。光茂が古今伝授を受けるために必要な古書の写本を作る役目で、向陽軒の書庫の管理も任されていた。

権之丞の長兄の子である五郎左衛門は、一年前に大目付に任じられ、向陽軒の造営奉行を命じられた。財政困窮という逆風の中での難しい仕事だが、期限どおりに完成にこぎつけたのである。

「五郎左、よう成し遂げた」

光茂は五郎左衛門の労をねぎらい、愛用の扇子を与えた。

「かたじけのうございます。お役に立つことができ、今日まで生きてきた甲斐《かい》がございました」

五郎左衛門は二十歳の頃に喧嘩《けんか》に巻き込まれ、あやうく落命するほどの重傷を負っている。その危機を乗り越えて大目付にまで立身しただけに、感慨もひとしおのようだった。

「権之丞もよくやっておる。そちが推挙してくれたお陰じゃ」

「殿のご薫陶を受けたゆえでございましょう。それがしは不調法にて、古書や歌学のことは何も分かりませぬ」

「近々、また京都に行ってもらわねばならぬ。権之丞、仕度に抜かりはあるまいな」

「お任せ下されませ。すでに各方面への手配もすませております」

歌学の名著の大半は、藤原定家の子孫である冷泉《れいぜい》家や三条西家に相伝されている。その家を訪ねて書物を借り受け、書写させてもらうのが権之丞の役目だった。

出版の技術も低く複写機もない時代なので、稀少本《きしょうぼん》は写し取るしかない。しかも公家《くげ》が相伝している本は門外不出にしている場合が多いので、写本を作らせてもらうには複雑な交渉と莫大《ばくだい》な謝礼が必要だった。

御前を下がると、権之丞は五郎左衛門の家に招かれた。

「今日は満願じゃ。たまにはゆっくり呑《の》もうではないか」

五郎左衛門の屋敷は、向陽軒のすぐ南側にある。造営奉行を務めるのに便利なように光茂が役宅を与えて引っ越すように命じたのだった。

「このような厚遇をしていただけるのも、生きていればこそじゃ。権之丞、犬死にしてはならぬぞ」

五郎左衛門は酔うほどに感極まり、若い頃に命懸けの斬り合いをしたことを語った。

きっかけはささいなことだった。

はねた泥水が袴《はかま》にかかったと、供の草履取りが他家の小者と喧嘩をはじめたのである。

五郎左衛門は関わりになるなと草履取りをたしなめたが、争いはますます激しくなり、騒ぎを聞いて駆けつけた小者の倅《せがれ》がいきなり背後から五郎左衛門に斬りつけた。

五郎左衛門は右の肩から腰のあたりまで斬り割られる重傷を負ったが、刀を抜いて応戦し、ついに相手を追いつめてとどめを刺した。

この時の様子を、『葉隠』は次のように伝えている。

〈相手を打ち伏せ候てより張り合いぬけ、腕なえ申し候故、咽《のど》に刀をあて、足の指に刀を挟み、咽を蹴《け》切り申し候〉

腕の力が急に抜けたので、相手の喉首《のどくび》に刀を当てて足で踏み切ったというのである。

五郎左衛門はそうした修羅場を乗り越え、初老の歳まで立身をつづけてきたのだった。

「あの時切腹をまぬかれたのも、こうして大目付になれたのも、すべて殿のお陰じゃ。そのご恩を思うとかたじけなさに泣けてならぬ」

五郎左衛門は外聞もはばからずに涙を流し、殿のために命を捨てるのが当家の家訓だとしつこいほどにくり返した。


向陽軒での仕事はひと筋縄ではいかなかった。

都で公家から拝借してきた歌集や歌論書を書き写し、誤りがないかどうかを確認する単調な仕事だが、いずれも貴重な書物なので、紛失したり傷付けたりしないようにひときわ慎重にあつかわなければならない。

また原本が古い書体で記されているので、正確に読み取り、一字一句間違わないように写し取ることが求められる。歌学や書体についての知識を必要とする根気のいる仕事なので、権之丞は細心の注意を払いながら進めていった。

和歌には幼ない頃から親しんでいる。光茂の小姓をしていた頃には歌の相手をつとめたこともある。万葉人《まんようびと》のように相聞歌《そうもんか》を詠み合い、二十七歳も上の光茂に恋心に似た感情を抱いたものだ。

光茂がその後のことを忘れずに書写物奉行に抜擢《ばってき》してくれたことが嬉《うれ》しくて、権之丞は寝食を忘れて仕事に没頭していたのだった。

もう一つ、嬉しいことがあった。四月の中頃になって、妻の松子が懐妊したのである。

「お松、まことか」

「お医者さまが間違いないと申されました。九月には生まれるようでございます」

「でかした。ようやった」

権之丞は天にも昇る心地で松子の腹に手を当てた。

初めての女子は三年前に生まれたが、わずか二歳で他界した。

その時権之丞は、自分は父が七十歳の時に生まれた子なので体質が弱い。だからこの子も生きることができなかったのだと、小さな遺体を抱きしめて悲しみにくれたものだ。

もう二度と子宝に恵まれることはあるまいと諦《あきら》めていただけに、神仏から特別な褒美をいただいたように嬉しかった。

「今度は男の子だといいですね」

「どちらでもよい。丈夫に生まれてくれることを祈るばかりじゃ」

そして無事に成長してほしいと、権之丞は仏壇の前で手を合わせた。

新しい命は、先祖から受け継いだ血を未来に伝えてくれる。その連綿とつづく流れを自分の代で断ち切りたくはないので、生まれてくる子にかける期待には切なるものがあった。

「食費を惜しまず栄養をとれ。これから梅雨に入るゆえ、水当たりにも気を付けよ。それから毎日の運動も欠かさぬようにな」

権之丞はそう言いながら、幼ない頃に父から同じ注意をされたことを思い出した。それほど自分のことを案じてくれていたのだと、今さらながら有難さが身にしみた。

七月十八日、権之丞は非番だった。

お盆の行事に追われて家を留守にすることが多かったので、朝から家の掃除を手伝ったり、庭の草取りをして過ごした。

「お気遣いいただかなくていいのですよ。歌のお勉強もなさらなければ」

松子は自分の仕事だからと、かえって恐縮していた。

「遠慮するな。たまの休みぐらい手伝わせてくれ」

産み月まであと二ヵ月と迫り、松子のおなかは丸くふくれている。体にいいから家事は欠かすなと言っているものの、大儀そうな妻の動きを見ているとじっとしていられなかった。

夕方、半鐘が聞こえた。

あわただしく打ち鳴らす音が城の方から聞こえてくる。権之丞は草取りの手を止めて表に飛び出した。

向陽軒のあたりから煙が上がっている。松林にさえぎられてしかとは見えないが、火勢は激しいようだった。

（まさか……）

火元が向陽軒なら書庫が危ない。権之丞は総身《そうみ》から血の気が引くのを覚えながら、陣《じん》笠《がさ》に合羽《かっぱ》という火事装束で現場に向かった。

大通りは水弾《みずはじ》きや手鉤《てかぎ》を持った火消したちでごったがえしている。路地を抜けて向陽軒の前に出ると、南側の山本五郎左衛門の屋敷が炎に包まれていた。

主屋の二階から煙が噴き出し、軒先から炎がチロチロと赤い舌を出している。やがて天井も屋根も突き破って燃え上がるのはさけられない状態だった。

（いったい、どうして）

大目付まで務める五郎左衛門が火事など起こしたのか。親戚《しんせき》だけにひときわ家族のことが案じられたが、このままでは南からの海風に吹かれて火が向陽軒に燃え移るおそれがある。それを防ぐのが先決だと書庫に駆けつけた。

すでに十人ばかりの部下が集まり、白砂の上に大型の水弾きをすえて類焼した場合にそなえている。土蔵造りの書庫の扉をぴたりと閉ざし、どこからも火が入らないようにしていた。

それでも完全に類焼を防げる保証はないのである。

「扉を開けよ。今のうちに借り上げた本だけは持ち出せるようにしておかねばならぬ」

権之丞は公家《くげ》たちから借りた貴重な本を長持に納めさせ、水をかぶった場合にそなえて油紙で包むように命じた。これらの書物に万一のことがあれば、光茂まで責任を負わなければならないのである。

万全の仕度をととのえた時、光茂が数人の小姓を連れてやって来た。

「権之丞、ようやった。扉は開けたままにしておけ」

「それでは火が飛び込みかねませんが」

「余が防ぐ。火が移った時には、その長持を担ぎ出す指揮をとれ」

光茂は開いた扉の真ん中に陣取り、体を張って類焼を防ぐ構えを取った。

古今伝授に対する思いはそれほど強いのである。権之丞は光茂の覚悟をひしひしと感じ、向陽軒の間近で火事を起こした五郎左衛門の失態を怨《うら》まずにはいられなかった。

火は夜半まで燃えつづけ、明け方になってようやく鎮火した。光茂は夜半に御殿に戻ったが、権之丞は一晩中長持の側に張りつき、いつでも書庫から運び出せる構えを取っていた。

夜が明け火事場から煙が立たなくなったのを見届けると、権之丞は書庫をいつものように閉ざし、光茂に無事の報告をした。

「ここはもうよい。五郎左の屋敷の様子を見て参れ」

一門ゆえ気がかりであろうと、光茂はやさしい気遣いをした。

五郎左衛門の屋敷は跡形もなく焼け落ちていた。かすかに蒸気が立ちのぼる焼け跡には、酸っぱさのまじった焦げた臭いがただよっている。

焼け出された家族や家臣たちは、庭の片隅にひと固まりになって茫然《ぼうぜん》としていた。

「五郎左衛門どのは、どうなされました」

権之丞は顔見知りの家臣にたずねた。

「分かりませぬ。我々も手分けして捜しているところでございます」

夜半まで消火の指揮をとっていたが、いつの間にかいなくなったという。

「お母上や奥方さまはお疲れでございましょう。ひとまずそれがしの屋敷で休息なさるがよい」

権之丞は松子のもとに使者を走らせ、一行を迎える仕度をしておくように申し付けた。

年上とはいえ、五郎左衛門は甥《おい》にあたる。こうした場合には叔父《おじ》の働きをしなければならなかった。

「権之丞どの、かたじけのうございます」

五郎左衛門の妻が手を合わせ、老母や女中たちを連れて権之丞の屋敷へ向かった。

身の回りの品を持ち出すのがやっとだったらしく、誰もが着のみ着のままで悄然《しょうぜん》と歩いていく。突然の不幸に打ちひしがれた姿が、事の重大さを物語っていた。

権之丞は現場に残って火事の後始末にかかったが、仕事は容易ではなかった。

五郎左衛門が役目上保管していた鍵《かぎ》や帳簿などの無事を一つひとつ確認し、担当の役人に引き渡さなければならない。出火の原因を調べに来た目付や、見舞いに来る重臣たちにも対応しなければならず、目の回るようなあわただしさだった。

夕方になって五郎左衛門が八戸《やえ》の本宅にいたという知らせがあった。

「何をしておられるのじゃ。すぐにこちらにお戻り下されと伝えよ」

一人だけ本宅に難をさけるとは敵前逃亡も同じではないかと、権之丞は使いの者を叱りつけた。

「それが……、ご自害なされておられたのでございます」

失火の責任を取って龍雲寺《りゅううんじ》の墓地で割腹していた。それゆえ今まで発見できなかったという。

権之丞は失望に打ちのめされながら、山本家の菩提寺《ぼだいじ》である龍雲寺を訪ねた。

五郎左衛門は先祖の墓の前に筵《むしろ》を敷き、切腹の座をしつらえて命を絶っていた。腹を切っただけでは死にきれなかったらしく、頸動脈《けいどうみゃく》を深々と切っている。

血まみれの筵に突っ伏した顔は、無念と苦痛にいたましいばかりにゆがんでいた。

(五郎左衛門どの、何と軽率なことを)

火事の詮議《せんぎ》がすまないうちに腹を切るのは、責任を放棄したも同じである。そんなことも分からないのかと、権之丞は腹に力が入らないようなやる瀬なさを覚えた。

二日後、五郎左衛門の処分が決まった。

出火の責任をとってのこととはいえ、主君光茂の沙汰《さた》が下る前に自害したのは不届きであると、家禄《かろく》も役料も没収。嫡男の権右衛門は牢人《ろうにん》を命じられた。

こうした場合にはすべての後始末を終え、出火の原因について報告した後で、光茂の沙汰を待つのがまっとうな身の処し方である。それができなかったのは気が動転していたか、失火の不名誉に耐えられなかったからだ。

その不覚悟が、火を出したこと以上に厳しくとがめられたのだった。

累は権之丞にもおよんだ。

「主《あるじ》から申しつかりました。ご披見いただきますよう」

中野将監の使者が上書きのない書状を差し出した。

一門の不祥事ゆえお側をさしはずすとのご沙汰である。そう記されている。書写物奉行を解任し、無役にするという意味だった。

「承り申した。将監どのによろしくお伝え下され」

権之丞は冷静に応じたが、内心ひどく動揺していた。

古今伝授を受けることは、光茂の長年の夢である。そのために尽力できることに誇りと喜びを感じてきただけに、急に奈落《ならく》の底に突き落とされた気がした。

それに役料が入らなくなれば、家計はとたんに困窮する。松子の産み月も近いので、生活の不安は切実だった。

「こういうことだ。しばらく辛抱してくれ」

将監の書状を松子に見せて事情を打ち明けた。

「大丈夫ですよ。お殿さまは旦那《だんな》さまのお仕事ぶりを必ず見ておられます」

失火以来、五郎左衛門の家族の世話に追われているのに、松子は弱音ひとつ吐かなかった。

七月二十六日、権之丞は登城を命じられ、将監に付き添われて光茂の御前に出た。

「案ずるな。そちの働きは皆が知っておる」

将監は対面所に入る前に権之丞の肩を軽く叩《たた》いた。

残暑が厳しく、城中はむし風呂《ぶろ》のような湿気におおわれている。光茂は涼しげな麻の着物を着て、扇子であわただしく胸元をあおいでいた。

「そちに落ち度がないことは分かっておる」

だが五郎左衛門があのようなことを仕出かしたからには、このまま召し使うわけにはいかぬと、光茂は気の毒そうに釈明した。

「もったいないお言葉、骨身にしみて有難く存じます」

「しばらく無役ではあるが、そちに申し付けた仕事はつづけてもらわねばならぬ。分かっておろうな」

「つづけても良いのでございましょうか。書写物役を」

「そちに代わる者はおらぬ。やがて役に復すゆえ、無役の間に歌学の研鑽《けんさん》をつんでおくが良い」

光茂はそう命じたばかりか、必ずこの役をやり遂げるという覚悟を血判誓紙を出して示せと迫った。

「古今伝授を受ける時も、師に誓紙を出す決まりがある。権之丞、そちも余に向かって誓いを立てよ」

「かたじけのうございます。身命を賭《と》して、必ず……」

感激のあまり後は言葉にならなかった。

誓紙はすでに用意されていて、前書きには「殿の大願が成就するまでは、書写物役としてお仕え申し上げることをお誓い申し上げる」と記されている。

権之丞は喜びに震える手で誓紙に署名し、親指を浅く切って血判をついた。これで家臣の誰よりも強く、光茂と結びつくことができたのである。それはまさに忍ぶ恋の成就にも似た感激だった。

冒頭にかかげたのは、常朝が『葉隠』の筆記者である田代陣基に常々語っていた言葉である。この恋が念友《ねんゆう》（衆道《しゅどう》の相手）について述べたものだとはよく知られている。

あるいは常朝が終生にわたって忍ぶ恋をささげた相手とは、主君光茂だったのかもしれない。

第二十一話　父子相剋《そうこく》

必死の観念、一日仕切りなるべし。毎朝身心をしづめ、弓、鉄砲、槍、太刀先にて、ずたずたになり、大波に打ち取られ、大火の中に飛び入り、雷電に打ちひしがれ、大地震にてゆりこまれ、数千丈のほき（崖）に飛び込み、病死、頓死《とんし》などの死期の心を観念し、朝毎に懈怠《けたい》なく死しておくべし。

『葉隠』聞書第十一―百三十四節

中野将監正包のもとに、鍋島光茂から急ぎ出仕せよとの呼び出しがあったのは、元禄《げんろく》元年（一六八八）秋のことだった。

将監は藩の年寄役にすぎないが、五年前に三家格式の問題を鮮やかな手並みで解決して以来、光茂から絶大な信頼を得ている。今や家老や親類衆さえしのぐ家中第一の実力者になっていた。

「ご用件は、何じゃ」

将監は改めていた帳簿から目を上げた。

「ただ、向陽軒に出仕せよとのみ」

取次の者は要領を得ないが、これは彼の落ち度ではない。還暦間近になって気短かになった光茂は、用件も告げずに急に呼び出すことが多くなっていた。

（今度はあれか、それとも）

将監は光茂の気持ちをおしはかり、どんなことを言われても対応できる心構えをしながら仕度にかかった。

近頃佐賀藩は財政難のほかに、光茂と世子《せいし》綱茂の不和という問題を抱えている。将監は何かあるたびに調整を命じられるので、心労は並み大抵ではなかった。

向陽軒は光茂が学問所としてきずいた別邸で、佐賀城の東にあった。

この屋敷が完成した直後に、山本五郎左衛門が失火の責任を負って自決する事件が起こっている。将監にとってはあまり縁起の良い場所ではなかった。

光茂は長崎で買い入れた眼鏡をかけて文机《ふづくえ》に向かっていた。古今伝授のために勉学に打ち込んでいるのだが、近頃老眼が進んで眼鏡なしでは書見ができなくなっていた。

「おう、参ったか」

光茂は将監を間近に招き、権之丞（後の山本常朝）はどうしているかと尋ねた。

「中野数馬どのの組下に入れ、雑用をさせております」

「あの者がおらぬと、書物役の仕事がとどこおってならぬ。近々役に復すゆえ、その旨伝えておくように」

「有難きおおせ、かたじけのうございます」

将監は権之丞がどれほど喜ぶかと光茂のはからいに感謝したが、用件はこればかりではなかった。

「わしも老い先長くはないのでな。そろそろ翁介《おうすけ》のことをはっきりさせておきたい」

光茂が切り出したのは、家督相続にかかわる極めて難しい問題だった。

事の発端は、光茂が年若い側室であるお婦里を溺愛《できあい》したことだった。

その彼女が二年前に男子を出産すると、自分の幼名である翁介という名を与え、やがては藩主にしたいと望むようになった。

ところが世継ぎはすでに綱茂と決め、幕府にも届け出ている。しかもこの年の七月には綱茂に仙太郎という嫡男が生まれたので、光茂の望みは終《つい》えたかに見えたが、仙太郎は生後一月もたたないうちに他界した。

そこで光茂は翁介を綱茂の養子にし、藩主になれる道筋をつけておきたいと、さまざまに心をくだいていたのだった。

「おそれながら、その儀はならぬものと存じます」

将監はいつものように歯に衣《きぬ》着せずに直言した。

綱茂はまだ若い。この先子供ができる可能性はいくらもある。しかも前々から光茂がお婦里を溺愛することを快く思っていないので、翁介を養子にするはずがなかった。

「ならば綱茂には家督をゆずらぬ」

「幕府への披露がすんでおりますゆえ、それもなりません」

「わしが隠居しなければよいのじゃ。綱茂が翁介を養子にすると言うまで、いつまでも生き延びてやる」

光茂は強情に言い張ったが、これは綱茂に譲歩を迫るための駆け引きだった。

「そうすれば綱茂とて困るであろう。そこでじゃ」

翁介を養子にすれば、今すぐにでも家督をゆずる。その条件を呑《の》むように、江戸の綱茂のもとに行って交渉してこいというのである。

「わしはお婦里のためにこんなことを言っておるのではない。翁介の才質を見込んでいるからなのだ。あやつは必ず名君となり、鍋島家の名を天下にとどろかすであろう」

「そのように申し上げたなら、信濃守（綱茂）さまはご了解下されましょうや」

「納得はするまい。それゆえそちに何とかせいと申しておる。これは君命じゃ」

光茂が色白の顔を染めて声を荒らげた。

将監はしばらく思案し、江戸行きを引き受けることにした。綱茂を説得できる自信はないが、従わなければ光茂はますます意固地になるばかりだった。

（あるいはこれが、最後のご奉公になるかもしれぬ）

ふとそう思い、奉公人の詰《つま》り（究極）は殿のために腹を切ることだという祖父の教えが頭をよぎった。


冬のさかりの十一月二十五日、将監は綱茂と対面するために江戸に上った。

関東の寒さは佐賀とは比べものにならないほど厳しい。空っ風が土埃《つちぼこり》を巻き上げて吹きつけてくるので、喉《のど》は痛むし目を開けていられない。空には鉛色の雲が低くたれこめ、頭を押さえつけられるようだった。

道行く者たちも他人などには関心のない冷たい目をして、急ぎ足で通りすぎて行く。いったい何の用があってそんなに急いでいるのかと、呼び止めて確かめたいほどだった。

麻布の屋敷に着くと、すぐに綱茂との対面を許された。今日着くことは小田原宿から飛脚を出して知らせていたので、時間を空けて待っていたのである。

「この寒空に、大儀であったな」

綱茂はすでに三十七歳になる。面長でととのった顔立ちをしているが、切れ長の目には人を寄せつけない冷たさがやどっている。まして将監は対立を深めている父光茂の側近なので、ねぎらいの言葉とは裏腹に表情は険しかった。

将監は国許《くにもと》の様子を報告してから、光茂からの申し出を伝えた。

「なるほど。あのお方の考えられそうなことだ」

光茂をあのお方としか呼ばないところに、綱茂の不快と腹立ちが如実にあらわれていた。

「それを諫《いさ》めもせずに余に伝えに来るとは、中野家の武士道も地におちたものよな」

「人の生死は計りがたいものでございます。家督をゆずるにあたって次の世継ぎを定めておくのは、御家を保つための当然のご配慮と存じます」

「仙太郎が他界した時、あのお方は重臣を集めて能をもよおされたそうじゃな」

まるで死ぬのを待っていたようではないか。綱茂はそう言わんばかりの口ぶりだった。

「根も葉もない噂でございます。能の会をもよおされているところに江戸からの訃報《ふほう》が届いたことは、列席した誰もが存じております」

「そればかりではない。近頃の藩財政の窮乏ぶりは目にあまる。それなのにあのお方は向陽軒を建てたり、妾《めかけ》に贅沢三昧《ぜいたくざんまい》をさせて藩費を浪費しておられる。余が早く家督をゆずっていただきたいと願っているのは、こうした悪弊を断ち切るためじゃ」

なのに翁介を養子にしなければ家督をゆずらぬとは、藩政を私《わたくし》するも同じではないか。

あのお方はお婦里への愛執に狂って、大義を見失っておられるのだ。綱茂は冷ややかな目をしたまま眉《まゆ》一筋動かさずに言ってのけた。

「あるいは仰せのとおりかもしれませぬ。されど信濃守さまが藩政を刷新したいと本気で願われているのなら、この申し出を受けられるべきと存じます」

このままでは光茂は、五年でも十年でも藩主の座にとどまろうとするだろう。それでは藩政の混乱や財政窮乏は深まるばかりだった。

「ならばあのお方を諫めて隠居させよ。それがその方らの役目ではないか」

「何度もお諫め申しましたが、お聞き届けいただけませぬ。それゆえやむなく、かような使いを引き受けたのでございます」

もし綱茂が藩のことを思い、ただちに改革に着手したいのなら、光茂の申し出を受けるのが最善の方法である。それなのに翁介を養子にするのは嫌だと言うのは、藩のことより己れの利害にとらわれているからではないかと、将監は肚《はら》をすえて論駁《ろんばく》した。

「盗《ぬす》っ人《と》にも三分の理というが……」

綱茂は屈辱に顔をゆがめてしばらく黙り込んでいたが、藩のためとあらば致し方あるまいと、意外なほどあっさりと譲歩した。

将監は年末まで江戸にとどまり、二月中頃に国許に戻って光茂と対面した。

「綱茂め、ついに折れたか」

光茂は喜色を浮かべ、まるで仇敵《きゅうてき》を打ち倒したような声を上げた。

血を分けた父子《おやこ》とはいえ、いや、父子だからなおさら互いの気持ちはこじれ、対立は抜きさしならないところまで深まっていたのだった。

このことについて『葉隠』は次のように伝えている。

〈御両殿様（光茂と綱茂）の時は、年寄役立《やくだ》ち兼ね申し候。下《しも》にても倅《せがれ》成長候へば仲悪しき事在り。心持あるべき事に候となり〉

年寄とは年寄役の将監のことだ。山本常朝は彼の苦労を間近で見ていただけに、めずらしく光茂を批判するような述懐をもらしたのである。

この年元禄二年は、初代勝茂の三十三回忌にあたっている。光茂は命日の三月二十四日に高伝寺で盛大な法要をいとなみ、家中の安泰と子孫の繁栄を願った。

法要を終えて一月ほどして、江戸から思いもかけぬ知らせが届いた。佐賀藩の窮状と光茂の悪政ぶりが目にあまると見た幕府は、大目付を遣わして光茂に隠居の勧告をするというのである。

「将監、これはどういうことじゃ」

光茂は目を吊《つ》り上げて江戸家老からの書状を突きつけた。

将監は一読するなり綱茂に謀られたのだと悟った。綱茂は光茂の申し出に応じると答えたものの、裏で幕閣に手を回して隠居の勧告をするように画策したのである。

「さてさて、思いもよらぬことでございます」

将監は訳が分からないふりをした。

「綱茂がやったことに相違あるまい。そちはまんまと一杯喰《く》わされたのじゃ」

「泰盛院《たいせいいん》（勝茂）さまの御代《みよ》にも、このようなことがあったと聞きおよんでおりますが、まさか信濃守さまがそのような」

「わしは江戸には行かぬ。このような卑怯《ひきよう》な手に、まんまと乗せられてたまるか」

病気と称して参府しなければ勧告を受けることもないと、光茂は意地になって言い張った。

「そのようなことをなされば、三十五万石が潰《つぶ》れまするぞ」

「ならば、そちが何とかせい」

光茂はすべての責任を将監に押し付け、くるりと背中を向けて歌集を読みはじめた。

六月初めに、幕府大目付から正式の書状が届いた。江戸の麻布屋敷で申し渡すことがあるので、九月十五日までに出府せよというのである。

ところが光茂は費用が工面できないという口実を構え、仕度にかかろうとしなかった。こんな言い訳をすれば藩の財政窮乏を天下にさらし、鍋島家の体面を傷つけると分かっていながら、我意を押し通そうとしたのである。

「翁介を養子にするという誓紙を、綱茂から取って来い。それまでは一歩たりともここを動かぬ」

光茂は向陽軒に立て籠《こも》り、将監以外誰とも会おうとしなかった。

参府には普通四十日を要する。遅くとも八月初めに出発しなければ九月十五日には間に合わなかったが、光茂は八月末になっても態度を改めようとしなかった。

「藩を潰すような大事になれば、綱茂は必ず折れて誓紙を差し出す」

光茂はそう読んで強硬策をとったのだが、綱茂も強情である。何度使者を送っても、返事を寄《よ》こそうとしなかった。

こうなったらもはや打つ手はない。将監はそう肚をすえ、城下の料亭でどんちゃん騒ぎをやらかしはじめた。

この窮乏の折にと誰もが眉をひそめる派手な遊びを一月以上もつづけたので、家中では将監が金を使い込んだために殿が参勤できなくなったという噂が立つようになった。

藩の家老や三家の当主たちは、このままでは藩が取り潰しになると危機感を強め、九月になると城下の願正寺《がんしょうじ》に集まって対応策を協議するようになった。

噂は領民にも伝わり、城下には将監の責任を問う不穏な空気がただよい始めた。

そうした緊張が極限まで高まるのを待って、将監は鹿島藩主である鍋島和泉守直朝と蓮池藩主の鍋島摂津守直之に対面した。

直朝は三家の長老、直之は光茂の異父弟にあたり、家中ではもっとも大きな発言力があった。

「将監、見損のうたぞ」

直朝は顔を合わせるなり、近頃の体たらくは何だと責めた。

「責任はいかようにも取りまする」

そんなことより、今は光茂と綱茂の対立をどうおさめるかだ。将監は悪びれもせず、考え抜いた策を二人に示した。

「殿の参府がおくれたのは、それがしが費用を使い込んだ上に、発覚を恐れて大目付からの書状を握り潰したからでござる」

その責任を取って切腹するので、幕府にそのように届け出てもらいたい。そのかわり二人には、翁介を綱茂の養子にすることが家中の総意だという連判状を取りまとめ、江戸の綱茂に差し出してほしい。

それがこの窮地を乗り切るただ一つの方法だと、静かな口調で語った。

「ならば、そちは初めから」

腹を切る覚悟を決めて放蕩三昧《ほうとうざんまい》をしていたのかと、直朝が老いの目をしばたたいた。

「藩のためにもお家のためにも、殿に罪があってはなりませぬ。すべてを引っかぶって腹を切ることこそ、まことの忠義と存じます」

「よう分かった。さすがに中野の侍じゃ」

直朝はただちに藩の重職を説得し、九月二十三日の夜に将監の屋敷に糾問の使者を遣わした。将監は予定通りすべての罪を認め、自宅に謹慎して沙汰《さた》を待った。

翌二十四日には中野一門の者たちが屋敷に詰め、将監の監視にあたった。その中に山本権之丞がいると聞いた将監は、居間に呼んで介錯《かいしゃく》を頼んだ。

「今日明日にも沙汰があろう。沢部平左衛門の時にも世話になったが、今一度力を貸してくれ」

「罪なきお方の、首を打てと申されますか」

将監を武士の鑑《かがみ》とうやまってきた権之丞は、話を聞いただけで涙を浮かべた。

「己れに罪がない時こそ勇んで腹を切れるようでなければ、真の曲者《くせもの》とは言えぬ。その生き様を、そちに見届けてもらいたい」

死に様ではなく生き様と言ったところに、権之丞に寄せる将監の思いの深さがあらわれていた。

切腹は九月二十六日に自宅で、との沙汰だった。

将監に不満はない。むしろ住みなれた我が家で腹を切らせてもらえることに、光茂の温情を感じたほどだった。

二十六日の早朝、将監は夜明け前に目をさました。しばらくあおむけになって呼吸をととのえ、いつものように死ぬ訓練をした。

打ち首になる。火あぶりになる。後ろからいきなり斬りつけられる。信頼していた相手にふいに腹を突き刺される。ありとあらゆる場面を想定し、いつ命が終わっても構わないと覚悟を定める。

これが元服して以来欠かしたことのない肚の練り方である。そうして死に身になりきってこの世に向かい合うと、心の自由を得てあらゆる物事に自在に対応できるようになる。

この日も心の定まったすっきりとした気持ちで寝屋を出た。生きていられるのはあと半日、その間にやるべきことを頭の中で整理し、一つひとつ着実にこなしていった。生きにくい立場でありながら還暦ちかくまで生きおおせたのだから、天寿をまっとうしたと喜ぶべきである。しかもつとめに大過なく、最後は主家を救うために命を捨てるのだから、何の悔いもなかった。

巳《み》の下刻(午前十一時)検死役の三人が入って来た。

いずれも懇意にしてきた者たちで、将監が何のために死ぬかも分かっている。声こそかけないものの、感謝と申し訳なさのこもった深い目で将監の一挙手一投足を見守っていた。

正午の鐘が鳴るのを待って、将監は切腹の座がしつらえてある中庭に向かった。

裏返しにした二枚の畳がならべてあり、三方《さんぼう》の上に父祖伝来の脇差《わきざし》が置いてある。抜き身の刃《やいば》が、太陽に照らされて銀色に輝いていた。

将監はゆっくりとあたりを見回し、切腹の座についた。

ややあって砂利を踏む音がして、権之丞が左横に回り込んだ。

「権之丞、よい日和じゃの」

将監は秋晴れの空をながめ、白小袖《こそで》の合わせをくつろげた。

権之丞は無言のまま刀に清め水を受けている。口を固く閉じて泣いているのが気配で分かった。

将監は長々と待たせるのは気の毒だと思い、脇差の切っ先を左の腹に深々と突き立てた。

日頃の鍛錬のせいか思ったほど痛みがない。そのまま刀を右に引き回し、落ち着いて首を前にさし伸べた。

「権之丞、頼む」

「将監どの、御免」

叫び声とともにうなじに刃がふり落とされた。

将監は体が宙に投げ出されたような目まいを覚えたが、それは打ち落とされた首が回転しながら落ちていったせいだった。

第二十二話　骨髄に徹す

何の徳もなき身にて候へば、させる奉公も仕《つかまつ》らず、虎口《こぐち》前（戦場働き）仕りたる事もなく候へども、若年の時分より一向に、「殿の一人被官は我なり、武勇は我一人なり」と骨髄に徹し、想ひ込み候故か、何たる利発人《りはつにん》、御用に立つ人にても、押し下げ得申されず候（見下されることがなかった）。却《かえ》って諸人の取持勿体なく候。

『葉隠』聞書第二─六十三節

中野将監が切腹してから六年後。

元禄八年（一六九五）十月、鍋島光茂は佐賀を発《た》って江戸に向かうことにした。齢《よわい》すでに六十四。これまで世継ぎをめぐって世子綱茂と争い、藩主の座を渡すことを拒みつづけてきたが、幕府からの圧力もあってついに隠居せざるを得なくなった。

今度の出府はその手続きのためで、光茂の胸中は複雑である。そのせいかいつもよりいっそう気短かになり、家臣たちに苛立《いらだ》ちをぶつけることが多くなっていた。

いきおい家臣たちは光茂の側に寄るのをさけるようになり、出府の供をするのも内心迷惑なことだと思っていたが、山本神右衛門（後の常朝）ばかりは真っ先に供を申し出、道中役に任じられていた。

権之丞から神右衛門に改めたのは三年前のことである。

本来なら本家が受け継ぐべき由緒ある名乗りだが、山本五郎左衛門に不祥事があって本家が取り潰《つぶ》されたので、権之丞が受け継いだのだった。

すでに三十七歳。二度の介錯《かいしゃく》を含むさまざまな苦難を乗り越え、家中の誰からも一目おかれる存在になっている。山本家ばかりか一門の中野家さえ背負って立つ、押しも押されもせぬ鍋島武士に成長していた。

神右衛門が任じられた道中役は、光茂の出府に支障がないように宿や通行の手配をする役目である。細かい心配りが必要で、少しの手落ちも許されない難しい仕事だった。

光茂の出府の経路は定められている。佐賀から伊万里に近い大里港へ行き、そこから船で大坂へ向かう。大坂から江戸までは東海道を用いる決まりだった。

神右衛門は十人ばかりの配下を従えて先に先にとこの経路をたどり、光茂の出府に支障がないように万全の手配をしておかなければならない。大里港を出たのは十月十日。大坂に着いたのは十八日だった。

藩の大坂屋敷には留守役がいて、光茂の来訪にそなえて仕度をととのえている。

神右衛門はすぐに屋敷内を見て回り、中庭の一角にあった数奇屋が板塀でかこわれているのに不審を持った。

「あれは何ゆえのご処置でござろうか」

「数日前に大風が吹き、数奇屋の藁屋根《わらやね》を吹き飛ばしたのでござる」

今からでは修理が間に合わないのであのように目隠しをしていると、梶山という初老の留守役が弁明した。

「それでは茶室をお使いになることができますまい」

「まことに申し訳ないことでござるが、予算も限られております。こたびは主屋の茶室を使っていただくしかありませぬ」

「梶山どの。貴殿は殿がどのような思いでご出府なされておるか、お聞きおよびでござろうか」

神右衛門は目をすえてたずねた。

「無論存じておりまする」

「ならば何ゆえ、殿のお心をお慰めしようと万全をつくされぬ。数奇屋の茶室をひときわ気に入っておられることは、貴殿もよくご承知のはずじゃ」

「存じておるが、予算も人手も足りぬのでござる。致し方あるまい」

梶山はうんざりした顔で取り合おうとしなかった。

「予算がなければ身銭を切れば良い。人手がなければ皆で働こうではないか。殿の馬前で討ち死にする覚悟があれば、できぬことなどないはずでござる」

神右衛門は供の者と留守役たちに仕事を割りふり、板塀を取りのぞいて数奇屋の屋根の修理にかかるように命じた。

どこも大風の被害を受けていて、屋根ふきの職人が出払っている。光茂が大坂に着くまでにはあと四日しかないので、とても間に合うまいと思われたが、神右衛門は職人たちを夜間に雇うという奇策を用いて窮地を乗り切ることにした。

「仕事の予定は昼間であろう。夜は空いているはずじゃ」

その分手間賃を倍にすると言うと、働いてもいいという職人たちが集まった。

彼らが仕事をしやすいように夜通しかがり火を焚《た》いたので、まるで戦陣のように勇壮に見え、さすがに鍋島家はやることがちがうと評判になったほどだった。

光茂は予定どおり十月二十二日に大坂に着いた。

数奇屋の修理の噂は当然耳に入っているはずだが、神右衛門にねぎらいの言葉をかけようとはしなかった。

それどころか道中役を罷免し、京都屋敷の留守役の手伝いを命じるという。

「何ゆえの、ご沙汰《さた》でございましょうか」

神右衛門は取次役に理由をたずねた。

不興を買うようなことは、道中何ひとつなかったはずである。それなのにどうして役目をはずされるのか解せなかった。

「殿は我らにもご胸中をお明かしになりませぬ。ただ、そう伝えよと命じられたばかりでございます」

取次役の近習は、気の毒そうに首をふるばかりだった。

これでは何が原因か分からないし、今後の対処のしようもない。突然全人格を否定されたような気がしたが、神右衛門に抗《あらが》うつもりはない。黙って旅の荷物をまとめ、ただ一人で京都へ向かった。

京都に着いたのは十月二十六日の夜だった。

四条《しじょう》道場（金蓮寺《こんれんじ》）の庵《いおり》の一つを役宅として借り上げていて、無役のまま京に留《とど》めおかれる者はここに入れられる。

なぜこんなあつかいを受けるのかとやる瀬ない思いを抱えたまま庵を訪ねると、原清《はらせい》右衛門《えもん》と戸田平介《とだへいすけ》がいた。

「ほう。貴殿も何か粗相いたされたか」

顔を合わせるなり、清右衛門が嬉《うれ》しそうな声を上げた。

「そのような覚えはござらぬ」

神右衛門はむっとして突っぱねた。

二人とも光茂の供をしていたが、道中に不届きのことがあって役を免じられている。

そんな輩《やから》と一緒にされるのは迷惑だった。

「貴殿に覚えはなくとも、殿の癇《かん》にさわったのであろう。我らとて同じじゃ」

戸田平介が横から口をはさんだ。

「殿のご心中も分からぬほど、それがしはぼんやりとしておりませぬ。京都詰めを命じられたのは、何か深いお考えがあってのことと存じまする」

神右衛門は二人の顔を見るのも嫌になり、逃げるように割り当てられた部屋に入った。

役宅の暮らしはのんびりしたものだった。

十数人いる藩士たちはいずれも無役で、藩からの指示を待っている。時間はたっぷりとあるのだから、武道や学問に精を出せばいいのに、一日中ぶらぶらと過ごしていた。

神右衛門は行李《こうり》から古今和歌集を取り出し、すべての歌を暗記するまで読み込むことにした。

光茂はいつか必ず書写物奉行に復すると言い、誓紙まで差し出させた。古今伝授を受ける志を失っていないかぎり、必ずもう一度自分に声をかけるはずである。

その時になって後れをとらないように、どんな時でも研鑽《けんさん》をおこたらなかった。

数日後、江戸に出府せよという光茂からの命令が届いた。掛川《かけがわ》宿まで進んだ時、急に思い直して呼び寄せることにしたという。

神右衛門は胸のうれいが吹き飛ぶ思いをしながら旅の仕度をはじめた。

「貴殿も大儀なことでござるな」

「そうそう。席の暖まる暇《いとま》がないとはこのことじゃ」

清右衛門と平介がやっかみの混じった皮肉をあびせた。

「殿のご命に従うのは家臣のつとめでござる。大儀だなどと思うてはおりませぬ」

「そうは言うても、こう我意のままになされては、従うほうはたまったものではない。主従の礼というものもあるのじゃ」

「そうじゃ。役を免ずるからには、納得いく理由を示すのが主たる者の責任であろう」

清右衛門も平介も、光茂の理不尽なやり方に腹をすえかねている。殿は耄碌《もうろく》なされたと言いかねない口ぶりだった。

「原どの、戸田どの。それが貴殿らの武士道でござるか」

神右衛門は仕度を終えてから二人と正対した。

「この神右衛門はそうではござらぬ。さしたる力量もない身でござるが、殿を大切に思う気持ちだけは誰にも負けませぬ。優しくしていただこうと冷たくなされようと、それがしのことなど忘れはてておられようと一切かまわず、日頃から御恩のかたじけなさを骨髄に徹して思い、涙を流して殿を大切に思うばかりでござる。今後それがしの前に出られた時は、さよう承知して物を言っていただきたい」

殿に対して無礼の言動があれば決闘も辞さぬ。そんな覚悟を込めて言い放ち、行李をかついで四条道場を後にした。

江戸の青山屋敷についたのは十一月十三日のことだった。佐賀藩の麻布屋敷はこの年二月の火事で焼失したので、光茂は青山に仮住まいしていた。

表門から一歩踏み込んだとたん、神右衛門は体をやわらかく包まれるような懐かしさを覚えた。

光茂の小姓見習いをしていた頃、桜田門や麻布の屋敷が全焼し、この屋敷に避難した。その日のことを鮮やかに思い出したのである。

あれは寛文八年（一六六八）。神右衛門が十歳の頃である。二月一日に桜田門を焼け出されて麻布に移っていたところ、二月四日に再び火事におそわれた。

神右衛門は麻疹《はしか》をわずらって寝込んでいたが、脱出する途中に光茂が大事にしている本を書院においたままにしていることを思い出し、炎上する屋敷にとって返した。そうして本を持って外に出ようとした時、何かにつまずいて気を失った。

気がついた時には、この屋敷の座敷に寝かされていた。枕元では皆が心配そうに顔をのぞき込んでいる。

光茂もその場で神右衛門の働きをほめ、無学という言葉の意味を教えてくれた。

その頃、神右衛門は光茂が与えた不携という名の意味を誤解し、劣等感にさいなまれていたが、それを気遣ってそれとなく真意を伝えたのである。

その時の嬉しさは、今もまざまざと覚えている。そうした記憶がこの屋敷に対する懐かしさになって、神右衛門の心を温かく包んだのだった。

翌日、神右衛門は光茂の書斎に呼ばれた。

「出府大儀である。急に道中役をはずしたゆえ、不審を持っていたであろうな」

老齢の光茂には、佐賀からの長旅はさすがにこたえたらしい。顔がやつれて血の気を失っていた。

「いいえ。深いお考えがあってのことと拝察いたしておりました」

「数奇屋を修理した心遣いには感じ入ったが、留守役の者どもが不満を言い立ててな。それをなだめるには、そちを罰するしかなかったのだ」

かといって本当の理由を告げれば、神右衛門の心遣いを無にすることになる。それゆえ理由を告げずに京都にやるしかなかったという。

「有難きご配慮をいただき、かたじけのうございまする」

頭を下げた拍子に、神右衛門は文机《ふづくえ》の上に『近代秀歌』がおかれていることに気付いた。

この本こそ幼ない頃に命を懸けて炎の中から持ち出した本である。光茂は二十七年たった今も大切に使いつづけていたのだった。

「わしもあと数日で隠居の身でな。後の願いは古今伝授を受けることばかりじゃ。やがて時機を見てそちを京都役に任じるゆえ、心して命を待て」

やはり光茂はあの誓約を忘れていなかったのだ。神右衛門は嬉しさに感極まり、ただ深々と頭を下げるばかりだった。


機会がめぐってきたのは翌年の春。江戸の桜が散り終えた頃だった。

「今日からそちを京都役に任じる。三条西家に頼んだことがあるゆえ、四月二十二日までに埒《らち》をあけよ」

晴れて隠居の身になった光茂は、この正月に古今伝授を授けてほしいと三条西実教に申し入れていた。その交渉を京都役の者に申し付けていたが、なかなか了解を得られないので神右衛門を任じることにしたのだった。

「わしは四月十日に江戸を発《た》ち、二十二日に伏見に着く。その時までに伝授を受けられるようにはからうのじゃ。これまでのいきさつは京都にいる牛島源蔵《うしじまげんぞう》が存じておるゆえ、二人で力を合わせて事にあたるがよい」

参勤の途中に大名が京都に立ち寄ることは禁じられている。それゆえ光茂と会うには、伏見か大坂に出向かなければならなかった。

「承知いたしました。身命にかえても必ず」

四月十二日に京都の堺町《さかいちょう》にある藩の屋敷に着き、牛島源蔵と打ち合わせにかかった。

「殿は二十二日に伏見に着かれまする。それまでに埒をあけよと厳命なされたゆえ、これまでのことを有体に語っていただきたい」

「前任の中西どのは歌の分からぬ方でござった。それゆえ先方から見下されたのでござる」

源蔵は神右衛門よりひと回り年上の温厚な男で、家中では名を知られた歌人だった。

「三条西家では、伝授の見返りに何を求めているのでござろうか」

「熱意を示していただきたいとしか申されませぬ。それゆえ中西どのはお礼の金子《きんす》のことだとばかり考え、顰蹙《ひんしゅく》を買われたのでござる」

金でなければ何で熱意を示せばいいのか。神右衛門は考えあぐね、ともかく三条西家を訪ねて話を聞いてみることにした。

応対に出たのは河村権兵衛という家司《けいし》だった。まだ三十前の青侍だが、名門公家《くげ》の交渉役だけあって話し方も立ち居振る舞いも堂々としていた。

神右衛門は前任者に代わってお願いに上がったことを伝え、今月二十二日に古今伝授の箱を拝借したいと申し入れた。

箱には伝授の秘伝を記した切紙《きりがみ》がおさめられている。これを見せるのは伝授を了解した印だった。

「ほっ。これはまた急なお話でございますな」

「殿はすでにご高齢になられ、命あるうちに秘伝を受けたいと望んでおられます。幼ない頃より歌道の研鑽をつんでおられることは、すでにご存じでありましょう」

「それは聞きましたが、どの程度のお勉強ぶりかはお目にかからんことには分かりまへんよって」

「それがしは幼ない頃より殿の歌の相手をつとめて参りました。僭越《せんえつ》ではござるが、それがしの力量をもって殿のお力をはかっていただきたい」

「阿武隈《あぶくま》に霧たちくもり明けぬとも」

権兵衛が優雅な声で和歌を詠じ、後をつけられるかと目で問いかけた。

「きみをば遣《や》らじ待てばすべなし」

神右衛門は即座に下の句で応じ、古今和歌集の千百十一首をすべて諳《そら》んじていると豪語した。

「ほんまでっか。それは」

「武士の奉公とはそうしたものでござる。ご不審ならば試してみられるがよい」

「面白い。ええ見せもんになるよって、歌会の席でご披露いただきましょう」

歌会は四月十八日におこなわれた。

三条西家の中庭に幔幕《まんまく》を張り、泉水《せんすい》のまわりに公家たちが並んでいる。屏風《びょうぶ》を立てた正面の席には、古今伝授の継承者である三条西実教が座っていた。

神右衛門ははるか下座に席を与えられ、権兵衛が介添え役として上の句を読むことにした。

これほど大がかりな歌会になったからには、事の成否に鍋島家と光茂の名誉がかかっている。しくじったではすまないだけに、神右衛門は小袖《こそで》の下に白装束を着込んで会にのぞんだ。

「それでは参ります。色も香《か》もおなじ昔にさくらめど」

「年ふる人ぞあらたまりける。紀友則卿《きのとものりきょう》の御作でござる」

神右衛門はよどみなく後をつけた。

「あきはぎの下葉いろづく今よりや」

「ひとりある人の寝《い》ねがてにする。よみ人しらずでござる」

「花の色は雪にまじりて見えずとも」

「香をだににほへ人のしるべく。小野篁《おののたかむら》卿の御作でござる」

権兵衛が歌集の中から任意に選んだ歌に、神右衛門はあやまりなく下の句をつけ、作者の名まで言い当てていく。

初めは武士ごときに何が分かるかと横柄に構えていた公家たちも、五十首、百首と正解がつづくと次第に居住まいを正すようになった。

「河村、もうよい」

百五十首をこえた時、三条西実教がそう言って席を立った。

伝授に応じるか否かは口にしない。神右衛門らは屋敷に戻り、知らせを待つよりほかに術《すべ》がなかった。

光茂の到着は四日後。それまでに伝授の箱を貸してもらえなければ、神右衛門は再び白装束を着込まねばならなくなる。

三条西家からの使者はまだかと首を長くして待っていたが、二十日になっても何の音《お》沙《さ》汰《た》もなかった。

神右衛門はじっと待つ緊張に耐えかねて、佐賀の松子に文を書いた。こうなったいきさつを記し、万一のことがあったら殿の馬前で討ち死にしたと思ってくれとしたためた。

言葉を選びながら文をつづっていると、松子とのこれまでの暮らしが脳裡《のうり》によみがえる。こんな自分でも今日まで大禍なく生きてこられたのはまわりのおかげだと、有難さに涙が流れた。

運命の四月二十二日は雨だった。梅雨の到来を思わせる重い雨が、朝からひっきりなしに降りつづいている。

神右衛門は夜明けとともに床をはなれ、丹念に部屋の掃除をした。荷物もきちんと行《こう》李《り》におさめ、佐賀に送り届けてもらえるように紐《ひも》でしばった。

「山本どの、参られましたぞ」

八時を過ぎた頃、源蔵が喜色を浮かべて駆け込んできた。

河村権兵衛が古今伝授の箱を持った家来を従え、玄関口に立っていた。

「山本どの、お待たせいたした」

昨夜になってようやく実教卿《きょう》のお許しがあったと、権兵衛が伝授の箱を引き渡した。

縦二尺、横三尺ばかりの薄い箱は、紫の厚い布で包んで赤い紐がかけてあった。

「これを拝見できるのは、伝授を受けられる方ばかりでござる。くれぐれもご配慮いただきたい」

神右衛門はさっそく伏見の屋敷に使者を送り、光茂が着いたかどうか問い合わせた。

すると雨のために行列が遅れているので、大坂屋敷で待つようにという指示があった。

神右衛門は伝授の箱を厳重に封印し、源蔵とともに陸路をとって大坂に向かった。

伏見から大坂までは三十石船《さんじっこくぶね》で下れるが、この雨で川が増水している。船が横転するようなことがあっては一大事だと、用心のために陸路を行くことにした。

光茂は二十三日の夕方に大坂屋敷に着き、神右衛門らの働きを激賞した。

「歌会のことは伏見で聞いた。さすがに鍋島武士はちがうと、堂上《どうじょう》でも評判になっているそうじゃ」

そう言いながら古今伝授の箱をいとおしげになで回した。

「三条西さまにはさっそく礼をいたさねばならぬ。進物を持って急いで上洛《じょうらく》するがよい」

光茂の人使いは相変わらず荒い。神右衛門は再び夜通し歩いて都に戻り、仮眠もとらずに三条西家を訪ねたのだった。

翌日、堺町の屋敷に思わぬ荷物が届いた。

中には光茂の夜着と蒲団《ふとん》が入っていて、大坂屋敷に残った牛島源蔵の文が添えられていた。

「殿はこたびの貴殿の働きを高く賞しておられる。本来なら加増して労に報いるべきだが、自分の趣味のために召し使っている者に加増するのははばかりがある。それゆえ気持ちだけだが、愛用の品々を下賜《かし》するとおおせである。これは内々のはからいで、公の場で礼をのべるにはおよばぬとのご内意である。さように心得られるがよい」

神右衛門は文を読み終えると、驚きと嬉《うれ》しさのあまり、荷物をながめながらしばらく茫然《ぼうぜん》としていた。

この時の感激について、神右衛門は後に『葉隠』の中で次のように語っている。

〈あわれ昔ならばこの蒲団を敷き、この夜具をかぶり追腹仕るべきものと、骨髄有難く存じ奉り候なり〉

第二十三話　古今伝授

今の時に名を残すべきは歌学を遂げ、日本第一の宝、武篇《ぶへん》において（細川）幽斎《ゆうさい》ならで類《たぐ》ひもなき古今伝授をいたし、一生の思ひ出にすべし。（中略）と、思召しはまられ候てより、御末期迄に古今伝授相済み、誠に例なき御事に候。

『葉隠』聞書第五—十九節

時は元禄十五年（一七〇二）、師走《しわす》半ばの十四日。

赤穂《あこう》浪士四十七士は主君の仇《かたき》と目する吉良上野介《きらこうずけのすけ》の屋敷に討ち入りをかけた。後に『忠臣蔵』としてもてはやされた、元禄時代を象徴する事件である。

その二年前の三月二十一日、山本神右衛門（後の常朝）は河村権兵衛の屋敷にまねかれて馳走《ちそう》にあずかった。

主君光茂から京都役を命じられてからすでに四年がたつ。その間神右衛門は京都と国《くに》許《もと》を何度も往復し、光茂と大納言三条西実教の連絡役をつとめてきた。

その甲斐《かい》あって、古今伝授もいよいよ最後の秘伝を残すだけになっている。このことを喜んだ実教が、家司の河村権兵衛に命じて慰労の宴《うたげ》を張らせたのだった。

神右衛門はすでに四十二歳。小姓として光茂に仕えてから三十三年になる。この節目の年に光茂の長年の悲願を実現できることに、大きな安堵《あんど》と喜びを覚えていた。

「国許をはなれてお一人での赴任やさかい、不自由なことも多かったでしょう。よう成し遂げられましたなぁ」

権兵衛は神右衛門が古今和歌集をすべて諳《そら》んじるほど勉強していると知って以来、無二の親友となって伝授に協力している。こうして無事に終えられることを、我が事のように喜んでいた。

「これも大納言さまや河村どののお力添えのお陰でござる。ご恩は生涯忘れませぬ」

「あんたはんやから、他のお公家《くげ》衆も力を貸してくれはったんや。歌会ですべての歌を諳んじられたことは、今も語《かた》り種《ぐさ》になっとりますよって」

「必死の一念でございました。古今伝授を受けることは主君の一生の悲願でござるゆえ、馬前にて討ち死にする覚悟で勉学にはげんだのでござる」

安堵と酒の酔いにさそわれて、神右衛門は光茂が祖父勝茂に歌道を禁じられた話を披露した。光茂が十九歳の時のことである。

「勝茂公は天下に武名をとどろかせた名将ゆえ、殿が歌道にかまけて武道や政道をおろそかにされるのではないかとご懸念なされたのでございましょう。それゆえ殿が持っておられた歌集や歌書を中庭につみ上げ、すべて燃やしてしまわれたばかりか、もう二度と歌道に関わらないという神文まで徴《ちょう》された。殿は中庭の灰を握りしめ、一晩中泣き明かされたそうでござる」

その時の光茂の胸中を思うと、神右衛門は今でも涙を流さずにはいられない。そうした試練にさらされながらも歌道をあきらめず、こうして古今伝授にこぎつけたのだから、側に仕える者も身命を捨てて事に当たらずにはいられなかった。

「今は平和な時代やさかい、武家も有職故実《ゆうそくこじつ》や和漢の教養を身につけとかな恥をかくことになります。光茂公はそのことをいち早く分かっておられたんでしょうな」

「失礼ではござるが、河村どの」

神右衛門は居ずまいを正し、最後の秘伝をおさめた箱はいつ頃お借りできるだろうかとたずねた。

「それは大納言さまがお決めになることやさかい、身供《みども》には何とも言えまへん」

「実は光茂公のご容体がすぐれませぬ。六十九歳というご高齢の上に、近頃は病におかされがちでござるゆえ、できれば今月中に箱をお預かりし、国許に届けたいのでござるが」

「それはさぞご心配なことでございましょう。そやけどこればかりは、大納言さまの思《おぼ》し召《め》し次第ですよって」

「それは重々承知しておりますが、万一のことがあってはこれまでの努力が水の泡になります。何とぞご配慮下されませ」

神右衛門は用意の銀二十枚を、それと分からぬように竹籠《たけかご》に入れて差し出した。

公家社会ではこうしたやり方がもっとも有効だということを、四年間の都暮らしで学んでいたのだった。

四月八日になって、河村権兵衛が最後の秘伝を入れた箱を届けに来た。伝授を受ける光茂のほかは誰も見ることを許されないもので、厳重に封をして紫色の布に包まれていた。

神右衛門は翌日京都を発《た》ち、大坂から博多に向かう商人船《あきんどぶね》に乗り込んだ。

大事の箱を守るために十人の供を従えているが、財政窮乏の折なので専用の船を仕立てるほどの余裕はない。そこで商人の荷船に便乗させてもらうことにしたのだが、これが悪運の始まりだった。

荷船は瀬戸内海の港ごとに立ち寄り、積荷を売ったり現地の産物を買い入れたりする。その交渉に一日二日かかることもあり、なかなか先へ進まない。

そうしているうちに嵐に巻き込まれ、伊予《いよ》の今治《いまばり》港で五日間も風待ちをすることになった。

「我らは先を急いでおる。これくらいの波なら船を出せぬことはあるまい」

神右衛門は船頭を呼びつけて出港を迫った。

京都を発つことは早飛脚で国許に知らせている。年老いた光茂が首を長くして待っていると思うと気が気ではなかったが、船頭は船を出すことはできないと言い張った。

「お客さまから預かった大事な荷物を積んでおります。それを危険にさらすことはできませぬ」

そう言われれば、海に不慣れな神右衛門には返す言葉がない。商人船などに便乗したことを悔やみながら、狭苦しい船宿で嵐がおさまるのを待つしかなかった。

関門《かんもん》海峡をぬけて小倉港に着いたのは四月二十九日の夕方だった。

ここには佐賀藩の御用をつとめる塩飽《しあく》屋又兵衛という商人がいる。参勤の時に常宿にしている旅籠《はたご》で、火急の連絡を取り合う時の伝言場所としても用いていた。

神右衛門はさっそく塩飽屋を訪ね、国許から何か知らせがきていないかとたずねた。

「参っております。急ぎの御用と承りましたので、首を長くして待っておりました」

番頭が紐《ひも》で固く結んだ文箱《ふばこ》を差し出した。光茂の側近、石井久弥からのものだった。

神右衛門は箱を開けようとしたが、不吉な胸騒ぎに強張《こわば》った指では、きつく締めた結び目がうまくほどけない。やむなく脇差《わきざし》で紐を切って書状を取り出した。

殿のご容体が悪化し、食事も喉《のど》を通らない日がつづいている。いつ危篤におちいられるか分からないので、できるだけ急いで帰国せよ。そう記されていた。

神右衛門はしばし茫然としたが、すぐに我に返って番頭に早駕籠《かご》の仕度を頼んだ。

「明朝、木戸が開くのを待って国許に向かう。金に糸目はつけぬゆえ、屈強の者たちをそろえてくれ」

その夜は船中で泊まり、翌朝小姓二人、槍《やり》持ち、草履取りばかりを従えて出発した。

神右衛門は早駕籠だが、他の四人は小倉から佐賀まで走り通さなければならなかった。

揺れに負けないように下腹をさらしできつく締め上げ、駕籠の吊《つ》り紐につかまって体を支えながら、神右衛門は光茂の無事を祈りつづけた。

身代わりにこの命を差し出すゆえ、どうか古今伝授がすむまで殿を守っていただきたい。神仏にひたすら祈っていると、光茂に仕えてきた三十三年間のことが走馬燈《そうまとう》のように頭をよぎった。

不携と呼ばれていた小姓の頃、権之丞と名乗った壮年の頃、そして神右衛門を襲名してからの九年間。光茂はいつも側にいて、大きく温かい目で見守ってくれた。

このお方のためならいつでも死ぬという覚悟を磨き上げることで、神右衛門は一角《ひとかど》の武士になることができた。

その支えを失ったなら、生きる甲斐《かい》も値打ちもない。神右衛門は腹の底からそう感じ、直茂や勝茂に殉じていった者たちの気持ちがまざまざと分かった。

誰もがあれほど晴れ晴れとして逝ったのは、来世までお供をできることが嬉《うれ》しくて仕方がなかったからなのだ。

それが分かって初めて、佐賀の曲者《くせもの》たちの生き様にしっかりとつながることができた気がした。

その日は夜通しひた走り、翌日の未《ひつじ》の刻（午後二時）頃に佐賀に着いた。鯱《しゃち》の門をくぐって帰参の報告をすると、すぐに石井久弥が奥から出てきた。

「殿のご容体は、いかがでござるか」

早駕籠に揺られつづけた疲れのために、神右衛門は立っているのがやっとだった。

「もはや旦夕《たんせき》に迫っていると、医師が申しております。すでに御遺言も皆様方への暇乞《いとまご》いもすまされました」

久弥は夜も寝ずに側に仕えているようで、頬がやつれて青白い顔をしていた。

「古今伝授の箱は、このとおり持参申した。殿にその旨言上いただきたい」

「殿も神右衛門どののことばかり気にかけておられました。まだ着かぬかと昼夜となくおたずねでしたので、さぞお喜びになられましょう」

しかし今は眠りについたばかりなので、お目覚めを待って伝えるという。

「大坂からの船が思いのほか手間取り、このような不覚をとってしまいました。まことに申し訳ないことでござる」

「殿があまりに貴殿のことを気にかけておられるゆえ、このままご臨終なされるようなら、たとえ空言《そらごと》でも神右衛門が着いたと申し上げよと、ご親類の方々からおおせつかっておりました。そうして貴殿の到着後に、伝授の箱を高伝寺にそなえるつもりでございました」

「早《はよ》う、早う殿のお側に戻って下され。そうしてお目覚めになり次第、神右衛門が戻ったとお伝えなされて下さりませ」

光茂がそれほどの気持ちで待っていたのかと思うと、神右衛門は遅れた申し訳なさに消え入りたくなった。

二の丸御殿で待っていると、半刻《はんとき》ほどして久弥が戻って来た。

「殿がお目を覚まされ、気分が良くなり次第伝授の切紙をご覧になりたいとお望みでございます。お疲れでございましょうから、それがしがお預かりしてもよろしゅうございますか」

「お心遣いはかたじけないが、ご覧になるにあたって何かおたずねになることがあるやもしれませぬ。ここで控えさせていただきたい」

神右衛門は自分の手で伝授の箱を届けたかったが、光茂の容体は夜になっても良くならなかった。

「今は切紙を見る気力はないが、せめて箱ばかりでも見たいとおおせでございます。それがしに枕辺に持参するように申し付けられたので、お預かりいたしまする」

「箱の中身は、決して余人《よじん》が見てはならぬものでござる。そのことをしかと心していただきたい」

神右衛門はそう念を押し、伝授の箱を久弥に渡した。

光茂の容体は序々に悪化し、最期の時は刻一刻と迫っていた。

鍋島家の家臣も領民も、太陽が沈んでいくような心細さを覚えながら悄然《しょうぜん》と日々をすごしていた。

神右衛門は光茂からお呼びがかかると信じながら、自宅に待機していた。

あれほどの執念をもって歌道に打ち込んできた光茂が、古今伝授を終えずに他界するはずがない。必ずもう一度回復し、三条西実教からの伝言を聞きたいと言うはずである。

その時にそなえて実教の言葉を書状にしたためたばかりか、実教に伝授の礼を述べる際の口上書きまで用意して声がかかるのを待っていた。

光茂が死んだなら、その日のうちに出家すると決めている。腹を切ってあの世までお供をしたいのは山々だが、追腹を禁じた光茂の意に背くわけにはいかないので、出家して菩提《ぼだい》を弔うしかないのだった。

「そなたも覚悟をしておくように」

神右衛門は妻の松子に出家のことを伝え、殿が逝かれる日が我らの別れの日だと告げた。

「承知いたしました。お心置きなく」

娘はまだ成人前なのに、松子はうろたえるそぶりも見せずに覚悟のほどを示した。

「養子をとって家がつづくようにはからうゆえ、後のことは案ずるな」

神右衛門は文机《ふづくえ》に向かい、松子のために一首の歌をしたためた。

　消はてぬ身はいつ迄《まで》か白露の
　　をきてハむかふ朝顔の花

松子は朝顔のように清楚《せいそ》な妻である。殉死ができぬ身でいつまで生き延びるか分からないが、お前のことは生涯忘れないという思いを込めた歌だった。

五月十二日、奇跡が起こった。

瀕死《ひんし》の状態にあった光茂が意識を取り戻し、伝授のことをたずねたいので神右衛門を呼べと命じたのである。

神右衛門は神仏に祈りが通じた喜びに打ち震え、急いで奥御殿に駆けつけた。

「かようなこともあろうかと、書付けをしたためておき申した。急ぎ殿にご披露下され」

用意の書状二通を石井久弥に差し出した。

「ご遠慮は無用でござる。殿は神右衛門どのから直《じか》に聞きたいとお望みでござる」

重臣や親戚《しんせき》たちがずらりと並ぶ座敷を通って、神右衛門は光茂の枕辺まで進んだ。

光茂は骨と皮ばかりにやせ細っていたが、目はいつもと変わらぬ強い輝きを放っていた。

神右衛門は胸の奥からせき上げてくる悲しみに耐えながら、伝授を受けた者の心得についての三条西実教の教えを伝え、光茂から差し上げる御礼の口上書きを読み上げた。

「さようか。ようやった」

光茂はおだやかに目を閉じ、伝授を終えた安心と満足にひとしきりたゆたっていた。

「これで五十年の念願がかなった。すべてそちのお陰じゃ」

そうつぶやいて神右衛門を枕元に呼び寄せ、枯木のような腕を差し伸べて頭をなでた。まるで不携と呼んでいた小姓の頃のように、額から頭のてっぺんまで優しくなで上げたのである。

「殿……」

神右衛門は感極まり、床に額をすりつけて涙を流した。それは三十三年の精進が一度に報われた瞬間だった。

五月十六日、五月雨《さみだれ》がふりつづく日の夕方、光茂は他界した。

辞世の歌は、

　嘆くなよ今は此《こ》のよになきとても
　　きよきはちすの本のミとなる

文人大名らしいどこか洒脱《しゃだつ》な一首である。

行年六十九歳。長年にわたって藩政をにないつづけ、無事に役目をはたしての大往生だった。

即日、神右衛門は藩主綱茂に出家願いを出した。

同じような志を持つ者が二十数人いて、殉死のかわりに世を捨てたいと申し出た。

綱茂はその是非を審査するために、出家の理由を記した書状を提出するように命じた。

これからの藩政のために有為の人材を失いたくないという思いからだろうが、光茂の近臣たちにとってこれは綱茂の意趣返しのように感じられた。

光茂の子翁介を跡継ぎにしたことを、綱茂はいまだに快く思っていない。だから書状に光茂に重用されていたと記せば、子供への家督相続にさわりがあるのではないかという懸念があったからだ。

神右衛門はそうした配慮もあって、

「家の末子に生まれ、九歳の頃から御側に仕えさせていただいた。御重恩の身なので、ぜひとも僧衣をまとって菩提を弔わせていただきたい」

簡潔にそう記した。

光茂の棺《ひつぎ》は十七日の夜に高伝寺に納められる。その直前に綱茂から出家の許可が下りた。

さっそく剃髪《ていはつ》しようと松子に仕度を申し付けていると、やぶれ笠《がさ》をかぶり薄汚れた衣をまとった僧が訪ねてきた。

常に素足で托鉢《たくはつ》して歩いているようで、足の皮は衣をかぶせたようにぶ厚くなっていた。

「神右衛門どの、お久しゅうござる」

笠をとって日焼けした顔を見せたのは、中野将監の嫡男主馬《しゅめ》だった。

将監が藩の金を使い込んだ罪で切腹を命じられた後、中野家は取り潰《つぶ》され、主馬は牢《ろう》人《にん》を命じられた。

与えられたのはわずか三人扶持《ぶち》で、とても一家で暮らしていくことはできない。そこで主馬は弟に禄《ろく》をゆずり、托鉢僧になって諸国を回っていたのである。

「光茂公がご危篤との知らせを受けて帰国したところ、神右衛門どのがご出家なされると聞きましたので」

剃髪の手伝いをしたいと思って訪ねてきたという。

「かたじけない。殿のご葬儀も迫っておるゆえ、急いで妻に髪を剃《そ》り落とさせようとしていたところでござる」

「神右衛門どのには父の介錯《かいしゃく》をしていただきました。このようなことでも、ご恩返しをさせていただければ嬉《うれ》しゅうござる」

主馬は神右衛門を仏壇の前に座らせて髪を剃り落とし、墨染めの法衣をまとわせた。にわかのこととはいえ、作法どおり出家を遂げることができたのである。

神右衛門はさっそく高伝寺に駆けつけ、光茂の葬儀に立ち会った。

十九日には高伝寺の了意和尚に得度を受け、正式に出家僧になった。

法名は常朝。

『葉隠』の口述者として名高い山本常朝は、この日に誕生したのである。

光茂が死の間際まで古今伝授にこだわったのは、歌道を極めたいという個人的な思いからばかりではない。武勇をもって知られた鍋島家が、天下太平の世において万民の尊敬を受けるためには、日本文化の精華《せいが》といわれる古今伝授を受けておく必要があると考えてのことだ。

こうした事情について、『葉隠』は次のように伝えている。

〈公の御伝授は西三条家の正統にて、無双の御秘書まで相渡され、御家に残り居り候事、不思議の次第に候。正統の古今御伝授は、いま仙洞《せんとう》様、西三条家、この御方、この三所に留り居り申し候由〉

つまり鍋島家は、仙洞御所や三条西家と肩を並べる文化の名門になったのである。

これから一年後、赤穂藩主浅野内匠頭長矩《あさのたくみのかみながのり》は、勅使饗応《きょうおう》の役に任じられながら、公武の典礼に通じていなかったために指南役の吉良上野介に辱めを受け、殿中で刃傷《にんじょう》におよぶ事件を起こした。

世は元禄文化花ざかりの時代。武士たちの役目も武断から文治の主導者へ変わりつつあった。将軍綱吉の側近だった柳沢吉保《やなぎさわよしやす》が、古今伝授の理想を具現化した六義園《りくぎえん》を元禄年間に造営していることが、このことを象徴的に表している。

浅野内匠頭がこうした時代の流れに乗ることができずに家の断絶をまねいたことを思えば、古今伝授を受けて鍋島家を文化の名門へと変貌《へんぼう》させた光茂の先見性が、ひときわ鮮やかに浮かび上がってくる。

その戦略を実現するために八面六臂《はちめんろっぴ》の働きをしたのが山本常朝である。彼の無心の奉公が、戦場での手柄にも劣らぬ大きな成果を佐賀藩にもたらしたのだった。

終章　葉隠誕生

この始終十一巻は追って火中すべし。世上の批判、諸士の邪正、推量、風俗等にて、只自分の後学に覚え居られ候を、噺《はなし》のままに書き付け候へば、他見の末にては意恨《いこん》悪事にもなるべく候間、堅く火中仕るべき由、返すぐ御申し候なり。

『葉隠』巻頭言

鍋島光茂の逝去後に出家した山本常朝は、佐賀城から北に二里半ほど離れた金立《かなたて》村の黒土原に庵《いおり》をむすび、朝陽軒《ちょうようけん》と名付けた。

光茂が古今伝授のために建てた向陽軒をしのんでの命名である。

常朝はこの草庵《そうあん》で光茂の菩提《ぼだい》をとむらい、月命日の十六日には欠かさず高伝寺に参詣《さんけい》してきたが、光茂の十三回忌が過ぎたのを機に月参りをやめ、朝陽軒も宗寿庵《そうじゅあん》と名を改めた。

中止した理由について常朝は、「段々老衰仕り、下山歩行難儀御座候につき」としか記していないが、単にそればかりではない。鍋島家はすでに綱茂の養子吉茂の代になり、光茂の治政は否定的にとらえられ、向陽軒さえ取り壊されるほどの変わり様である。いきおい常朝のような旧時代の人間は敬遠されるようになり、時には思わぬ中傷にさらされることさえある。

そこで月参りをはばかり、朝陽軒の名も改めたのだった。

その翌年、正徳《しょうとく》三年（一七一三）八月二十日。光茂の側室だったお婦里が死んだ。光茂の死後出家して霊樹院《れいじゅいん》と名乗っていたが、六十一歳を一期として黄泉《よみ》の客となったのである。

知らせをもたらしたのは、常朝の弟子田代陣基だった。

三年前に黒土原の庵を訪れた陣基は、常朝の苛烈《かれつ》な生き様と思慮の深さに感服して弟子になった。それ以来間近に仕えて教えを受けているのだった。

「二十日の明け方、眠るようにおだやかに息を引き取られたそうでございます」

三十代半ばの陣基は足腰が丈夫で、城下までの道を往復して常朝の用を足している。

霊樹院の最期の様子も、側近くにひかえてつぶさに見聞きしていた。

「お亡くなりになる三日前に、霊樹院さまは神代主膳《くましろしゅぜん》さまをお呼びになり、墓所は宗寿庵にしてほしいとご遺言なされたそうでございます」

常朝にとって思いがけない知らせである。霊樹院とは何度も文のやり取りをしていたが、そんなことを頼まれたことは一度もなかった。

「主膳さまは、いかがなされた」

「すぐに藩庁にうかがいを立て、ご臨終の前に許可を得られたそうでございます」

主膳とは光茂と霊樹院の間に生まれた翁介のことだ。

光茂は他界する直前まで、翁介を綱茂の養子にして藩主にしようと画策した。

綱茂はいったんこれに応じる姿勢をみせたものの、光茂が他界するとすぐ下の弟である吉茂を養子にして家督を継がせた。

厄介者となった翁介は神代家に養子に出され、主膳直堅《なおかた》と名乗っていたのである。

数日後に藩庁から正式の通達があり、霊樹院の亡骸《なきがら》が宗寿庵の一角に埋葬された。

主膳が初めて墓参に来たのは、それから十日後のことである。

わずか三人の供を連れて忍ぶように庵を訪ね、常朝が丹誠込めてきずいた真新しい墓にぬかずいた。

「初七日に来たかったのですが、高伝寺で法要があったものですから」

主膳は二十七歳になる。常朝が仕えはじめた頃の光茂とよく似た、聡明《そうめい》な若君に成長していた。

「もったいのうございます。どうぞ、臣下のようにお話し下され」

常朝は草庵に造った茶室で心ばかりのもてなしをした。

「出家しておられるのですから、そうはいきません。それに常朝どのは今も私の心の師ですから」

主膳が香りの高いお茶をゆっくりと味わい、幼ない頃に教えてもらったことが今になって生きていると語った。

常朝は出家した後に霊樹院に頼まれ、幼ない主膳の教育係をつとめたことがあったのである。

「母上がここを墓所と定められたのも、墓参のたびに教えを受けるようにとのご配慮からでございます。今後ともよろしくお願い申し上げまする」

「有難きお言葉、かたじけのうござる。ならば一つだけ誓っていただきたい」

「何でございましょうか」

「亡き殿は主膳さまをご藩主にしたいと願っておられました。そのご遺志を無駄にせぬ生き方をしていただきたい」

「そのような望みは持っておりませぬ。それに今の境遇では、願ったとて詮《せん》ないことと存じます」

主膳には欲がない。それに兄の吉茂はまだ若いので、そんな機会があるとは想像さえしていないようだった。

「ご藩主になられるかどうかは問題ではありませぬ。御家のため御国のため、そしてご先祖とご子孫のために、いつの日か国を背負って立つと覚悟を定めていただきたい。その覚悟のない方に教えを説いても、甲斐《かい》のないことでござる」

自分は幼少の頃から、殿の一人被官になると覚悟を定めて精進をつづけてきた。だからどうにか一人前の武士になり、殿のお役に立つことができたのだ。常朝はそう語って主膳の決意をうながした。

「よく分かりました。私も常朝どのに負けぬよう、肚《はら》だけはすえておきましょう」

主膳はその日から十日とあけず墓参に通い、常朝の教えを受けるようになった。

ところがこのことが吉茂には不快だったらしい。仏道の教えは高伝寺の和尚に乞《こ》うべきだと側近にもらしたという噂が、宗寿庵にも伝わってきた。

このままでは主膳の立場にも関わりかねないと案じた常朝は、霊樹院の墓所をはばかるという理由で宗寿庵を出ることにした。

移ったのは宗寿庵から西に半里ほど離れた大小隈《だいしょうくま》である。この日から他界するまでの七年間を、常朝はここの庵で過ごすことになった。

　翌年春、桜の開花とともに嬉《うれ》しい知らせが届いた。

「主膳さまと久世《くぜ》大納言家の姫さまのご婚約がととのったそうでございます」

　祝言は四月二十六日だと、田代陣基が手柄顔で言い立てた。

「それは吉茂公のおはからいか」

　常朝は慎重だった。

　久世大納言家の娘をめとれば家の格が上がる。吉茂がそれを承知ではからったのなら、主膳を世継ぎにすると決めたからにちがいなかった。

「おおせのとおりでござる。すでにご城下は、お世継ぎは決まったという噂でもちきりでございます」

「でかした。供をせよ」

　常朝はすぐに宗寿庵を訪ね、霊樹院の墓前に花をたむけて吉報を告げた。

　これで光茂の宿願がかなう。主膳の将来も大きく開けることになる。

　その餞《はなむけ》に何を贈ればいいかとしばし考え、光茂が常々口にしていた藩主の心得を書状にして渡すのがもっともふさわしいと思いいたった。

　表題は『乍恐書置之覚《おそれながらかきおきのおぼえ》』とした。

　長年光茂に仕えている間に書置きしたものの中から、これはと吟味して箇条書きにしたものである。
一、天下国家は御一人様のものではないのだから、万民安穏となる政治をおこなわれるように。
一、上御一人の御心は下万民の心であるから、殿の御身持、御心持にきわまるとお覚悟なされよ。又天下国家は大慈悲心によって治まり、智も勇も慈悲より出《いず》るものとお心得なされるように。
そう記したもののいまひとつ言い足りない気がして、即製の和歌をそえた。

慈悲の目ににくしと思ふ人あらじ
科《とが》のあるをバ猶《なほ》もあはれめ

このような心を持ち、かつて悪事をした人間でもそのことには構わず、御心にかなわなかった家臣でも前のことは顔色にも出さず、慈悲の心を持って振る舞うことが肝要だと諭した。
一、養父となられる吉茂公に孝行を尽くされること。たとえ御隠居など御延引になられても決して急がせることのないように、かねて覚悟を定めておかれるべきである。たとえ無理なことを言われても反論したりせず、自分の孝心が不足しているからこんなことが起こるのだと考えられるように。

この一条は光茂と綱茂の家督相続争いを目の当たりにした常朝の、懐心からの忠告である。また年若い主膳が血気にはやって吉茂にたてつき、せっかく与えられた地位をふいにしないようにという配慮もあった。

かれこれ二十数ヵ条、書いては消し、消しては足して推敲《すいこう》をかさね、光茂の命日である五月十六日に主膳に献上した。

この日を選んだのは、光茂の遺言であるという意味を込めてのことだった。

主膳のもとには陣基を遣わし、反応やいかにと首を長くして帰りを待っていると、陣基は夕方遅く赤ら顔をして戻ってきた。

「主膳さまに褒美の御酒を頂戴《ちょうだい》いたしましたゆえ、かように遅くなり申した」

常朝の気持ちなどお構いなしの上機嫌である。まるで狂言の太郎冠者《たろうかじゃ》のような無神経ぶりだった。

「お気に召されたということだな」

「さようでございましょう。ただ、何と申しますか、主膳さまは」

垂訓《すいくん》は有難いが、もう少し血のかよったものが欲しいと言ったという。

「血のかよったものだと」

自信作をけなされた気がして、常朝は少なからずむっとした。

「常朝先生のお人柄がうかがえるもの、という意味でございましょう。生の声と申しましょうか」

「ふむ。生の声か……」

たしかに書置きの覚えでは、そこまでの用は果たせない。主膳が血のかよった生の声を求めているのは、それほど自分に寄せる信頼が厚いからだ。

常朝はそう思い直したものの、どうすれば求めに応じられるか分からなかった。

（いっそ物語にするか、それとも問答集のような形にするべきか）

一月以上も考え抜いたが、名案は浮かばなかった。

六月半ばになり、裏山の蟬《せみ》がうるさいほど鳴き交わすようになった頃、陣基が怖る怖る申し出た。

「あのう。お手隙であれば、昔語《むかしがたり》のつづきをうかがいたいのですが」

陣基は弟子入りして以来、常朝から見聞や体験談を聞き出して覚書きを作っている。その作業を再開したいというのである。

「暇ではない。こうして考えておるのじゃ」

多くの佐賀の男たちと同じように、常朝も歳をとって短気になっている。縁側に寝そべったまま、蟬どもが一瞬で黙るような大声を張り上げた。

「それでは考えながらでも構いませぬゆえ、ひとつ」

話をしてくれと、陣基が文机《ふづくえ》に座って筆を構えた。

この粘り強さと邪気のなさが、この男の取り柄だった。

「今は話さぬ。殿の大事という時に……」

お前の相手などしておれるかと言いかけた時、常朝の頭にひらめくものがあった。

自分の思いを陣基に語るように主膳に語ったならどうか。臣下の身で不遜《ふそん》のきわみだと言われようが、命をかけた諫言《かんげん》だと思えばまわりの非難など屁《へ》でもない。それを成してこそ、祖父や父、中野将監らにも劣らぬ曲者《くせもの》になれるのではないか。

そう考えると、全身の血が歓《よろこ》びにわき立つようだった。

「陣基、これまでの聞書きを全部持って来い」

四年の間にすでに七巻にもなっている。興のおもむくままに語ったことなので甘い所も多いが、これを主膳への諫言のつもりで練り直せば充分使えるはずだった。

翌日から常朝は口述にかかった。

二人して仏壇に手を合わせて主君の無事と御家の安泰を祈り、身を清めてから文机に向かった。

奉公の詰まりは主君のために腹を切ることである。そのかわりにこの書付けを残すのだと覚悟しているせいか、武士道の心得がすんなりと口をついた。

「武士たる者が武道を心掛けるのは当たり前だが、多くの者は油断している。なぜなら『武道の大意は何と心得るか』と問いかけた時、言下に答えることができる者は稀《まれ》だからである。かねがね胸の覚悟が定まっていないからで、武道不心掛けと言われても仕方あるまい。まことに油断千万のことである」

「武士道というは死ぬことと見付けたり。生か死かという場に立たされたなら、迷わず死ぬ方につくと決めておくべきである。別に難しいことではない。覚悟を決めて進めばよいだけの話である」

書き出しがうまくいったせいか、まるで芋蔓《いもづる》を引くように次から次へと言葉が出てくる。武道の心得をのべた第一巻は、わずか三日で完成した。

第二巻は奉公人の心得、第三巻は鍋島直茂の頃の逸話を収集したものである。

「ある時直茂公が、『義理ほど感深いものはない。従兄弟《いとこ》などが死んでも涙を流さないこともあるのに、縁もゆかりもない五十年、百年以上も前の人の身の上話を聞いて、義理深い行いに落涙することがあるものだ』とおおせられたそうである」

直茂こそ佐賀鍋島家創建の立役者である。

すでに百年以上も前のこととはいえ、語っているうちに自分の体にも直茂の教えが脈々と生きていることを実感し、まるで顔見知りのように身近に感じられた。

第四巻は初代勝茂、第五巻は二代光茂の頃の覚書きである。光茂には九歳の頃から仕えたので、さまざまの出来事が昨日のことのように思い出された。

この年の十一月二十九日、常朝は思わぬ不幸にみまわれた。娘婿とした吉三郎が病死したのである。

娘のお竹は五年前に他界しているので、山本家は存亡の危機に立たされたが、常朝は親戚《しんせき》の永山三四郎《ながやまさんしろう》を養子に迎えることでこの問題を乗り切った。

その間にも寸暇を惜しんで大小隈の庵《いおり》に戻り、思い出すままに口述をつづけた。第七、八、九巻は鍋島家の家臣たちの破天荒な逸話。第十巻は世上の噂や諸家の由緒などである。

これで完成できるという見通しが立った正徳六年（一七一六）の春、城下に出かけた陣基が耳寄りな噂を聞き込んできた。

「この秋九月に、主膳さまが吉茂公とともに上府なされます。正式な世継ぎとして、幕府に届け出をなされるそうでございます」

すでに名乗りも決まっている。鍋島信濃守宗茂《むねしげ》だという。

「信濃守、宗茂さまか」

この官名は勝茂が名乗っていたものである。それを受け継ぐとは、信じられないほど名誉なことだった。

その日までには何としてでも書物を完成させようと、常朝は寝る間も惜しんで口述をつづけ、野山が色づき始めた九月十日に全十一巻を完成させた。

「後はこの書物の名じゃが」

葉陰記《よういんき》はどうだろうかと陣基にたずねた。

草葉の陰から宗茂の行く末を見守っている、という思いを込めた命名だった。

「お気持ちは分かりますが、陰という文字はお世継ぎの祝いにふさわしくないと存じます」

「そうよな。陰にかわる良き言葉はないものか」

常朝は思いつくままいくつもの言葉を書きつけてみたが、どれもいまひとつだった。

「我らは隠遁《いんとん》の者ゆえ、隠の文字はいかがでしょうか」

「なるほど。その字なら大和風にはがくれと読んだほうが良かろう」

まっさらな紙に大きく葉隠の記と書きつけてみたが、どうも記の字面が悪い。いっそ取ってしまおうということになり、葉隠の書名が定まったのだった。

翌日、常朝は陣基を宗茂のもとに遣わし、完成したばかりの「葉隠」を届けさせた。

宗茂が遠駆けに事よせて訪ねてきたのは、それから三日後のことだった。

「全十一巻、しかと拝読いたしました」

わずか二日で読破し、じっとしていられなくて会いに来たという。

「直茂公や勝茂公、それに当家を支えた曲者たちを眼前にする思いでござる。これは当家のためばかりでなく、志あるすべての武士の道標《みちしるべ》となりましょう」

「過分のお言葉、かたじけのうございます」

常朝にはもはや功を誇る気持ちはない。全力を尽くしてつとめをはたした静かな充実感に満たされているばかりだった。

「これから座右《ざゆう》に置き、生涯学ばせていただきまする。心ばかりの品ですが、お納めいただきたい」

宗茂が備前祐定《びぜんすけさだ》の脇差《わきざし》を手渡した。

光茂が日頃愛用していた業物《わざもの》である。この贈刀には、葉隠を鍋島家の遺訓として受け取ったという意味が込められていた。

「九月二十六日に出発します。この書物のお陰で、動じることなく公方《くぼう》さまに対面することができそうです」

馬を駆って潑剌《はつらつ》と去って行く宗茂を見送りながら、常朝は人生の仕上げを終えた充実感にひたっていた。

思えば光茂に初めて仕えてから足かけ五十年になる。その間に天下も鍋島藩も武断から文治へと大きく変わった。

光茂はそうした状況に直面し、新しい時代の武士の生き方を身をもって示した。常朝は間近でそれを見ていたからこそ、新旧の武士道の真髄を見定めることができたのである。

常朝は初めてそのことに気付き、君恩の有難さに改めて頭《こうべ》を垂れた。

「あのう、葉隠の写本を一部作っておきましたが、いかがいたしましょうか」

陣基が遠慮がちにたずねた。

「事が成ったのは、そなたのお陰じゃ。自分で持っておくがよい」

「よろしいのでございますか」

「ただし生涯秘蔵し、誰にも見せてはならぬ。そなたの寿命が尽きる時には、自らの手で火中に投じよ」

「承知いたしました。必ずおおせに従いまする」

陣基は雀躍《じゃくやく》として受け取り、巻頭にしっかりとその旨を書きつけた。

それがこの章の冒頭にかかげた一文だが、陣基の大雑把な性格が災いしたのか、それとも意図的だったのか、葉隠はこの世に残されて数多くの読者の目にふれることになった。

常朝が他界したのは、それから三年後の享保《きょうほう》四年（一七一九）十月十日である。瞑目《めいもく》する直前、常朝は家族や親族を集めてこれまでの厚誼《こうぎ》を謝し、夕暮の鐘を聞きながら成仏すると告げた。

その言葉どおり、近くの寺から聞こえてくる暮れ七つ（午後四時）の鐘に送られて黄泉《よみ》の客となった。

行年六十一歳。生きにくい世を必死の覚悟で生き抜いた、実り多き生涯であった。

本書を執筆する際には多くの本を参考にさせていただいたが、中でも座右に置いて頼りにしていた本は左記のとおりである。

『佐賀県近世史料』　第一編　第二巻、第三巻　（佐賀県立図書館編）
『佐賀市史』　第一巻、第二巻　（佐賀市史編さん委員会編）
『初期の鍋島佐賀藩』　田中耕作著　（佐賀新聞社）
『中野三代と鍋島宗茂』　田中耕作著　（佐賀新聞社）
『龍造寺隆信』　川副　博著　（佐賀新聞社）
雑誌「葉隠研究」　葉隠研究会編
『葉隠』　和辻哲郎・古川哲史校訂　（岩波文庫）
『〈原本現代訳〉葉隠』　松永義弘訳　（ニュートンプレス）

明記して感謝の気持ちに替えさせていただきます。

平成二十三年一月吉日

著者　敬白

解説

――歴史と文化を初期化する――

島《しま》内《うち》景《けい》二《じ》

安部龍太郎《あべりゅうたろう》の『葉隠物語』を読み終わると、文学に興味を持ち始めて、手当たり次第に文庫本を読んでいた中学生の頃の自分に戻ったような気がした。その頃の自分は、医者にも、パイロットにも、裁判官にも、そして文学者にもなりたかった。文学が最も好きだったが、純文学にも、SFにも、推理小説にも熱中した。いつの間にか、自分の世界は一つに定まったけれども、あの頃に夢みていた「人生」や「文学」は、はてしもなく広く、限りもなく透明だった。

『葉隠物語』の第二十一話に、中野将監正包《なかのしょうげんまさかね》が登場する。将監は切腹の日の朝も、いつもと同じように「死ぬ訓練」をした。

《打ち首になる。火あぶりになる。後ろからいきなり斬りつけられる。信頼していた相手にふいに腹を突き刺される。ありとあらゆる場面を想定し、いつ命が終わっても構わない覚悟を定める。》

この文章は、安部龍太郎の「精神の父」である隆慶一郎《りゅうけいいちろう》の『死ぬことと見つけたり』

の冒頭部分を連想させる。『葉隠』の本質は、毎朝、昨日までの自分を完膚なきまでに殺し、新しい自分に生まれ変わる清新さにある。つまり、毎朝、自分の生きてきた時間をリセットして、生の原点に立ち返るのだ。歴史小説というジャンルや、文学という芸術領域を、大胆に、その誕生した原点にまで、一挙に引き戻す。そこから、新しい可能性が模索される。

隆や安部が試みたのは、「歴史小説の万能細胞」を創り出す実験である。さらには、歴史と人間とを初期化する実験である。この時に『葉隠』が恰好《かっこう》の素材となったのは、毎朝、死んでは生まれ直すという鍛錬が、この特異な思想書のテーマだからだろう。

安部龍太郎は、隆慶一郎のリセット願望を突き詰め、それを方法論にまで高めて『葉隠物語』を書いた。だから、安部の文学者としてのこれまでの歩みも、見事に初期化された。かくして、『等伯』を生みだす準備が整ったのである。

『葉隠』は、佐賀鍋島《なべしま》藩の二代当主である鍋島光茂《みつしげ》に仕えた山本常朝《やまもとじょうちょう》の談話を、田代陣基《たしろつらもと》が書き留めたものである。安部の『葉隠物語』は、五代当主の鍋島宗茂《むねしげ》へ宛てた教訓書が『葉隠』だったという立場に立っている。「武士道と云ふは、死ぬことと見つけたり」、「恋の部りの至極は忍ぶ恋なり」などの名言は、広く知られている。

三島由紀夫《みしまゆきお》は、『葉隠入門』を書いたほどに青少年期から『葉隠』を愛読していたが、自決の数年前の『日本文学小史』で、日本文化を創り出した「文化意志」の一つとして

『葉隠』を挙げている。三島に言わせれば、『葉隠』は「失われた行動原理の復活」の書だった。

三島は自分自身の政治活動や自決を合理化するために、『葉隠』を称揚したのではない。かつて古代文学では、スサノオのような荒ぶる魂の持ち主である英雄が暴れ回っていた。ところが、王朝の『古今和歌集』と『源氏物語』の成立によって、荒々しい行動原理は駆逐され、女性的な優美さのみが日本文化の玉座に昇ってしまった。

しかし、時代が経つと、美しいだけで自分を護《まも》る術《すべ》を持たない女性的な日本文化は、外来文化の恰好の標的とされたり、獅子《しし》身中の虫に内部から浸食されたりして、存亡の危機に直面した。この時、逆説的なことだが、自分を追放した和歌や物語の文化を「護る」ために、荒ぶる魂の持ち主が目を覚ます。それが『葉隠』だった、と三島は言う。

山本常朝は、鍋島光茂が『古今和歌集』の和歌の奥義である「古今伝授」を授かるために、心血を注いだ。古今伝授こそが、女性的な王朝文化のエッセンスなのだ。それを、剣を振るって戦う鍋島光茂という「もののふ」が受ける。ここに、文武両道の思想が確立した。

このような三島の日本文化観が、『文化防衛論』に結実する。三島なりの戦後日本に対する反撃だった。隆慶一郎が文壇にデビューしたのは、昭和五十九年。三島が自決した十四年後である。三島より一学年上で、従軍体験もある隆は、政治的な信念は三島と対照的だったと思われるが、戦後文壇に「荒魂《あらみたま》」を復活させねば「文学の女神」を護れないという危機感を抱いた点では、死せる三島と共闘したと言えよう。

六十一歳にして、脚本家から小説家に転進した隆は、荒ぶる魂を歴史小説で見事に復活させた。長い眠りから覚めた「英雄」たちに現代文学の閉塞《へいそく》を打ち破らせ、文学が本来的に持っている楽しさを取り戻そうとした。

隆の志を安部龍太郎は受け継ぎ、さらに前進させた。平成元年に亡くなった隆が、病床で安部に会いたがったというエピソードは、もはや伝説となっている。隆の荒魂を継承した安部は、骨太の「安部史観」を打ち立てた。だが、安部は日本文化の女性的な側面も重視した。安部は出発期から天皇制にこだわっていたが、それは、女性的な柔軟構造の天皇制が荒魂を冷遇する一方で、荒魂に護られるしかない「和魂《にぎみたま》」のシンボルだからだ。安部史観は、日本の文化の本流と正統を正面から見据えている。

安部龍太郎は、戦後が十年経過した昭和三十年に、福岡県に生まれた。地図で見ると山深そうな旧黒木町《くろぎ》（現・八女市《やめ》）で幼少期を過ごした安部は、辺境に追いやられた「荒魂」の申し子だった。だが、黒木町には南朝《なんちょう》の落人《おちゅうど》伝説が残っていたので、南朝の貴族たちが身につけていた「和魂」もまた遺伝子の中に含まれていた。

安部の小説家としての苦闘は、荒魂である自分が護るべき「もう一人の自分」である和魂の正体を見届けることだった。だから、天皇制の本拠地である京都に乗り込んで仕事場を構え、女性的な日本文化の正体を見届けようとしたのである。

「忍ぶ恋」の相手が何か、そして「恋の相手」を苦しめている敵の正体がはっきり見えた時に、安部史観が確立した。安部史観とは、荒ぶる神である英雄と、はかないがゆえに美しい女神とが創り出す日本文化の原点を、すべての作品のスタート地点として設定する覚悟のことだと思う。それは、小説を書き始める時点で、安部自身にとっての初心に返ることでもあった。そうせねば、「日本文化」を相対化して「世界文化」へと向かう視点が生まれてこないからである。

私は『葉隠物語』を読み終わった時に、甘ずっぱい懐かしさがこみ上げてきた。『葉隠物語』の読後感は、何かの読後感に似ている。子どもの頃に読んで、悲憤慷慨《ひふんこうがい》したり、泣いたりした、ある本と似ている。

そして、やっと思い出した。下村湖人《しもむらこじん》の『論語物語』だ。孔子《こうし》と弟子たちとの会話を筆録した『論語』の本文が最初に掲げられ、その後に置かれた物語の力で、訓《よ》み下しの漢文に人間の血が通う。

安部が『葉隠』の原文を各話の冒頭に掲げ、その後に物語を続けたのは、もしかしたら『論語物語』の記憶があったのではないか。下村湖人は、佐賀の生まれ。『次郎物語』が代表作だが、「煙仲間運動《けむりなかま》」にも力を注いだ。「煙仲間」とは、安部の『葉隠物語』第二十話「忍ぶ恋」の冒頭に据えられてもいる中院通村《なかのいんみちむら》の「恋ひ死なん後《のち》の煙《けぶり》にそれと知れ終《つひ》にもらさぬ中の思ひは」という和歌に共鳴する者たちを意味する言葉である。

中院通村は、一五八八年の生まれで一六五三年の没。通村の父・通勝《みちかつ》は、中世の源氏学を集大成した大文化人だった。

一六五九年に生まれた山本常朝は、通村の残した家集を見る機会があったのだろう。彼が仕えた鍋島光茂の和歌の修練に伴走した余得である。

葉隠精神を体現した下村湖人の『論語物語』は、安部龍太郎の『葉隠物語』と兄弟関係にあると言えるのではないか。孔子から門人たちへ、「君子」たることの心構えが伝授される『論語』。山本常朝から田代陣基へ「武士」たることの覚悟が伝授される『葉隠』。それを、下村湖人や安部龍太郎が、読者に手渡す。あたかも、「古今伝授」の神聖な儀式のように。

ただ一度しかない有限の人生を、どうすれば私たちは意義深く生きられるか。それが『葉隠』の教えであり、『葉隠物語』のテーマである。『葉隠』に登場する鍋島武士たちは、主君のために命を燃焼させた。彼らにとっての「忍ぶ恋」の対象である主君は、二十一世紀を生きる私たちにとっては「誰」、あるいは「何」なのか。私たちには、命に替えて護りたい人や理念があるか。それを見つけることから、私たちが荒魂として物語的に生きる道が見えてくる。

それにしても、『葉隠物語』で活写される「曲者《くせもの》」の生き方の、何と衝撃的なことか。「曲者」とは、真の武士道の体現者のことである。その反対が、肝の据わらぬ「すくたれ者」である。

私たちは自分が「曲者」であり、上司に直言して容《い》れられなければ、いつでも辞表を叩《たた》きつけるだけの覚悟はある、と思い込んでいる。ところがそれは錯覚でしかなく、とっさの瞬間に、自分は臆病《おくびょう》な「すくたれ者」だったという事実を思い知らされる。

私はかつて、三島由紀夫論を書いている時に、介錯の仕方について安部龍太郎に尋ねたことがある。軽い気持ちで質問した私に向かって、厳しい顔になった安部は、「こう斬る。上から下に、こう振り下ろす」と言って、手を動かした。その時、私の首がひやっとした。第十七話「介錯人権之丞」を読んでいて、あの時の安部の手の動きが脳裏をよぎった。ああ、あの時、私はすくたれ者だった。序章「出会い」で、常朝に首を柄杓《ひしゃく》で叩かれた田代陣基のように、私は真実を見失っていたのだ。

安部龍太郎は、文壇の「曲者」たるべく『葉隠物語』を書き、これまでの作家活動をリセットした。そして、芸術の女神や愛する人々を護るべく、筆という武器を取って戦い始めた。『葉隠物語』の後、安部は広大な文学の天地のどこへでも行ける自由を手に入れた。そして、『等伯』『神の島　沖ノ島』『五峰の鷹』などへと筆を伸ばしてゆく。『葉隠物語』は、読者と日本をまるごと初期化して、万能細胞へと作り替える作品だったのだ。これからの安部の作品が、新しい日本文化を創ってゆく。

（日経文芸文庫に収録された解説を、修正のうえ再録しました）

本書は、二〇一四年四月に日経文芸文庫より刊行された『葉隠物語』を加筆・修正のうえ、改題したものです。

朝《あさ》ごとに死《し》におくべし

葉《は》隠《がくれ》物《もの》語《がたり》

安《あ》部《べ》龍《りゅう》太《た》郎《ろう》

令和3年 10月25日　初版発行
令和6年 12月10日　再版発行

発行者●山下直久

発行●株式会社KADOKAWA
〒102-8177　東京都千代田区富士見2-13-3
電話　0570-002-301（ナビダイヤル）

角川文庫 22880

印刷所●株式会社KADOKAWA
製本所●株式会社KADOKAWA

表紙画●和田三造

●お問い合わせ
https://www.kadokawa.co.jp/（「お問い合わせ」へお進みください）
※内容によっては、お答えできない場合があります。
※サポートは日本国内のみとさせていただきます。
※Japanese text only

ISBN 978-4-04-111647-0　C0193

角川文庫発刊に際して

角川源義

第二次世界大戦の敗北は、軍事力の敗北であった以上に、私たちの若い文化力の敗退であった。私たちの文化が戦争に対して如何に無力であり、単なるあだ花に過ぎなかったかを、私たちは身を以て体験し痛感した。西洋近代文化の摂取にとって、明治以後八十年の歳月は決して短かすぎたとは言えない。にもかかわらず、近代文化の伝統を確立し、自由な批判と柔軟な良識に富む文化層として自らを形成することに私たちは失敗して来た。そしてこれは、各層への文化の普及滲透を任務とする出版人の責任でもあった。

一九四五年以来、私たちは再び振出しに戻り、第一歩から踏み出すことを余儀なくされた。これは大きな不幸ではあるが、反面、これまでの混沌・未熟・歪曲の中にあった我が国の文化に秩序と確たる基礎を齎らすためには絶好の機会でもある。角川書店は、このような祖国の文化的危機にあたり、微力をも顧みず再建の礎石たるべき抱負と決意とをもって出発したが、ここに創立以来の念願を果すべく角川文庫を発刊する。これまで刊行されたあらゆる全集叢書文庫類の長所と短所とを検討し、古今東西の不朽の典籍を、良心的編集のもとに、廉価に、そして書架にふさわしい美本として、多くのひとびとに提供しようとする。しかし私たちは徒らに百科全書的な知識のジレッタントを作ることを目的とせず、あくまで祖国の文化に秩序と再建への道を示し、この文庫を角川書店の栄ある事業として、今後永久に継続発展せしめ、学芸と教養との殿堂として大成せんことを期したい。多くの読書子の愛情ある忠言と支持とによって、この希望と抱負とを完遂せしめられんことを願う。

一九四九年五月三日

角川文庫ベストセラー

戦国秘譚 神々に告ぐ（上）（下）　安部龍太郎

戦国の世、将軍・足利義輝を助け秩序回復に奔走する関白・近衛前嗣は、上杉・織田の力を借りようとする。その前に、復讐に燃える松永久秀が立ちふさがる。彼の狙いは？　そして恐るべき朝廷の秘密とは──。

彷徨える帝（上）（下）　安部龍太郎

室町幕府が開かれて百年。二つに分かれていた朝廷も一つに戻り、旧南朝方は逼塞を余儀なくされていた。幕府を崩壊させる秘密が込められた能面をめぐり、旧南朝方、将軍義教、赤松氏の決死の争奪戦が始まる！

浄土の帝　安部龍太郎

末法の世、平安末期。貴族たちの抗争は皇位継承をめぐる骨肉の争いと結びつき、鳥羽院崩御を機に戦乱の炎が都を包む。朝廷が権力を失っていく中、自らの存在意義を問い理想を追い求めた後白河帝の半生を描く。

天下布武（上）（下）　夢どの与一郎　安部龍太郎

信長軍団の若武者・長岡与一郎は、万見仙千代、荒木新八郎ら仲間に支えられ明智光秀の娘・玉を娶る。大航海時代、イエズス会は信長に何を迫ったのか？　信長の夢に隠された真実を新視点で描く衝撃の歴史長編。

密室大坂城　安部龍太郎

大坂の陣。二十万の徳川軍に包囲された大坂城を守るのは秀吉の一粒種の秀頼。そこに母・淀殿がかつて犯した不貞を記した証拠が投げ込まれた。陥落寸前の城を舞台に母と子の過酷な運命を描く。傑作歴史小説！

角川文庫ベストセラー

幕末　開陽丸
徳川海軍最後の戦い
安部龍太郎

鳥羽・伏見の戦いに敗れ、旧幕軍は窮地に立たされていた。しかし、徳川最強の軍艦＝開陽丸は屈することなく、新政府軍と抗戦を続ける奥羽越列藩同盟救援のため北へ向うが……。直木賞作家の隠れた名作！

佐和山炎上
安部龍太郎

佐和山城で石田三成の三男・八郎に講義をしていた八十島庄次郎は、三成が関ヶ原で敗れたことを知る。徳川方に城が攻め込まれるのも時間の問題。はたして庄次郎の取った行動とは……。（『忠直卿御座船』改題）

維新の肖像
安部龍太郎

日露戦争後の日本の動向に危惧を抱いていたイェール大学の歴史学者・朝河貫一が、父・正澄が体験した戊辰戦争の意味を問い直す事で、破滅への道を転げ落ちていく日本の病根を見出そうとする。

平城京
安部龍太郎

遣唐大使の命に背き罰を受けていた阿倍船人は、突如兄から重大任務を告げられる。立ち退き交渉、政敵との闘い……数多の試練を乗り越え、青年は計画を完遂できるのか。直木賞作家が描く、渾身の歴史長編！

悪玉伝
朝井まかて

大坂商人の吉兵衛は、風雅を愛する伊達男。兄の死により、将軍・吉宗をも動かす相続争いに巻き込まれてしまう。吉兵衛は大坂商人の意地にかけ、江戸を相手の大勝負に挑む。第22回司馬遼太郎賞受賞の歴史長編。

角川文庫ベストセラー

敵の名は、宮本武蔵　木下昌輝

数々の剣客を斃し、二刀流を究めた宮本武蔵。かの剣聖は、敵との戦いの末、なにを見たのか。木下昌輝が敵側からの視点で描き出した、かつてない武蔵像がここに誕生する。

忍びの森　武内　涼

織田の軍に妻子を殺された、若き伊賀の上忍・影正。信長への復讐を誓い凄腕の忍び7人を連れて紀州へ向かう途中、荒れ寺に辿り着くが、そこに棲む妖が1体ずつ彼らを襲ってきて⁉　忍者VS妖怪の死闘‼

秀吉を討て　武内　涼

根来の若き忍び・林空は、総帥・根来隠形鬼に呼び出され「秀吉を討て」と命じられる。林空は仲間とともに、甲賀忍者・山中長俊らの鉄壁の守りに固められた秀吉を銃撃しようとするが……痛快忍者活劇。

暗殺者、野風　川中島を駆ける　武内　涼

永禄四年、武田信玄と上杉謙信が対峙する川中島の戦場を駆け抜ける少女がいた。名は「野風」。密命を帯びた女刺客が目指すはただ一つ、謙信の首！　圧倒的な躍動感でおくる、戦国アクション小説！

乾山晩愁　葉室　麟

天才絵師の名をほしいままにした兄・尾形光琳が没して以来、尾形乾山は陶工としての限界に悩む。在りし日の兄を思い、晩年の「花籠図」に苦悩を昇華させるまでを描く歴史文学賞受賞の表題作など、珠玉5篇。

角川文庫ベストセラー

実朝の首　葉室　麟

将軍・源実朝が鶴岡八幡宮で殺され、討った公暁も三浦義村に斬られた。実朝の首級を託された公暁の従者が一人逃れるが、消えた「首」奪還をめぐり、朝廷も巻き込んだ駆け引きが始まる。尼将軍・政子の深謀とは。

秋月記　葉室　麟

筑前の小藩、秋月藩で、専横を極める家老への不満が高まっていた。間小四郎は仲間の藩士たちと共に糾弾に立ち上がり、その排除に成功する。が、その背後には本藩・福岡藩の策謀が。武士の矜持を描く時代長編。

散り椿　葉室　麟

かつて一刀流道場四天王の一人と謳われた瓜生新兵衛が帰藩。おりしも扇野藩では藩主代替りを巡り側用人と家老の対立が先鋭化。新兵衛の帰郷は藩内の秘密を白日のもとに曝そうとしていた。感涙長編時代小説！

さわらびの譜　葉室　麟

扇野藩の重臣、有川家の長女・伊也は藩随一の弓上手・樋口清四郎と渡り合うほどの腕前。競い合ううち清四郎に惹かれてゆくが、妹の初音に清四郎との縁談が。くすぶる藩の派閥争いが彼女らを巻き込む。

蒼天見ゆ　葉室　麟

秋月藩士の父、そして母までも斬殺された臼井六郎は、固く仇討ちを誓う。だが武士の世では美風とされた仇討ちが明治に入ると禁じられてしまう。おのれは何をなすべきなのか。六郎が下した決断とは？